NOTRE-DAME

DE PARIS

I

TYPOGRAPHIE DE CH. LAHURE
Imprimeur du Sénat et de la Cour de Cassation
rue de Vaugirard, 9

VICTOR HUGO

NOTRE-DAME

DE PARIS

I

NOUVELLE ÉDITION

PARIS

LIBRAIRIE DE L. HACHETTE ET Cie

RUE PIERRE-SARRAZIN, N° 14

1858

Il y a quelques années qu'en visitant, ou, pour mieux
dire, en furetant Notre-Dame, l'auteur de ce livre trouva,
dans un recoin obscur de l'une des tours, ce mot gravé à
la main sur le mur :

ἈΝΆΓΚΗ.

Ces majuscules grecques, noires de vétusté et assez pro‑
fondément entaillées dans la pierre, je ne sais quels signes
propres à la calligraphie gothique empreints dans leurs
formes et dans leurs attitudes, comme pour révéler que
c'était une main du moyen âge qui les avait écrites là,
surtout le sens lugubre et fatal qu'elles renferment, frap‑
pèrent vivement l'auteur.

Il se demanda, il chercha à deviner quelle pouvait être
l'âme en peine qui n'avait pas voulu quitter ce monde sans
laisser ce stigmate de crime ou de malheur au front de la
vieille église.

Depuis, on a badigeonné ou gratté (je ne sais plus lequel)
le mur, et l'inscription a disparu. Car c'est ainsi que l'on
agit depuis tantôt deux cents ans avec les merveilleuses
églises du moyen âge. Les mutilations leur viennent de
toutes parts, du dedans comme du dehors. Le prêtre les

badigeonne, l'architecte les gratte; puis le peuple survient, qui les démolit.

Ainsi, hormis le fragile souvenir que lui consacre ici l'auteur de ce livre, il ne reste plus rien aujourd'hui du mot mystérieux gravé dans la sombre tour de Notre-Dame, rien de la destinée inconnue qu'il résumait si mélancoliquement. L'homme qui a écrit ce mot sur ce mur s'est effacé, il y a plusieurs siècles, du milieu des générations, le mot s'est à son tour effacé du mur de l'église, l'église elle-même s'effacera bientôt peut-être de la terre.

C'est sur ce mot qu'on a fait ce livre.

Mars 1831.

NOTE

AJOUTÉE A LA HUITIÈME ÉDITION.

— 1832 —

C'est par erreur qu'on a annoncé cette édition comme devant être augmentée de plusieurs chapitres *nouveaux*. Il fallait dire *inédits*. En effet, si par nouveaux on entend *nouvellement faits*, les chapitres ajoutés à cette édition ne sont pas *nouveaux*. Ils ont été écrits en même temps que le reste de l'ouvrage; ils datent de la même époque, et sont venus de la même pensée; ils ont toujours fait partie du manuscrit de *Notre-Dame de Paris*. Il y a plus : l'auteur ne comprendrait pas qu'on ajoutât après coup des développements nouveaux à un ouvrage de ce genre. Cela ne se fait pas à volonté. Un roman, selon lui, naît, d'une façon en quelque sorte nécessaire, avec tous ses chapitres; un drame naît avec toutes ses scènes. Ne croyez pas qu'il y ait rien d'arbitraire dans le nombre de parties dont se compose ce tout, ce mystérieux microcosme que vous appelez drame ou roman. La greffe et la soudure prennent mal sur des œuvres de cette nature, qui doivent jaillir d'un seul jet et rester telles quelles. Une fois la chose faite, ne vous ravisez pas, n'y retouchez plus. Une fois que le livre est

publié, une fois que le sexe de l'œuvre, virile ou non, a été
reconnu et proclamé, une fois que l'enfant a poussé son
premier cri, il est né, le voilà, il est ainsi fait, père ni
mère n'y peuvent plus rien, il appartient à l'air et au soleil,
laissez-le vivre ou mourir comme il est. Votre livre est-il
manqué? tant pis. N'ajoutez pas de chapitre à un livre
manqué. Il est incomplet? Il fallait le compléter en l'engen-
drant. Votre arbre est noué? vous ne le redresserez pas.
Votre roman est phthisique? votre roman n'est pas viable?
Vous ne lui rendrez pas le souffle qui lui manque. Votre
drame est né boiteux? Croyez-moi, ne lui mettez pas de
jambe de bois.

L'auteur attache donc un prix particulier à ce que le public sache bien que les chapitres ajoutés ici n'ont pas été
faits exprès pour cette réimpression. S'ils n'ont pas été pu-
bliés dans les précédentes éditions du livre, c'est par une
raison bien simple. A l'époque où *Notre-Dame de Paris*
s'imprimait pour la première fois, le dossier qui contenait
ces trois chapitres s'égara. Il fallait ou les récrire ou s'en
passer. L'auteur considéra que les deux seuls de ces chapitres qui eussent quelque importance par leur étendue
étaient des chapitres d'art et d'histoire qui n'entamaient en
rien le fond du drame et du roman; que le public ne s'a-
percevrait pas de leur disparition, et qu'il serait seul, lui
auteur, dans le secret de cette lacune. Il prit le parti de
passer outre. Et puis, s'il faut tout avouer, sa paresse recula devant la tâche de récrire trois chapitres perdus. Il eût
trouvé plus court de faire un nouveau roman.

Aujourd'hui, les chapitres se sont retrouvés, et il saisit
la première occasion de les remettre à leur place.

Voici donc maintenant son œuvre entière, telle qu'il l'a
rêvée, telle qu'il l'a faite, bonne ou mauvaise, durable ou
fragile, mais telle qu'il la veut.

Sans doute ces chapitres retrouvés auront peu de valeur

aux yeux des personnes, d'ailleurs fort judicieuses, qui n'ont cherché dans *Notre-Dame de Paris* que le drame, que le roman. Mais il est peut-être d'autres lecteurs qui n'ont pas trouvé inutile d'étudier la pensée d'esthétique et de philosophie cachée dans ce livre, qui ont bien voulu, en lisant *Notre-Dame de Paris*, se plaire à démêler sous le roman autre chose que le roman, et à suivre, qu'on nous passe ces expressions un peu ambitieuses, le système de l'historien et le but de l'artiste à travers la création telle quelle du poëte.

C'est pour ceux-là surtout que les chapitres ajoutés à cette édition compléteront *Notre-Dame de Paris*, en admettant que *Notre-Dame de Paris* vaille la peine d'être complétée.

L'auteur exprime et développe dans un de ces chapitres, sur la décadence actuelle de l'architecture et sur la mort, selon lui, aujourd'hui presque inévitable de cet art-roi, une opinion malheureusement bien enracinée chez lui et bien réfléchie. Mais il sent le besoin de dire ici qu'il désire vivement que l'avenir lui donne tort un jour. Il sait que l'art, sous toutes ses formes, peut tout espérer des nouvelles générations dont on entend sourdre dans nos ateliers le génie encore en germe. Le grain est dans le sillon, la moisson certainement sera belle. Il craint seulement, et l'on pourra voir pourquoi au tome second de cette édition, que la séve ne se soit retirée de ce vieux sol de l'architecture qui a été pendant tant de siècles le meilleur terrain de l'art.

Cependant il y a aujourd'hui dans la jeunesse artiste tant de vie, de puissance, et pour ainsi dire de prédestination, que, dans nos écoles d'architecture en particulier, à l'heure qu'il est, les professeurs, qui sont détestables, font non-seulement à leur insu, mais même tout à fait malgré eux, des élèves qui sont excellents; tout au rebours de ce potier dont parle Horace, lequel méditait des amphores et produisait des marmites. *Currit rota, urceus exit.*

Mais dans tous les cas, quel que soit l'avenir de l'architecture, de quelque façon que nos jeunes architectes résolvent un jour la question de leur art, en attendant les monuments nouveaux, conservons les monuments anciens. Inspirons, s'il est possible, à la nation l'amour de l'architecture nationale. C'est là, l'auteur le déclare, un des buts principaux de ce livre; c'est là un des buts principaux de sa vie.

Notre-Dame de Paris a peut-être ouvert quelques perspectives vraies sur l'art du moyen âge, sur cet art merveilleux jusqu'à présent inconnu des uns, et, ce qui est pis encore, méconnu des autres. Mais l'auteur est bien loin de considérer comme accomplie la tâche qu'il s'est volontairement imposée. Il a déjà plaidé dans plus d'une occasion la cause de notre vieille architecture, il a déjà dénoncé à haute voix bien des profanations, bien des démolitions, bien des impiétés. Il ne se lassera pas. Il s'est engagé à revenir souvent sur ce sujet. Il y reviendra. Il sera aussi infatigable à défendre nos édifices historiques que nos iconoclastes d'écoles et d'académies sont acharnés à les attaquer. Car c'est une chose affligeante de voir en quelles mains l'architecture du moyen âge est tombée, et de quelle façon les gâcheurs de plâtre d'à présent traitent la ruine de ce grand art. C'est même une honte pour nous autres, hommes intelligents qui les voyons faire et qui nous contentons de les huer. Et l'on ne parle pas ici seulement de ce qui se passe en province, mais de ce qui se fait à Paris, à notre porte, sous nos fenêtres, dans la grande ville, dans la ville lettrée, dans la cité de la presse, de la parole, de la pensée. Nous ne pouvons résister au besoin de signaler, pour terminer cette note, quelques-uns de ces actes de vandalisme qui tous les jours sont projetés, débattus, commencés, coutinués et menés paisiblement à bien sous nos yeux, sous les yeux du public artiste de Paris, face à face avec la critique que tant d'audace déconcerte. On vient de démolir l'archevêché, édifice d'un pauvre goût, le mal n'est pas grand ; mais tout en bloc avec l'archevêché on a démoli l'évêché, rare débris du quatorzième siècle, que l'architecte démolisseur n'a pas su distinguer du reste. Il a arraché l'épi avec l'ivraie ; c'est égal. On parle de raser l'admirable chapelle de Vincennes, pour faire avec les pierres je ne sais quelle fortification, dont Daumesnil n'avait pourtant pas eu besoin. Tandis qu'on répare à grands frais et qu'on restaure le Palais-Bourbon, cette masure, on laisse effondrer par les coups de vent de l'équinoxe les vitraux magniques de la Sainte-Chapelle. Il y a, depuis quelques jours, un échafaudage sur la tour Saint-Jacques de la Boucherie ; et un de ces matins la pioche s'y mettra. Il s'est trouvé un maçon pour bâtir une maisonnette blanche entre les vénérables tours du Palais de Justice. Il s'en est trouvé un autre pour châtrer Saint-Germain-des-Prés, la féodale abbaye aux trois clochers. Il s'en trouvera un autre, n'en doutez pas, pour jeter bas Saint-Germain-l'Auxerrois. Tous ces maçons-là se prétendent architectes, sont payés par la préfecture ou les menus, et ont des habits verts. Tout le mal que le faux goût peut faire au vrai goût, ils le font. A l'heure où nous écrivons, spectacle déplorable ! l'un d'eux tient les Tuileries, l'un d'eux balafre Philibert Delorme au beau milieu du visage, et ce n'est pas, certes, un des médiocres scandales de notre temps, de voir avec quelle effronterie la lourde architecture de ce monsieur vient s'épater tout au travers d'une des plus délicates façades de la renaissance !

Paris, 20 octobre 1832.

D. Rouargue del.   J. Sladénba.

NOTRE DAME DE PARIS.

NOTRE-DAME

DE PARIS

LIVRE PREMIER

I

LA GRAND'SALLE.

Il y a aujourd'hui trois cent quarante-huit ans six mois et dix-neuf jours que les Parisiens s'éveillèrent au bruit de toutes les cloches sonnant à grande volée dans la triple enceinte de la Cité, de l'Université et de la Ville.

Ce n'est cependant pas un jour dont l'histoire ait gardé souvenir que le 6 janvier 1482. Rien de notable dans l'événement qui mettait ainsi en branle, dès le matin, les cloches et les bourgeois de Paris. Ce n'était ni un assaut de Picards ou de Bourguignons, ni une chasse menée en procession, ni une révolte d'écoliers dans la vigne de Laas, ni une entrée de *notredit très-redouté seigneur monsieur le roi*, ni même une belle pendaison de larrons et de larronnesses à la Justice de Paris. Ce n'était pas non plus la survenue, si fréquente au quinzième siècle, de quelque ambassade chamarrée et empanachée. Il y avait à peine deux

jours que la dernière cavalcade de ce genre, celle des ambassadeurs flamands chargés de conclure le mariage entre
le dauphin et Marguerite de Flandre, avait fait son entrée
à Paris, au grand ennui de monsieur le cardinal de Bourbon, qui, pour plaire au roi, avait dû faire bonne mine à
toute cette rustique cohue de bourgmestres flamands, et
les régaler en son hôtel de Bourbon d'une *moult belle mo-*
ralité, sotie et farce, tandis qu'une pluie battante inon-
dait à sa porte ses magnifiques tapisseries.

Le 6 janvier, ce qui *mettait en émotion tout le popu-*
laire de Paris, comme dit Jehan de Troyes, c'était la
double solennité, réunie depuis un temps immémorial, du
jour des Rois et de la fête des Fous.

Ce jour-là, il devait y avoir feu de joie à la Grève, plan-
tation de mai à la chapelle de Braque, et mystère au Palais
de Justice. Le cri en avait été fait la veille à son de trompe
dans les carrefours, par les gens de monsieur le prévôt,
en beaux hoquetons de camelot violet, avec de grandes
croix blanches sur la poitrine.

La foule des bourgeois et des bourgeoises s'acheminait
donc de toutes parts dès le matin, maisons et boutiques
fermées, vers l'un des trois endroits désignés. Chacun avait
pris parti, qui pour le feu de joie, qui pour le mai, qui
pour le mystère. Il faut dire, à l'éloge de l'antique bon sens
des badauds de Paris, que la plus grande partie de cette
foule se dirigeait vers le feu de joie, lequel était tout à fait
de saison, ou vers le mystère qui devait être représenté
dans la grande salle du Palais, bien couverte et bien close;
et que les curieux s'accordaient à laisser le pauvre mai
mal fleuri grelotter tout seul sous le ciel de janvier, dans
le cimetière de la chapelle de Braque.

Le peuple affluait surtout dans les avenues du Palais de
Justice, parce qu'on savait que les ambassadeurs flamands,
arrivés de la surveille, se proposaient d'assister à la repré-

sentation du mystère et à l'élection du pape des fous, laquelle devait se faire également dans la grand'salle.

Ce n'était pas chose aisée de pénétrer ce jour-là dans cette grand'salle, réputée cependant alors la plus grande enceinte couverte qui fût au monde (il est vrai que Sauval n'avait pas encore mesuré la grande salle du château de Montargis). La place du Palais, encombrée de peuple, offrait aux curieux des fenêtres l'aspect d'une mer, dans laquelle cinq ou six rues, comme autant d'embouchures de fleuves, dégorgeaient à chaque instant de nouveaux flots de têtes. Les ondes de cette foule, sans cesse grossies, se heurtaient aux angles des maisons qui s'avançaient çà et là, comme autant de promontoires, dans le bassin irrégulier de la place. Au centre de la haute façade gothique [1] du Palais, le grand escalier, sans relâche remonté et descendu par un double courant qui, après s'être brisé sous le perron intermédiaire, s'épandait en larges vagues sur ses deux pentes latérales; le grand escalier, dis-je, ruisselait incessamment dans la place comme une cascade dans un lac. Les cris, les rires, le trépignement de ces mille pieds, faisaient un grand bruit et une grande clameur. De temps en temps cette clameur et ce bruit redoublaient; le courant qui poussait toute cette foule vers le grand escalier rebroussait, se troublait, tourbillonnait. C'était une bourrade d'un archer, ou le cheval d'un sergent de la prévôté qui ruait pour rétablir l'ordre; admirable tradition que la prévôté a léguée à la connétablie, la connétablie à la maréchaussée, et la maréchaussée à notre gendarmerie de Paris.

[1] Le mot *gothique*, dans le sens où on l'emploie généralement, est parfaitement impropre, mais parfaitement consacré. Nous l'acceptons donc, et nous l'adoptons, comme tout le monde, pour caractériser l'architecture de la seconde moitié du moyen âge, celle dont l'ogive est le principe, qui succède à l'architecture de la première période, dont le plein cintre est le générateur.

Aux portes, aux fenêtres, aux lucarnes, sur les toits, fourmillaient des milliers de bonnes figures bourgeoises, calmes et honnêtes, regardant le Palais, regardant la cohue, et n'en demandant pas davantage; car bien des gens à Paris se contentent du spectacle des spectateurs, et c'est déjà pour nous une chose très-curieuse qu'une muraille derrière laquelle il se passe quelque chose.

S'il pouvait nous être donné à nous, hommes de 1830, de nous mêler en pensée à ces Parisiens du quinzième siècle et d'entrer avec eux, tiraillés, coudoyés, culbutés, dans cette immense salle du Palais, si étroite le 6 janvier 1482, le spectacle ne serait ni sans intérêt ni sans charme, et nous n'aurions autour de nous que des choses si vieilles, qu'elles nous sembleraient toutes neuves.

Si le lecteur y consent, nous essayerons de retrouver par la pensée l'impression qu'il eût éprouvée avec nous en franchissant le seuil de cette grande salle au milieu de cette cohue en surcot, en hoqueton et en cotte-hardie.

Et d'abord, bourdonnement dans les oreilles, éblouissement dans les yeux. Au-dessus de nos têtes une double voûte en ogive, lambrissée en sculptures de bois, peinte d'azur, fleurdelisée en or; sous nos pieds, un pavé alternatif de marbre blanc et noir. A quelques pas de nous, un énorme pilier, puis un autre, puis un autre; en tout sept piliers dans la longueur de la salle, soutenant au milieu de sa largeur les retombées de la double voûte. Autour des quatre premiers piliers, des boutiques de marchands, tout étincelantes de verre et de clinquants; autour des trois derniers, des bancs de bois de chêne, usés et polis par le haut-de-chausses des plaideurs et la robe des procureurs. A l'entour de la salle, le long de la haute muraille, entre les portes, entre les croisées, entre les piliers, l'interminable rangée des statues de tous les rois de France depuis Pharamond : les rois fainéants, les bras pendants et les yeux baissés; les rois vaillants et bataillards, la tête et les mains hardiment levées au ciel. Puis aux longues fenêtres ogives, des vitraux de mille couleurs; aux larges issues de la salle, de riches portes finement sculptées, et le tout, voûtes, piliers, murailles, chambranles, lambris, portes, statues, recouvert du haut en bas d'une splendide enluminure bleu et or, qui, déjà un peu ternie à l'époque où nous la voyons, avait presque entièrement disparu sous la poussière et les toiles d'araignée en l'an de grâce 1549, où du Breul l'admirait encore par tradition.

Qu'on se représente maintenant cette immense salle oblongue, éclairée de la clarté blafarde d'un jour de janvier, envahie par une foule bariolée et bruyante qui dérive le long des murs et tournoie autour des sept piliers, et l'on aura déjà une idée confuse de l'ensemble du tableau dont nous allons essayer d'indiquer plus précisément les curieux détails.

Il est certain que, si Ravaillac n'avait point assassiné Henri IV, il n'y aurait point eu de pièces du procès de Ravaillac déposées au greffe du Palais de Justice; point de complices intéressés à faire disparaître lesdites pièces; partant, point d'incendiaires obligés, faute de meilleur moyen, à brûler le greffe pour brûler les pièces, et à brûler le Palais de Justice pour brûler le greffe; par conséquent, enfin, point d'incendie de 1618. Le vieux Palais serait encore debout avec sa vieille grand'salle; je pourrais dire au lecteur : Allez la voir; et nous serions ainsi dispensés tous deux, moi d'en faire, lui d'en lire une description telle quelle. — Ce qui prouve cette vérité neuve : que les grands événements ont des suites incalculables.

Il est vrai qu'il serait fort possible d'abord que Ravaillac n'eût pas de complices, ensuite que ses complices, si par hasard il en avait, ne fussent pour rien dans l'incendie de 1618. Il en existe deux autres explications très-plausibles.

Premièrement, la grande étoile enflammée, large d'un pied, haute d'une coudée, qui tomba, comme chacun sait, du ciel sur le Palais, le 7 mars après minuit. Deuxièmement, le quatrain de Théophile :

Certes, ce fut un triste jeu
Quand à Paris dame Justice,
Pour avoir mangé trop d'épice,
Se mit tout le palais en feu.

Quoi qu'on pense de cette triple explication politique, physique, poétique, de l'incendie du Palais de Justice en 1618, le fait malheureusement certain, c'est l'incendie. Il reste bien peu de chose aujourd'hui, grâce à cette catastrophe, grâce surtout aux diverses restaurations successives qui ont achevé ce qu'elle avait épargné, il reste bien peu de chose de cette première demeure des rois de France, de ce palais aîné du Louvre, déjà si vieux du temps de Philippe-le-Bel, qu'on y cherchait les traces des magnifiques bâtiments élevés par le roi Robert et décrits par Helgaldus. Presque tout a disparu. Qu'est devenue la chambre de la chancellerie où saint Louis *consomma son mariage?* le jardin où il rendait la justice « vêtu d'une cotte de ca- « melot, d'un surcot de tiretaine sans manches, et d'un « manteau par-dessus de sandal noir, couché sur des tapis, « avec Joinville? » Où est la chambre de l'empereur Sigismond? celle de Charles IV? celle de Jean-sans-Terre? Où est l'escalier d'où Charles VI promulgua son édit de grâce? la dalle où Marcel égorgea, en présence du dauphin, Robert de Clermont et le maréchal de Champagne? le guichet où furent lacérées les bulles de l'antipape Bénédict, et d'où repartirent ceux qui les avaient apportées, chapés et mitrés en dérision, et faisant amende honorable par tout Paris? et la grand'salle, avec sa dorure, son azur, ses ogives, ses statues, ses piliers, son immense voûte toute déchiquetée de sculptures? et la chambre dorée? et le lion de pierre qui se tenait à la porte, la tête baissée, la queue entre les jambes, comme les lions du trône de Salomon, dans l'attitude humiliée qui convient à la force devant la justice? et les belles portes? et les beaux vitraux? et les ferrures ciselées qui décourageaient Biscornette? et les délicates menuiseries de du Hancy?... Qu'a fait le temps, qu'ont fait les hommes de ces merveilles? Que nous a-t-on donné pour tout cela, pour toute cette histoire gauloise, pour tout cet art gothique? les lourds cintres surbaissés de M. de Brosse, ce gauche architecte du portail Saint-Gervais : voilà pour l'art; et quant à l'histoire, nous avons les souvenirs bavards du gros pilier, encore tout retentissant des commérages des Patru.

Ce n'est pas grand'chose. — Revenons à la véritable grand'salle du véritable vieux Palais.

Les deux extrémités de ce gigantesque parallélogramme étaient occupées, l'une par la fameuse table de marbre d'un seul morceau, si longue, si large et si épaisse, que jamais on ne vit, disent les vieux papiers terriers, dans un style qui eût donné appétit à Gargantua, *pareille tranche de marbre au monde;* l'autre, par la chapelle où Louis XI s'était fait sculpter à genoux devant la Vierge, et où il avait fait transporter, sans se soucier de laisser deux niches vides dans la file des statues royales, les statues de Charlemagne et de saint Louis, deux saints qu'il supposait fort en crédit au ciel comme rois de France. Cette chapelle, neuve encore, bâtie à peine depuis six ans, était toute dans ce goût charmant d'architecture délicate, de sculpture merveilleuse, de fine et profonde ciselure, qui marque chez nous la fin de l'ère gothique et se perpétue jusque vers le milieu du seizième siècle dans les fantaisies féeriques de la renaissance. La petite rosace à jours percée au-dessus du portail était en particulier un chef-d'œuvre de ténuité et de grâce : on eût dit une étoile de dentelle.

Au milieu de la salle, vis-à-vis la grande porte, une estrade de brocart d'or, adossée au mur, et dans laquelle
était pratiquée une entrée particulière au moyen d'une fenêtre du couloir de la chambre dorée, avait été élevée
pour les envoyés flamands et les autres gros personnages
conviés à la représentation du mystère.

C'est sur la table de marbre que devait, selon l'usage,
être représenté le mystère. Elle avait été disposée pour
cela dès le matin ; sa riche planche de marbre, toute rayée
par les talons de la basoche, supportait une cage de charpente assez élevée, dont la surface supérieure, accessible
aux regards de toute la salle, devait servir de théâtre, et
dont l'intérieur, masqué par des tapisseries, devait tenir
lieu de vestiaire aux personnages de la pièce. Une échelle,
naïvement placée en dehors, devait établir la communica-
tion entre la scène et le vestiaire, et prêter ses roides éche-
lons aux entrées comme aux sorties. Il n'y avait pas de personnage si imprévu, pas de péripétie, pas de coup de théâtre, qui ne fût tenu de monter par cette échelle. Innocente
et vénérable enfance de l'art et des machines !

Quatre sergents du bailli du Palais, gardiens obligés de
tous les plaisirs du peuple les jours de fête comme les jours
d'exécution, se tenaient debout aux quatre coins de la table de marbre.

Ce n'était qu'au douzième coup de midi sonnant à la
grande horloge du Palais que la pièce devait commencer.
C'était bien tard sans doute pour une représentation théâ-
trale, mais il avait fallu prendre l'heure des ambassadeurs.

Or, toute cette multitude attendait depuis le matin. Bon
nombre de ces honnêtes curieux grelottaient dès le point
du jour devant le grand degré du Palais : quelques-uns
même affirmaient avoir passé la nuit en travers de la
grande porte pour être sûrs d'entrer les premiers. La foule

s'épaississait à tout moment, et, comme une eau qui dé-
passe son niveau, commençait à monter le long des murs,
à s'enfler autour des piliers, à déborder sur les entable-
ments, sur les corniches, sur les appuis des fenêtres, sur
toutes les saillies de l'architecture, sur tous les reliefs de la
sculpture. Aussi la gêne, l'impatience, l'ennui, la liberté
d'un jour de cynisme et de folie, les querelles qui éclataient à
tout propos pour un coude pointu ou un soulier ferré; la
fatigue d'une longue attente, donnaient-elles déjà, bien
avant l'heure où les ambassadeurs devaient arriver, un accent aigre et amer à la clameur de ce peuple enfermé, em-
boîté, pressé, foulé, étouffé. On n'entendait que plaintes
et imprécations contre les Flamands, le prévôt des marchands, le cardinal de Bourbon, le bailli du Palais, madame Marguerite d'Autriche, les sergents à verge, le froid,
le chaud, le mauvais temps, l'évêque de Paris, le pape des
fous, les piliers, les statues, cette porte fermée, cette fenêtre ouverte; le tout au grand amusement des bandes d'é-
coliers et de laquais disséminées dans la masse, qui mêlaient à tout ce mécontentement leurs taquineries et leurs
malices, et piquaient, pour ainsi dire, à coups d'épingles
la mauvaise humeur générale.

Il y avait entre autres un groupe de ces joyeux démons
qui, après avoir défoncé le vitrage d'une fenêtre, s'était
hardiment assis sur l'entablement, et de là plongeait tour
à tour ses regards et ses railleries au dedans et au dehors,
dans la foule de la salle et dans la foule de la place. A leurs
gestes de parodie, à leurs rires éclatants, aux appels goguenards qu'ils échangeaient d'un bout à l'autre de la salle
avec leurs camarades, il était aisé de juger que ces jeunes
clercs ne partageaient pas l'ennui et la fatigue du reste des
assistants, et qu'ils savaient fort bien, pour leur plaisir
particulier, extraire de ce qu'ils avaient sous les yeux un
spectacle qui leur faisait attendre patiemment l'autre.

— Sur mon âme, c'est vous, *Joannes Frollo de Molen-dino!* criait l'un d'eux à une espèce de petit diable blond, à jolie et maligne figure, accroché aux acanthes d'un chapiteau ; vous êtes bien nommé Jehan du Moulin, car vos deux bras et vos deux jambes ont l'air de quatre ailes qui vont au vent. — Depuis combien de temps êtes-vous ici ?

— Par la miséricorde du diable, répondit *Joannes Frollo*, voilà plus de quatre heures, et j'espère bien qu'elles me seront comptées sur mon temps de purgatoire. J'ai entendu les huit chantres du roi de Sicile entonner le premier verset de la haute messe de sept heures dans la Sainte-Chapelle.

— De beaux chantres ! reprit l'autre, et qui ont la voix encore plus pointue que leur bonnet ! Avant de fonder une messe à monsieur saint Jean, le roi aurait bien dû s'informer si monsieur saint Jean aime le latin psalmodié avec accent provençal.

— C'est pour employer ces maudits chantres du roi de Sicile qu'il a fait cela ! cria aigrement une vieille femme dans la foule au bas de la fenêtre. Je vous demande un peu ! mille livres parisis pour une messe ! et sur la ferme du poisson de mer des halles de Paris, encore !

— Paix ! vieille, reprit un gros et grave personnage qui se bouchait le nez à côté de la marchande de poisson ; il fallait bien fonder une messe. Vouliez-vous pas que le roi retombât malade ?

— Bravement parlé, sire Gilles Lecornu, maître pelletier-fourreur des robes du roi ! cria le petit écolier cramponné au chapiteau.

Un éclat de rire de tous les écoliers accueillit le nom malencontreux du pauvre pelletier-fourreur des robes du roi.

— Lecornu ! Gilles Lecornu ! disaient les uns.

— *Cornutus et hirsutus*, reprenait un autre.

— Hé ! sans doute, continuait le petit démon du chapiteau. Qu'ont-ils à rire? Honorable homme Gilles Lecornu, frère de maître Jehan Lecornu, prévôt de l'hôtel du roi, fils de maître Mahiet Lecornu, premier portier du bois de Vincennes, tous bourgeois de Paris, tous mariés de père en fils!

La gaieté redoubla. Le gros pelletier-fourreur, sans répondre un mot, s'efforçait de se dérober aux regards fixés sur lui de tous côtés; mais il suait et soufflait en vain : comme un coin qui s'enfonce dans le bois, les efforts qu'il faisait ne servaient qu'à emboîter plus solidement dans les épaules de ses voisins sa large face apoplectique, pourpre de dépit et de colère.

Enfin un de ceux-ci, gros, court et vénérable comme lui, vint à son secours.

— Abomination! des écoliers qui parlent de la sorte à un bourgeois! de mon temps on les eût fustigés avec un fagot dont on les eût brûlés ensuite.

La bande entière éclata.

— Holà-hé! qui chante cette gamme? quel est le chat-huant de malheur?

— Tiens, je le reconnais, dit l'un, c'est maître Andry Musnier.

— Parce qu'il est un des quatre libraires jurés de l'Université! dit l'autre.

— Tout est par quatre dans cette boutique, cria un troisième : les quatre nations, les quatre facultés, les quatre fêtes, les quatre procureurs, les quatre électeurs, les quatre libraires.

— Eh bien! reprit Jehan Frollo, il faut leur faire le diable à quatre.

— Musnier, nous brûlerons tes livres.

— Musnier, nous battrons ton laquais.

— Musnier, nous chiffonnerons ta femme.

— La bonne grosse mademoiselle Oudarde.

— Qui est aussi fraîche et aussi gaie que si elle était veuve.

— Que le diable vous emporte ! grommela maître Andry Musnier.

— Maître Andry, reprit Jehan, toujours pendu à son chapiteau, tais-toi, ou je te tombe sur la tête !

Maître Andry leva les yeux, parut mesurer un instant la hauteur du pilier, la pesanteur du drôle, multiplia mentalement cette pesanteur par le carré de la vitesse, et se tut.

Jehan, maître du champ de bataille, poursuivit avec triomphe :

— C'est que je le ferais, quoique je sois frère d'un archidiacre !

— Beaux sires, que nos gens de l'Université ! n'avoir seulement pas fait respecter nos priviléges dans un jour comme celui-ci ! Enfin, il y a mai et feu de joie à la Ville ; mystère, pape des fous et ambassadeurs flamands à la Cité ; et à l'Université, rien !

— Cependant la place Maubert est assez grande ! reprit un des clercs cantonnés sur la table de la fenêtre.

— A bas le recteur, les électeurs et les procureurs ! cria Joannes.

— Il faudra faire un feu de joie ce soir dans le champ Gaillard, poursuivit l'autre, avec les livres de maître Andry.

— Et les pupitres des scribes dit son voisin.

— Et les verges des bedeaux !

— Et les crachoirs des doyens !

— Et les buffets des procureurs !

— Et les huches des électeurs !

— Et les escabeaux du recteur !

— A bas ! reprit le petit Jehan en faux-bourdon ; à bas maître Andry, les bedeaux et les scribes, les théologiens, les médecins et les décrétistes, les procureurs, les électeurs et le recteur !

— C'est donc la fin du monde! murmura maître Andry en se bouchant les oreilles.

— A propos, le recteur! le voici qui passe dans la place, cria un de ceux de la fenêtre.

Ce fut à qui se retournerait vers la place.

— Est-ce que c'est vraiment notre vénérable recteur maître Thibaut? demanda Jehan Frollo du Moulin, qui, s'étant accroché à un pilier de l'intérieur, ne pouvait voir ce qui se passait au dehors.

— Oui, oui, répondirent tous les autres, c'est bien lui, maître Thibaut le recteur.

C'était en effet le recteur et tous les dignitaires de l'Université, qui se rendaient processionnellement au-devant de l'ambassade, et traversaient en ce moment la place du Palais. Les écoliers, pressés à la fenêtre, les accueillirent au passage avec des sarcasmes et des applaudissements ironiques. Le recteur, qui marchait en tête de sa compagnie, essuya la première bordée; elle fut rude.

— Bonjour, monsieur le recteur! Holà-hé! bonjour donc!

— Comment fait-il pour être ici, le vieux joueur? il a donc quitté ses dés?

— Comme il trotte sur sa mule! Elle a les oreilles moins longues que lui.

— Holà-hé! bonjour, monsieur le recteur Thibaut! *Tybalde aleator!* vieil imbécile! vieux joueur!

— Dieu vous garde! avez-vous fait souvent double-six cette nuit?

— Oh! la caduque figure, plombée, tirée et battue pour l'amour du jeu et des dés!

— Où allez-vous comme cela, Thibaut, *Tybalde ad dados*, tournant le dos à l'Université et trottant vers la ville?

— Il y va sans doute chercher un logis rue Thibautodé! cria Jehan du Moulin.

Toute la bande répéta le quolibet avec une voix de tonnerre et des battements de mains furieux.

— Vous allez chercher logis rue Thibautodé, n'est-ce pas, monsieur le recteur, joueur de la partie du diable?

Puis ce fut le tour des autres dignitaires.

— A bas les bedeaux! à bas les massiers!

— Dis donc, Robin Poussepain, qu'est-ce que c'est donc que celui-là?

— C'est Gilbert de Suilly, *Gilbertus de Soliaco*, le chancelier du collége d'Autun.

— Tiens, voici mon soulier : tu es mieux placé que moi; jette-le-lui par la figure.

— *Saturnalitias mittimus ecce nuces.*

— A bas les six théologiens avec leurs surplis blancs!

— Ce sont là les théologiens? Je croyais que c'étaient six oies blanches données par Sainte-Geneviève à la ville, pour le fief de Roogny.

— A bas les médecins!

— A bas les disputations cardinales et quodlibétaires!

— A toi ma coiffe, chancelier de Sainte-Geneviève! tu m'as fait un passe-droit.

— C'est vrai, cela; il a donné ma place dans la nation de Normandie au petit Ascanio Falzaspada, qui est de la province de Bourges, puisqu'il est Italien.

— C'est une injustice, dirent tous les écoliers. A bas le chancelier de Sainte-Geneviève!

— Ho-hé! maître Joachim de Ladehors! Ho-hé! Louis Dahuille! Ho-hé! Lambert Hoctement!

— Que le diable étouffe le procureur de la nation d'Allemagne!

— Et les chapélains de la Sainte-Chapelle, avec leurs aumusses grises; *cum tunicis grisis!*

— *Seu de pellibus grisis fourratis!*

— Holà-hé! les maîtres ès-arts! Toutes les belles chapes noires! toutes les belles chapes rouges!

— Cela fait une belle queue au recteur!

— On dirait un duc de Venise qui va aux épousailles de la mer.

— Dis donc, Jehan! les chanoines de Sainte-Gene-viève!

— Au diable la chanoinerie!

— Abbé Claude Choart! docteur Claude Choart! Est-ce que vous cherchez Marie-la-Giffarde?

— Elle est rue de Glatigny.

— Elle fait le lit du roi des ribauds.

— Elle paye ses quatre deniers; *quatuor denarios.*

— *Aut unum bombum.*

— Voulez-vous qu'elle vous paye au nez?

— Camarades! maître Simon Sanguin, l'électeur de Picardie, qui a sa femme en croupe.

— *Post equitem sedet atra cura.*

— Hardi, maître Simon!

— Bonjour, monsieur l'électeur!

— Bonne nuit, madame l'électrice!

— Sont-ils heureux de voir tout cela! disait en soupi-rant *Joannes de Molendino,* toujours perché dans les feuillages de son chapiteau.

Cependant le libraire juré de l'Université, maître Andry Musnier, se penchait à l'oreille du pelletier-fourreur des robes du roi, maître Gilles Lecornu.

— Je vous le dis, monsieur, c'est la fin du monde. On n'a jamais vu pareils débordements de l'écolerie; ce sont les maudites inventions du siècle qui perdent tout. Les artilleries, les serpentines, les bombardes, et surtout l'impression, cette autre peste d'Allemagne. Plus de ma-nuscrits, plus de livres! l'impression tue la librairie. C'est la fin du monde qui vient.

— Je m'en aperçois bien au progrès des étoffes de velours, dit le marchand fourreur.

En ce moment midi sonna.

— Ah!... dit toute la foule d'une seule voix.

Les écoliers se turent. Puis il se fit un grand remue-ménage; un grand mouvement de pieds et de têtes; une grande détonation générale de toux et de mouchoirs; chacun s'arrangea, se posta, se haussa, se groupa. Puis un grand silence; tous les cous restèrent tendus, toutes les bouches ouvertes, tous les regards tournés vers la table de marbre;... rien n'y parut. Les quatre sergents du bailli étaient toujours là, roides et immobiles comme quatre statues peintes. Tous les yeux se tournèrent vers l'estrade réservée aux envoyés flamands. La porte restait fermée, et l'estrade vide. Cette foule attendait depuis le matin trois choses : midi, l'ambassade de Flandre, le mystère. Midi seul était arrivé à l'heure.

Pour le coup, c'était trop fort.

On attendit une, deux, trois, cinq minutes, un quart d'heure; rien ne venait. L'estrade demeurait déserte; le héâtre, muet. Cependant à l'impatience avait succédé la colère. Les paroles irritées circulaient, à voix basse encore, il est vrai. — Le mystère! le mystère! murmurait-on sourdement. Les têtes fermentaient. Une tempête, qui ne faisait encore que gronder, flottait à la surface de cette foule. Ce fut Jehan du Moulin qui en tira la première étincelle.

— Le mystère, et au diable les Flamands! s'écria-t-il de toute la force de ses poumons en se tordant comme un serpent autour de son chapiteau.

La foule battit des mains.

— Le mystère! répéta-t-elle, et la Flandre à tous les diables!

— Il nous faut le mystère sur-le-champ, reprit l'écolier;

on m'est avis que nous pendions le bailli du Palais, en
guise de comédie et de moralité.

— Bien dit ! cria le peuple, et entamons la pendaison
par ses sergents.

Une grande acclamation suivit. Les quatre pauvres diables commençaient à pâlir et à s'entre-regarder. La multitude s'ébranlait vers eux, et ils voyaient déjà la frêle
balustrade de bois qui les en séparait ployer et faire ventre sous la pression de la foule.

Le moment était critique.

— A sac ! à sac ! criait-on de toutes parts.

En cet instant la tapisserie du vestiaire que nous avons
décrit plus haut se souleva et donna passage à un personnage dont la seule vue arrêta subitement la foule, et changea comme par enchantement sa colère en curiosité.

— Silence ! silence !

Le personnage, fort peu rassuré et tremblant de tous ses
membres, s'avança jusqu'au bord de la table de marbre,
avec force révérences qui, à mesure qu'il approchait, ressemblaient de plus en plus à des génuflexions.

Cependant le calme s'était à peu près rétabli. Il ne restait plus que cette légère rumeur qui se dégage toujours
du silence de la foule.

— Messieurs les bourgeois, dit-il, et mesdemoiselles les
bourgeoises, nous devons avoir l'honneur de déclamer et
représenter devant Son Eminence monsieur le cardinal
une très-belle moralité, qui a nom : *le bon Jugement de
madame la vierge Marie*. C'est moi qui fais Jupiter. Son
Eminence accompagne en ce moment l'ambassade très-ho-
norable de monsieur le duc d'Autriche, laquelle est rete-
nue, à l'heure qu'il est, à écouter la harangue de monsieur le recteur de l'Université, à la porte Baudets. Dès que
l'éminentissime cardinal sera arrivé, nous commencerons.

Il est certain qu'il ne fallait rien moins que l'intervention de Jupiter pour sauver les quatre malheureux sergents du bailli du Palais. Si nous avions le bonheur d'avoir inventé cette très-véridique histoire, et par conséquent d'en être responsable par-devant notre dame la critique, ce n'est pas contre nous qu'on pourrait invoquer en ce moment le précepte classique : *Nec deus intersit.* Du reste, le costume du seigneur Jupiter était fort beau, et n'avait pas peu contribué à calmer la foule, en attirant toute son attention. Jupiter était vêtu d'une brigandine couverte de velours noir, à clous dorés; il était coiffé d'un bicoquet garni de boutons d'argent dorés; et, n'était le rouge et la grosse barbe qui couvraient chacun une moitié de son visage, n'était le rouleau de carton doré, semé de passequilles et tout hérissé de lanières de clinquant qu'il portait à la main et dans lequel des yeux exercés reconnaissaient aisément la foudre, n'étaient ses pieds couleur de chair et enrubanés à la grecque, il eût pu supporter la comparaison, pour la sévérité de sa tenue, avec un archer breton du corps de monsieur de Berry.

II

PIERRE GRINGOIRE.

Cependant, tandis qu'il haranguait, la satisfaction, l'admiration unanimement excitées par son costume se dissipaient à ses paroles; et quand il arriva à cette conclusion malencontreuse : « Dès que l'éminentissime cardinal sera « arrivé, nous commencerons, » sa voix se perdit dans un tonnerre de huées.

— Commencez tout de suite! le mystère! le myst...

tout de suite! criait le peuple. Et l'on entendait par-dessus toutes les voix celle de *Joannes de Molendino*, qui perçait la rumeur comme le fifre dans un charivari de Nîmes. Commencez tout de suite! glapissait l'écolier.

— A bas Jupiter et le cardinal de Bourbon! vociféraient Robin Poussepain et les autres clercs juchés dans la croisée.

— Tout de suite la moralité! répétait la foule; sur-le-champ! tout de suite! le sac et la corde aux comédiens et a cardinal!

Le pauvre Jupiter, hagard, effrayé, pâle sous son rouge, laissa tomber sa foudre, prit à la main son bicoquet; puis il saluait et tremblait en balbutiant : Son Eminence... les ambassadeurs... madame Marguerite de Flandre... Il ne savait que dire. Au fond, il avait peur d'être pendu.

Pendu par la populace pour attendre, pendu par le cardinal pour n'avoir pas attendu, il ne voyait des deux côtés qu'un abîme, c'est-à-dire une potence.

Heureusement quelqu'un vint le tirer d'embarras et assumer la responsabilité.

Un individu qui se tenait en deçà de la balustrade, dans l'espace laissé libre autour de la table de marbre, et que personne n'avait encore aperçu, tant sa longue et mince personne était complétement abritée de tout rayon visuel par le diamètre du pilier auquel il était adossé; cet individu, disons-nous, grand, maigre, blême, blond, jeune encore, quoique déjà ridé au front et aux joues, avec des yeux brillants et une bouche souriante, vêtu d'une serge noire, râpée et lustrée de vieillesse, s'approcha de la table de marbre, et fit un signe au pauvre patient. Mais l'autre, interdit, ne voyait pas.

Le nouveau venu fit un pas de plus :

— Jupiter! dit-il, mon cher Jupiter!

L'autre n'entendait point.

Enfin le grand blond, impatienté, lui cria presque sous le nez :

— Michel Giborne !

— Qui m'appelle? dit Jupiter comme éveillé en sursaut.

— Moi, répondit le personnage vêtu de noir.

— Ah ! dit Jupiter.

— Commencez tout de suite, reprit l'autre. Satisfaites le populaire; je me charge d'apaiser monsieur le bailli, qui apaisera monsieur le cardinal.

Jupiter respira.

— Messeigneurs les bourgeois, cria-t-il de toute la force de ses poumons à la foule, qui continuait de le huer, nous allons commencer tout de suite.

— *Evoe, Jupiter! Plaudite, cives!* crièrent les écoliers.

— Noël ! Noël ! cria le peuple.

Ce fut un battement de mains assourdissant, et Jupiter était déjà rentré sous sa tapisserie que la salle tremblait encore d'acclamations.

Cependant le personnage inconnu qui avait si magiquement changé *la tempête en bonace*, comme dit notre vieux et cher Corneille, était modestement rentré dans la pénombre de son pilier, et y serait sans doute resté invisible, immobile et muet comme auparavant, s'il n'en eût été tiré par deux jeunes femmes qui, placées au premier rang des spectateurs, avaient remarqué son colloque avec Michel Giborne-Jupiter.

— Maître, dit l'une d'elles en lui faisant signe de s'approcher...

— Taisez-vous donc, ma chère Liénarde, dit sa voisine, jolie, fraîche, et toute brave à force d'être endimanchée. Ce n'est pas un clerc, c'est un laïque; il ne faut pas dire *maître*, mais bien *messire*.

— Messire, dit Liénarde.

L'inconnu s'approcha de la balustrade.

— Que voulez-vous de moi, mesdamoiselles? demanda-t-il avec empressement.

— Oh! rien, dit Liénarde toute confuse, c'est ma voisine Gisquette-la-Gencienne qui veut vous parler.

— Non pas, reprit Gisquette en rougissant; c'est Liénarde qui vous a dit maître; je lui ai dit qu'on disait Messire.

Les deux jeunes filles baissaient les yeux. L'autre, qui ne demandait pas mieux que de lier conversation, les regardait en souriant.

— Vous n'avez donc rien à me dire, mesdamoiselles?

— Oh! rien du tout, répondit Gisquette.

— Rien, dit Liénarde.

Le grand jeune homme blond fit un pas pour se retirer; mais les deux curieuses n'avaient pas envie de lâcher prise.

— Messire, dit vivement Gisquette avec l'impétuosité d'une écluse qui s'ouvre ou d'une femme qui prend son parti, vous connaissez donc ce soldat qui va jouer le rôle de madame la Vierge dans le mystère?

— Vous voulez dire le rôle de Jupiter? reprit l'anonyme.

— Hé! oui, dit Liénarde, est-elle bête! Vous connaissez donc Jupiter?

— Michel Giborne! répondit l'anonyme; oui, madame.

— Il a une fière barbe! dit Liénarde.

— Cela sera-t-il beau, ce qu'ils vont dire là-dessus? demanda timidement Gisquette.

— Très-beau, mademoiselle, répondit l'anonyme sans la moindre hésitation.

— Qu'est-ce que ce sera? dit Liénarde.

— *Le bon Jugement de madame la Vierge*, moralité, s'il vous plait, mademoiselle.

3.

— Ah ! c'est différent, reprit Liénarde.

Un court silence suivit. L'inconnu le rompit.

— C'est une moralité toute neuve, et qui n'a pas en-. core servi.

— Ce n'est donc pas la même, dit Gisquette, que celle qu'on a donnée il y a deux ans, le jour de l'entrée de monsieur le légat, et où il y avait trois belles filles faisant personnages...

— De sirènes, dit Liénarde.

— Et toutes nues, ajouta le jeune homme.

Liénarde baissa pudiquement les yeux. Gisquette la regarda, et en fit autant. Il poursuivit en souriant :

— C'était chose bien plaisante à voir. Aujourd'hui c'est une moralité faite exprès pour madame la demoiselle de Flandre.

— Chantera-t-on des bergerettes? demanda Gisquette.

— Fi! dit l'inconnu, dans une moralité! il ne faut pas confondre les genres. Si c'était une sotie, à la bonne heure.

— C'est dommage, reprit Gisquette. Ce jour-là il y avait à la fontaine du Ponceau des hommes et des femmes sauvages qui se combattaient et faisaient plusieurs contenances en chantant de petits motets et des bergerettes.

— Ce qui convient pour un légat, dit assez sèchement l'inconnu, ne convient pas pour une princesse.

— Et près d'eux, reprit Liénarde, joutaient plusieurs bas instruments qui rendaient de grandes mélodies.

— Et pour rafraîchir les passants, continua Gisquette, la fontaine jetait par trois bouches, vin, lait et hypocras, dont buvait qui voulait.

— Et un peu au-dessous du Ponceau, poursuivit Liénarde, à la Trinité, il y avait une passion par personnages, et sans parler.

— Si je m'en souviens! s'écria Gisquette : Dieu en la croix, et les deux larrons à droite et à gauche.

Ici les jeunes commères, s'échauffant au souvenir de l'entrée de monsieur le légat, se mirent à parler à la fois.

— Et plus avant, à la porte aux Peintres, il y avait d'autres personnes très-richement habillées.

— Et à la fontaine Saint-Innocent, ce chasseur qui poursuivait une biche avec un grand bruit de chiens et de trompes de chasse !

— Et à la boucherie de Paris, ces échafauds qui figuraient la Bastille de Dieppe.

— Et quand le légat passa, tu sais, Gisquette? on donna l'assaut, et les Anglais eurent tous les gorges coupées !

— Et contre la porte du Châtelet, il y avait de très-beaux personnages !

— Et sur le pont au Change, qui était tout tendu par-dessus !

— Et quand le légat passa, on laissa voler sur le pont plus de deux cents douzaines de toutes sortes d'oiseaux ; c'était très-beau, Liénarde !

— Ce sera plus beau aujourd'hui, reprit enfin leur interlocuteur, qui semblait les écouter avec impatience.

— Vous nous promettez que ce mystère sera beau? dit Gisquette.

— Sans doute, reprit-il; puis il ajouta avec une certaine emphase :

— Mesdamoiselles, c'est moi qui en suis l'auteur.

— Vraiment? dirent les jeunes filles, tout ébahies.

— Vraiment! répondit le poëte en se rengorgeant légèrement; c'est-à-dire, nous sommes deux : Jehan Marchand, qui a scié les planches, et dressé la charpente du théâtre et la boiserie, et moi, qui ai fait la pièce. — Je m'appelle Pierre Gringoire.

L'auteur du *Cid* n'eût pas dit avec plus de fierté :
Pierre Corneille.

Nos lecteurs ont pu observer qu'il avait déjà dû s'écouler un certain temps depuis le moment où Jupiter était
rentré sous la tapisserie jusqu'à l'instant où l'auteur de la
moralité nouvelle s'était révélé ainsi brusquement à l'admiration naïve de Gisquette et de Liénarde. Chose remarquable : toute cette foule, quelques minutes auparavant si
tumultueuse, attendait maintenant avec mansuétude, sur
la foi du comédien ; ce qui prouve cette vérité éternelle et
tous les jours encore éprouvée dans nos théâtres, que le
meilleur moyen de faire attendre patiemment le public,
c'est de lui affirmer qu'on va commencer tout de suite.

Toutefois l'écolier Joannes ne s'endormait pas.

— Holà-hé ! cria-t-il tout à coup au milieu de la paisible
attente qui avait succédé au trouble ; Jupiter, madame la
Vierge, bateleurs du diable ! vous gaussez-vous ? la pièce !
la pièce ! commencez, ou nous recommençons !

Il n'en fallut pas davantage.

Une musique de hauts et bas instruments se fit entendre
de l'intérieur de l'échafaudage ; la tapisserie se souleva ;
quatre personnages bariolés et fardés en sortirent, grim-
pèrent la roide échelle du théâtre, et, parvenus sur la
plate-forme supérieure, se rangèrent en ligne devant le public, qu'ils saluèrent profondément ; alors la symphonie se
tut. C'était le mystère qui commençait.

Les quatre personnages, après avoir largement recueilli
le payement de leurs révérences en applaudissements, en-
tamèrent, au milieu d'un religieux silence, un prologue
dont nous faisons volontiers grâce au lecteur. Du reste, ce
qui arrive encore de nos jours, le public s'occupait encore
plus des costumes qu'ils portaient que du rôle qu'ils débi-
taient ; et, en vérité, c'était justice. Ils étaient vêtus tous
quatre de robes mi-parties jaune et blanc, qui ne se distin

guaient entre elles que par la nature de l'étoffe ; la première était en brocart or et argent, la deuxième en soie,
la troisième en laine, la quatrième en toile. Le premier des
personnages portait en main droite une épée, le second
deux clefs d'or, le troisième une balance, le quatrième une
bêche ; et pour aider les intelligences paresseuses qui n'auraient pas vu clair à travers la transparence de ces attri-
buts, on pouvait lire en grosses lettres noires brodées : au
bas de la robe de brocart, JE M'APPELLE NOBLESSE; au bas
de la robe de soie, JE M'APPELLE CLERGÉ; au bas de la robe
de laine, JE M'APPELLE MARCHANDISE; au bas de la robe de
toile, JE M'APPELLE LABOUR. Le sexe des deux allégories mâ-
les était clairement indiqué à tout spectateur judicieux par
leurs robes moins longues et par la cramignole qu'elles
portaient en tête, tandis que les deux allégories femelles,
moins court vêtues, étaient coiffées d'un chaperon.

Il eût fallu aussi beaucoup de mauvaise volonté pour ne
pas comprendre, à travers la poésie du prologue, que Labour était marié à Marchandise et Clergé à Noblesse, et
que les deux heureux couples possédaient en commun un
magnifique dauphin d'or, qu'ils prétendaient n'adjuger
qu'à la plus belle. Ils allaient donc par le monde cherchant
et quêtant cette beauté, et, après avoir successivement rejeté la reine de Golconde, la princesse de Trébisonde, la fille
du Grand-Khan de Tartarie, etc., etc., Labour et Clergé,
Noblesse et Marchandise, étaient venus se reposer sur la
table de marbre du Palais de Justice, en débitant devant
l'honnête auditoire autant de sentences et de maximes
qu'on en pouvait alors dépenser à la Faculté des arts
aux examens, sophismes, déterminances, figures et actes,
où les maîtres prenaient leurs bonnets de licence.

Tout cela était en effet très-beau.

Cependant, dans cette foule sur laquelle les quatre allégories versaient à qui mieux mieux des flots de métapho-

res, il n'y avait pas une oreille plus attentive, pas un cœur plus palpitant, pas un œil plus hagard, pas un cou plus tendu que l'œil, l'oreille, le cou et le cœur de l'auteur, du poëte, de ce brave Pierre Gringoire, qui n'avait pu résister, le moment d'auparavant, à la joie de dire son nom à deux jolies filles. Il était retourné à quelques pas d'elles, derrière son pilier; et là, il écoutait, il regardait, il savourait. Les bienveillants applaudissements qui avaient accueilli le début de son prologue retentissaient encore dans ses entrailles, et il était complétement absorbé dans cette espèce de contemplation extatique avec laquelle un auteur voit ses idées tomber une à une de la bouche de l'acteur dans le silence d'un vaste auditoire. Digne Pierre Gringoire!

Il nous en coûte de le dire, mais cette première extase fut bien vite troublée. A peine Gringoire avait-il approché ses lèvres de cette coupe enivrante de joie et de triomphe, qu'une goutte d'amertume vint s'y mêler.

Un mendiant déguenillé, qui ne pouvait faire recette, perdu qu'il était au milieu de la foule, et qui n'avait sans doute pas trouvé suffisante indemnité dans les poches de ses voisins, avait imaginé de se jucher sur quelque point en évidence, pour attirer les regards et les aumônes. Il s'était donc hissé pendant les premiers vers du prologue, à l'aide des piliers de l'estrade réservée, jusqu'à la corniche qui en bordait la balustrade à sa partie inférieure; et là, il s'était assis, sollicitant l'attention et la pitié de la multitude, avec ses haillons et une plaie hideuse qui couvrait son bras droit. Du reste, il ne proférait pas une parole.

Le silence qu'il gardait laissait aller le prologue sans encombre, et aucun désordre sensible ne serait survenu, si le malheur n'eût voulu que l'écolier Joannes avisât, du haut de son pilier, le mendiant et ses simagrées. Un fou rire s'empara du jeune drôle, qui, sans se soucier d'interrompre le spectacle et de troubler le recueillement universel, s'écria gaillardement :

— Tiens! ce malingreux qui demande l'aumône!

Quiconque a jeté une pierre dans une mare à grenouilles, ou tiré un coup de fusil dans une volée d'oiseaux, peut se faire une idée de l'effet que produisirent ces paroles incongrues au milieu de l'attention générale. Gringoire en tressaillit, comme d'une secousse électrique. Le prologue resta court, et toutes les têtes se retournèrent en tumulte vers le mendiant, qui, loin de se déconcerter, vit dans cet incident une bonne occasion de récolte, et se mit à dire d'un air dolent en fermant ses yeux à demi : — La charité, s'il vous plaît!

— Eh mais... sur mon âme, reprit Joannes, c'est Clopin Trouillefou. Holà-hé! l'ami, ta plaie te gênait donc à la jambe, que tu l'as mise sur ton bras?

En parlant ainsi, il jetait, avec une adresse de singe, un petit blanc dans le feutre gras que le mendiant tendait de son bras malade. Le mendiant reçut, sans broncher, l'aumône et le sarcasme, et continua d'un accent lamentable : — La charité, s'il vous plaît!

Cet épisode avait considérablement distrait l'auditoire; et bon nombre de spectateurs, Robin Poussepain et tous les clercs en tête, applaudissaient gaiement à ce duo bizarre, que venaient d'improviser, au milieu du prologue, l'écolier avec sa voix criarde et le mendiant avec son imperturbable psalmodie.

Gringoire était fort mécontent. Revenu de sa première stupéfaction, il s'évertuait à crier aux quatre personnages en scène : — Continuez! que diable! continuez! — sans même daigner jeter un regard de dédain sur les deux interrupteurs.

En ce moment, il se sentit tirer par le bord de son surtout; il se retourna, non sans quelque humeur, et eut assez de peine à sourire; il le fallait pourtant. C'était le joli bras de Gisquette-la-Gencienne, qui, passé à travers la balustrade, sollicitait de cette façon son attention.

— Monsieur, dit la jeune fille, est-ce qu'ils vont continuer?

— Sans doute, répondit Gringoire, assez choqué de la question.

— En ce cas, messire, reprit-elle, auriez-vous la courtoisie de m'expliquer...

— Ce qu'ils vont dire, interrompit Gringoire. Eh bien! écoutez.

— Non, dit Gisquette, mais ce qu'ils ont dit jusqu'à présent.

Gringoire fit un soubresaut, comme un homme dont on toucherait la plaie à vif.

— Peste de la petite fille sotte et bouchée! dit-il entre ses dents.

À dater de ce moment-là, Gisquette fut perdue dans son esprit.

· Cependant les acteurs avaient obéi à son injonction, et le public, voyant qu'ils se remettaient à parler, s'était remis à écouter; non sans avoir perdu force beautés dans l'espèce de soudure qui se fit entre les deux parties de la pièce, ainsi brusquement coupée. Gringoire en faisait tout bas l'amère réflexion. Pourtant la tranquillité s'était rétablie peu à peu; l'écolier se taisait, le mendiant comptait quelque monnaie dans son chapeau, la pièce avait repris le dessus.

C'était en réalité un fort bel ouvrage, et dont il nous semble qu'on pourrait encore fort bien tirer parti aujourd'hui, moyennant quelques arrangements. L'exposition, un peu longue et un peu vide, c'est-à-dire dans les règles, était simple; et Gringoire, dans le candide sanctuaire de son for intérieur, en admirait la clarté. Comme on s'en doute bien, les quatre personnages allégoriques étaient un peu fatigués d'avoir parcouru les trois parties du monde sans trouver à se défaire convenablement de leur dauphin d'or. Là-dessus, éloge du poisson merveilleux, avec mille allusions délicates au jeune fiancé de Marguerite de Flandre, alors fort tristement reclus à Amboise, et ne se doutant guère que Labour et Clergé, Noblesse et Marchandise, venaient de faire le tour du monde pour lui. Le susdit dauphin donc était jeune, était beau, était fort, et surtout (magnifique origine de toutes les vertus royales!) il était fils du lion de France. Je déclare que cette métaphore hardie est admirable; et que l'histoire naturelle du théâtre, un jour d'allégorie et d'épithalame royal, ne s'effarouche aucunement d'un dauphin fils d'un lion. Ce sont justement ces rares et pindariques mélanges qui prouvent l'enthousiasme. Néanmoins, pour faire aussi la part de la critique, le poëte aurait pu développer cette belle idée en moins de deux cents vers. Il est vrai que le mystère devait durer depuis midi jusqu'à quatre heures, d'après l'ordonnance de monsieur le prévôt, et qu'il faut bien dire quelque chose. D'ailleurs, on écoutait patiemment.

Tout à coup, au beau milieu d'une querelle entre mademoiselle Marchandise et madame Noblesse, au moment où maître Labour prononçait ce vers mirifique,

Onc ne vis dans les bois bête plus triomphante;

la porte de l'estrade réservée, qui était jusque-là restée si mal à propos fermée, s'ouvrit plus mal à propos encore; et la voix retentissante de l'huissier annonça brusquement : *Son Eminence monseigneur le cardinal de Bourbon!*

III

MONSIEUR LE CARDINAL.

Pauvre Gringoire ! le fracas de tous les gros doubles pétards de la Saint-Jean, la décharge de vingt arquebuses à
croc, la détonation de cette fameuse serpentine de la tour
de Billy, qui, lors du siége de Paris, le dimanche 29 septembre 1465, tua sept Bourguignons d'un coup, l'explosion de toute la poudre à canon emmagasinée à la porte
du Temple, lui eût moins rudement déchiré les oreilles,
en ce moment solennel et dramatique, que ce peu de paroles tombées de la bouche d'un huissier : *Son Eminence
monseigneur le cardinal de Bourbon.*

Ce n'est pas que Pierre Gringoire craignît monsieur le
cardinal ou le dédaignât. Il n'avait ni cette faiblesse ni
cette outrecuidance. Véritable éclectique, comme on dirait
aujourd'hui, Gringoire était de ces esprits élevés et fermes,
modérés et calmes, qui savent toujours se tenir au milieu
de tout (*stare in dimidio rerum*), et qui sont pleins de
raison et de libérale philosophie, tout en faisant état des
cardinaux. Race précieuse et jamais interrompue de philosophes auxquels la sagesse, comme une autre Ariane, semble avoir donné une pelote de fil qu'ils s'en vont dévidant
depuis le commencement du monde à travers le labyrinthe
des choses humaines. On les retrouve dans tous les temps,
toujours les mêmes, c'est-à-dire toujours selon tous les
temps. Et sans compter notre Pierre Gringoire, qui les re-
présenterait au quinzième siècle si nous parvenions à lui
rendre l'illustration qu'il mérite, certainement c'est leur
esprit qui animait le père du Breul lorsqu'il écrivait dans

le seizième ces paroles naïvement sublimes, dignes de tous les siècles : « Ie suis parisien de nation et parrhisian de « parler, puisque *parrhisia* en grec signifie liberté de par- « ler; de laquelle i'ai vsé mesme enuers messeigneurs les « cardinaux, oncle et frère de monseigneur le prince de « Conty : toutesfois auec respect de leur grandeur, et sans « offenser personne de leur suitte, qui est beaucoup. »

Il n'y avait donc ni haine du cardinal, ni dédain de sa présence, dans l'impression désagréable qu'elle fit à Pierre Gringoire. Bien au contraire; notre poëte avait trop de bon sens et une souquenille trop râpée pour ne pas attacher un prix particulier à ce que mainte allusion de son prologue, et en particulier la glorification du dauphin, fils du lion de France, fût recueillie par une oreille éminentissime. Mais ce n'est pas l'intérêt qui domine dans la noble nature des poëtes. Je suppose que l'entité du poëte soit représentée par le nombre dix; il est certain qu'un chimiste, en l'analysant et pharmacopolisant, comme dit Rabelais, la trouverait composée d'une partie d'intérêt contre neuf parties d'amour-propre. Or, au moment où la porte s'était ouverte pour le cardinal, les neuf parties d'amour-propre de Gringoire, gonflées et tuméfiées au souffle de l'admiration populaire, étaient dans un état d'accroissement prodigieux, sous lequel disparaissait comme étouffée cette imperceptible molécule d'intérêt que nous distinguions tout à l'heure dans la constitution des poëtes; ingrédient précieux, du reste, lest de réalité et d'humanité sans lequel ils ne toucheraient pas la terre. Gringoire jouissait de sentir, de voir, de palper pour ainsi dire une assemblée entière de marauds, il est vrai, mais qu'importe? stupéfiée, pétrifiée, et comme asphyxiée devant les incommensurables tirades qui surgissaient à chaque instant de toutes les parties de son épithalame. J'affirme qu'il partageait lui-même la béatitude générale, et qu'au rebours de La Fontaine, qui, à la représentation de sa comédie du *Florentin*, demandait : *Quel est le malotru qui a fait cette rapsodie?* Gringoire eût volontiers demandé à son voisin : *De qui est ce chef-d'œuvre?* On peut juger maintenant quel effet produisit sur lui la brusque et intempestive survenue du cardinal.

Ce qu'il pouvait craindre ne se réalisa que trop. L'entrée de Son Eminence bouleversa l'auditoire. Toutes les têtes se tournèrent vers l'estrade. Ce fut à ne plus s'entendre. — Le cardinal! le cardinal! répétèrent toutes les bouches. Le malheureux prologue resta court une seconde fois.

Le cardinal s'arrêta un moment sur le seuil de l'estrade. Tandis qu'il promenait un regard assez indifférent sur l'auditoire, le tumulte redoublait. Chacun voulait le mieux voir. C'était à qui mettrait sa tête sur les épaules de son voisin.

C'était en effet un haut personnage, et dont le spectacle valait bien toute autre comédie. Charles, cardinal de Bourbon, archevêque et comte de Lyon, primat des Gaules, était à la fois allié à Louis XI par son frère, Pierre, seigneur de Beaujeu, qui avait épousé la fille aînée du roi, et allié à Charles-le-Téméraire, par sa mère, Agnès de Bourgogne. Or, le trait dominant, le trait caractéristique et distinctif du caractère du primat des Gaules, c'était l'esprit de courtisan et la dévotion aux puissances. On peut juger des embarras sans nombre que lui avait valus cette double parenté, et de tous les écueils temporels entre lesquels sa barque spirituelle avait dû louvoyer, pour ne se briser ni à Louis, ni à Charles, cette Charybde et cette Scylla qui avaient dévoré le duc de Nemours et le connétable de Saint-Pol. Grâce au ciel, il s'était assez bien tiré de la traversée, et était arrivé à Rome sans encombre. Mais, quoiqu'il fût au port, et précisément parce qu'il était au port, il ne se rappelait jamais sans inquiétude les chances diverses de sa vie politique, si longtemps alarmée et laborieuse. Aussi avait-il coutume de dire que l'année 1476 avait été pour lui *noire et blanche;* entendant par là qu'il avait perdu dans cette même année sa mère, la duchesse de Bourbonnais, et son cousin le duc de Bourgogne, et qu'un deuil l'avait consolé de l'autre.

Du reste, c'était un bon homme; il menait joyeuse vie de cardinal, s'égayait volontiers avec du cru royal de Challuau, ne haïssait pas Richarde-la-Garmoise et Thomasse-la-Saillarde, faisait l'aumône aux jolies filles plutôt qu'aux vieilles femmes, et pour toutes ces raisons était fort agréable au *populaire* de Paris. Il ne marchait qu'entouré d'une petite cour d'évêques et d'abbés de hautes lignées, galants, grivois, et faisant ripaille au besoin; et plus d'une fois les braves dévotes de Saint-Germain-d'Auxerre, en passant le soir sous les fenêtres illuminées du logis de Bourbon, avaient été scandalisées d'entendre les mêmes voix qui leur avaient chanté vêpres dans la journée psalmodier au bruit des verres le proverbe bachique de Benoît XII, ce pape qui avait ajouté une troisième couronne à la tiare : — *Bibamus papaliter.*

Ce fut sans doute cette popularité, acquise à si juste titre, qui le préserva, à son entrée, de tout mauvais accueil de la part de la cohue, si mécontente le moment d'auparavant, et fort peu disposée au respect d'un cardinal le jour même où elle allait élire un pape. Mais les Parisiens ont peu de rancune; et puis, en faisant commencer la représentation d'autorité, les bons bourgeois l'avaient emporté sur le cardinal, et ce triomphe leur suffisait. D'ailleurs monsieur le cardinal de Bourbon était bel homme, il avait une fort belle robe rouge qu'il portait fort bien ; c'est dire qu'il avait pour lui toutes les femmes, et par conséquent la meilleure moitié de l'auditoire. Certainement, il y aurait injustice et mauvais goût à huer un cardinal pour s'être fait attendre au spectacle, lorsqu'il est bel homme et qu'il porte bien sa robe rouge.

Il entra donc, salua l'assistance avec ce sourire hérédi-
taire des grands pour le peuple, et se dirigea à pas lents
vers son fauteuil de velours écarlate, en ayant l'air de songer à tout autre chose. Son cortége, ce que nous appellerions aujourd'hui son état-major d'évêques et d'abbés, fit
irruption à sa suite dans l'estrade, non sans redoublement
de tumulte et de curiosité au parterre. C'était à qui se les
montrerait, se les nommerait; à qui en connaîtrait au
moins un; qui, monsieur l'évêque de Marseille, Alaudet, si
j'ai bonne mémoire; qui, le primicier de Saint-Denis; qui,
Robert de Lespinas, abbé de Saint-Germain-des-Prés, ce
frère libertin d'une maîtresse de Louis XI : le tout avec
force méprises et cacophonies. Quant aux écoliers, ils ju-
raient. C'était leur jour, leur fête des fous, leur saturnale,
l'orgie annuelle de la basoche et de l'école. Pas de turpi-
tude qui ne fût de droit ce jour-là et chose sacrée. Et puis
il y avait de folles commères dans la foule : Simone Quatrelivres, Agnès la Gadine, Robine Piédebou. N'était-ce pas
le moins qu'on pût jurer à son aise et maugréer un peu
le nom de Dieu, un si beau jour, en si bonne compagnie de
gens d'église et de filles de joie? Aussi ne s'en faisaient-ils
faute; et, au milieu du brouhaha, c'était un effrayant charivari de blasphèmes et d'énormités que celui de toutes
ces langues échappées, langues de clercs et d'écoliers con-
tenues le reste de l'année par la crainte du fer chaud de
saint Louis. Pauvre saint Louis, quelle nargue ils lui faisaient dans son propre palais de justice! Chacun d'eux,
dans les nouveaux venus de l'estrade, avait pris à partie
une soutane noire, ou grise, ou blanche, ou violette.
Quant à Joannes Frollo de Molendino, en sa qualité de
frère d'un archidiacre, c'était à la rouge qu'il s'était hardiment attaqué; et il chantait à tue-tête, en fixant ses yeux
effrontés sur le cardinal : *Cappa repleta mero !*

Tous ces détails, que nous mettons ici à nu pour l'édification du lecteur, étaient tellement couverts par la rumeur générale, qu'ils s'y effaçaient avant d'arriver jusqu'à l'estrade réservée; d'ailleurs, le cardinal s'en fût peu ému, tant les libertés de ce jour-là étaient dans les mœurs. Il avait du reste, et sa mine en était toute préoccupée, un autre souci qui le suivait de près et qui entra presque en même temps que lui dans l'estrade; c'était l'ambassade de Flandre.

Non qu'il fût profond politique, et qu'il se fît une affaire des suites possibles du mariage de madame sa cousine Marguerite de Bourgogne avec monsieur son cousin Char les, dauphin de Vienne; combien durerait la bonne intelli gence plâtrée du duc d'Autriche et du roi de France; comment le roi d'Angleterre prendrait ce dédain de sa fille : cela l'inquiétait peu, et il fêtait chaque soir le vin du cru royal de Chaillot, sans se douter que quelques flacons de ce même vin (un peu revu et corrigé, il est vrai, par le médecin Coictier), cordialement offerts à Edouard IV par Louis XI, débarrasseraient un beau matin Louis XI d'E- douard IV. La *moult honorée ambassade de monsieur le duc d'Autriche* n'apportait au cardinal aucun de ces sou- cis, mais elle l'importunait par un autre côté. Il était en effet un peu dur, et nous en avons déjà dit un mot à la deuxième page de ce livre, d'être obligé de faire fête et bon accueil, lui Charles de Bourbon, à je ne sais quels bour- geois; lui cardinal, à des échevins; lui Français, joyeux convive, à des Flamands buveurs de bière; et cela en pu- blic. C'était là, certes, une des plus fastidieuses grimaces qu'il eût jamais faites pour le bon plaisir du roi.

Il se tourna donc vers la porte, et de la meilleure grâce du monde (tant il s'y étudiait!), quand l'huissier annonça d'une voix sonore : *Messieurs les envoyés de monsieur le duc d'Autriche.* Il est inutile de dire que la salle entière en fit autant.

Alors arrivèrent, deux par deux, avec une gravité qui faisait contraste au milieu du pétulant cortége ecclésiastique de Charles de Bourbon, les quarante-huit ambassadeurs de Maximilien d'Autriche, ayant en tête révérend père en Dieu, Jehan, abbé de Saint-Bertin, chancelier de la Toison-d'Or, et Jacques de Goy, sieur Dauby, haut bailli de Gand. Il se fit dans l'assemblée un grand silence accompagné de rires étouffés pour écouter tous les noms saugrenus et toutes les qualifications bourgeoises que chacun de ces personnages transmettait imperturbablement à l'huissier, qui jetait ensuite noms et qualités pêle-mêle et tout estropiés à travers la foule. C'était maître Loys Roelof, échevin de la ville de Louvain; messire Clays d'Etuelde, échevin de Bruxelles; messire Paul de Baeust, sieur de Voirmizelle, président de Flandre; maître Jehan Coleghens, bourgmestre de la ville d'Anvers; maître George de la Moere, premier échevin de la kuere de la ville de Gand; maître Gheldolf vander Hage, premier échevin des parchons de ladite ville; et le sieur de Bierbecque, et Jehan Pinnock, et Jehan Dymaerzelle, etc., etc., baillis, échevins, bourgmestres; bourgmestres, échevins, baillis, tous roides, gourmés, empesés, endimanchés de velours et de damas, encapuchonnés de cramignoles de velours noir à grosses houppes de fil d'or de Chypre; bonnes têtes flamandes après tout, figures dignes et sévères, de la famille de celles que Rembrandt fait saillir si fortes et si graves sur le fond noir de sa ronde de nuit; personnages qui portaient tous écrit sur le front que Maximilien d'Autriche avait eu raison de se *confier à plain*, comme disait son manifeste, *en leur sens, vaillance, expérience, loyautez, et bonnes preudomies*.

Un excepté pourtant. C'était un visage fin, intelligent, rusé, une espèce de museau de singe et de diplomate, au-devant duquel le cardinal fit trois pas et une profonde ré-

·vérence, et qui ne s'appelait pourtant que *Guillaume Rym, conseiller et pensionnaire de la ville de Gand.*

Peu de personnes savaient alors ce que c'était que Guillaume Rym. Rare génie qui dans un temps de révolution eût paru avec éclat à la surface des événements, mais qui au quinzième siècle était réduit aux caverneuses intrigues et à *vivre dans les sapes,* comme dit le duc de Saint-Simon. Du reste, il était apprécié du premier *sapeur* de l'Europe; il machinait familièrement avec Louis XI, et mettait souvent la main aux secrètes besognes du roi. Toutes choses fort ignorées de cette foule, qu'émerveillaient les politesses du cardinal à cette chétive figure de bailli flamand.

IV

MAÎTRE JACQUES COPPENOLE.

Pendant que le pensionnaire de Gand et l'Eminence échangeaient une révérence fort basse et quelques paroles à voix plus basse encore, un homme à haute stature, à large face, à puissantes épaules, se présentait pour entrer de front avec Guillaume Rym : on eût dit un dogue auprès d'un renard. Son bicoquet de feutre et sa veste de cuir faisaient tache au milieu du velours et de la soie qui l'entouraient. Présumant que c'était quelque palefrenier fourvoyé, l'huissier l'arrêta.

— Hé! l'ami, on ne passe pas.

L'homme à veste de cuir le repoussa de l'épaule.

— Que me veut ce drôle? dit-il avec un éclat de voix qui rendit la salle entière attentive à cet étrange colloque. Tu ne vois pas que j'en suis?

— Votre nom ? demanda l'huissier.

— Jacques Coppenole.

— Vos qualités ?

— Chaussetier, à l'enseigne des *Trois Chaînettes*, à Gand.

L'huissier recula. Annoncer des échevins et des bourg-mestres, passe ; mais un chaussetier, c'était dur. Le cardi-nal était sur les épines. Tout le peuple écoutait et regar-dait. Voilà deux jours que Son Eminence s'évertuait à lé-cher ces ours flamands pour les rendre un peu plus pré-sentables en public, et l'incartade était rude. Cependant Guillaume Rym, avec son fin sourire, s'approcha de l'huis-sier :

— Annoncez maître Jacques Coppenole, clerc des éche-vins de la ville de Gand, lui souffla-t-il très-bas.

— Huissier, reprit le cardinal à haute voix, annoncez maître Jacques Coppenole, clerc des échevins de l'illustre ville de Gand.

Ce fut une faute. Guillaume Rym tout seul eût escamoté la difficulté ; mais Coppenole avait entendu le cardinal.

— Non, croix-Dieu ! s'écria-t-il avec sa voix de ton-nerre. Jacques Coppenole, chaussetier. Entends-tu, l'huis-sier ? rien de plus, rien de moins. Croix-Dieu ! chaussetier, c'est assez beau. Monsieur l'archiduc a plus d'une fois cher-ché ses gants dans mes chausses.

Les rires et les applaudissements éclatèrent. Un quoli-bet est tout de suite compris à Paris, et par conséquent toujours applaudi.

Ajoutons que Coppenole était du peuple, et que ce pu-blic qui l'entourait était du peuple. Aussi la communica-tion entre eux et lui avait été prompte, électrique, et pour ainsi dire de plain-pied. L'altière algarade du chaussetier flamand, en humiliant les gens de cour, avait remué dans toutes les âmes plébéiennes je ne sais quel sentiment de dignité encore vague et indistinct au quinzième siècle. C'était un égal que ce chaussetier qui venait de tenir tête à monsieur le cardinal! réflexion bien douce à de pauvres diables qui étaient habitués à respect et obéissance envers les valets des sergents du bailli de l'abbé de Sainte-Geneviève, caudataire du cardinal.

Coppenole salua fièrement Son Eminence, qui rendit son salut au tout-puissant bourgeois redouté de Louis XI. Puis, tandis que Guillaume Rym, *sage homme et malicieux*, comme dit Philippe de Comines, les suivait tous deux d'un sourire de raillerie et de supériorité, ils gagnèrent chacun leur place, le cardinal tout décontenancé et soucieux, Coppenole tranquille et hautain, et songeant sans doute qu'après tout son titre de chaussetier en valait bien un autre, et que Marie de Bourgogne, mère de cette Marguerite que Coppenole mariait aujourd'hui, l'eût moins redouté cardinal que chaussetier : car ce n'est pas un cardinal qui eût ameuté les Gantois contre les favoris de la fille de Charles-le-Téméraire ; ce n'est pas un cardinal qui eût fortifié la foule avec une parole contre ses larmes et ses prières, quand la demoiselle de Flandre vint supplier son peuple pour eux jusqu'au pied de leur échafaud ; tandis que le chaussetier n'avait eu qu'à lever son coude de cuir pour faire tomber vos deux têtes, illustrissimes seigneurs Guy d'Hymbercourt, chancelier Guillaume Hugonet !

Cependant, tout n'était pas fini pour ce pauvre cardinal, et il devait boire jusqu'à la lie le calice d'être en si mauvaise compagnie.

Le lecteur n'a peut-être pas oublié l'effronté mendiant qui était venu se cramponner, dès le commencement du prologue, aux franges de l'estrade cardinale. L'arrivée des illustres conviés ne lui avait nullement fait lâcher prise, et, tandis que prélats et ambassadeurs s'encaquaient, en

vrais harengs flamands, dans des stalles de la tribune, lui
s'était mis à l'aise, et avait bravement croisé ses jambes
sur l'architrave. L'insolence était rare, et personne ne s'en
était aperçu au premier moment, l'attention étant tournée
ailleurs. Lui, de son côté, ne s'apercevait de rien dans la
salle; il balançait sa tête avec une insouciance de Napo-
litain, répétant de temps en temps dans la rumeur, comme
par une machinale habitude : « La charité, s'il vous plaît! »
Et certes, il était, dans toute l'assistance, le seul, probablement, qui n'eût pas daigné tourner la tête à l'alterca-
tion de Coppenole et de l'huissier. Or, le hasard voulut
que le maître chaussetier de Gand, avec qui le peuple sym-
pathisait déjà si vivement, et sur qui tous les yeux étaient
fixés, vînt précisément s'asseoir au premier rang de l'estrade, au-dessus du mendiant; et l'on ne fut pas médiocrement étonné de voir l'ambassadeur flamand, inspection
faite du drôle placé sous ses yeux, frapper amicalement sur
cette épaule couverte de haillons. Le mendiant se retourna;
il y eut surprise, reconnaissance, épanouissement des deux
visages, etc.; puis, sans se soucier le moins du monde des
spectateurs, le chaussetier et le malingreux se mirent à
causer à voix basse, en se tenant les mains dans les mains,
tandis que les guenilles de Clopin Trouillefou, étalées sur
le drap d'or de l'estrade, faisaient l'effet d'une chenille
sur une orange.

La nouveauté de cette scène singulière excita une telle
rumeur de folie et de gaieté dans la salle, que le cardinal
ne tarda pas à s'en apercevoir; il se pencha à demi, et ne
pouvant, du point où il était placé, qu'entrevoir fort im-
parfaitement la casaque ignominieuse de Trouillefou, il se
figura assez naturellement que le mendiant demandait
l'aumône, et, révolté de l'audace, il s'écria :

« Monsieur le bailli du Palais, jetez-moi ce drôle à la
« rivière. »

— Croix-Dieu! monseigneur le cardinal, dit Coppenole sans quitter la main de Clopin, c'est un de mes amis.

. — Noël! Noël! cria la cohue. A dater de ce moment, maître Coppenole eut à Paris, comme à Gand, *grand crédit avec le peuple; car gens de telle taille l'y ont*, dit Philippe de Comines, *quand ils sont ainsi désordonnés.*

Le cardinal se mordit les lèvres. Il se pencha vers son voisin l'abbé de Sainte-Geneviève, et lui dit à demi-voix :

— Plaisants ambassadeurs que nous envoie là monsieur l'archiduc pour nous annoncer madame Marguerite!

— Votre Eminence, répondit l'abbé, perd ses politesses avec ces groins flamands. *Margaritas ante porcos.*

— Dites plutôt, répondit le cardinal avec un sourire : *Porcos ante Margaritam.*

Toute la petite cour en soutane s'extasia sur le jeu de mots. Le cardinal se sentit un peu soulagé; il était maintenant quitte avec Coppenole, il avait eu aussi son quolibet applaudi.

Maintenant, que ceux de nos lecteurs qui ont la puissance de généraliser une image et une idée, comme on dit dans le style d'aujourd'hui, nous permettent de leur demander s'ils se figurent bien nettement le spectacle qu'offrait, au moment où nous arrêtons leur attention, le vaste parallélogramme de la grand'salle du Palais. Au milieu de la salle, adossée au mur occidental, une large et magnifique estrade de brocart d'or, dans laquelle entrent processionnellement, par une petite porte ogive, de graves personnages successivement annoncés par la voix criarde d'un huissier. Sur les premiers bancs, déjà force vénérables figures, embéguinées d'hermine, de velours et d'écarlate. Autour de l'estrade, qui demeure silencieuse et digne, en bas, en face, partout, grande foule et grande rumeur. Mille regards du peuple sur chaque visage de l'estrade, mille chuchotements sur chaque nom. Certes, le spectacle est curieux et mérite bien l'attention des spectateurs. Mais là-bas, tout au haut, qu'est-ce donc que cette espèce de tréteau avec quatre pantins bariolés dessus et quatre autres en bas? Qu'est-ce donc, à côté du tréteau, que cet homme à souquenille noire et à pâle figure? Hélas! mon cher lecteur, c'est Pierre Gringoire et son prologue.

Nous l'avions tous profondément oublié.

Voilà précisément ce qu'il craignait.

Du moment où le cardinal était entré, Gringoire n'avait cessé de s'agiter pour le salut de son prologue. Il avait d'abord enjoint aux acteurs, restés en suspens, de continuer et de hausser la voix; puis, voyant que personne n'écoutait, il les avait arrêtés; et depuis près d'un quart d'heure que l'interruption durait, il n'avait cessé de frapper du pied, de se démener, d'interpeller Gisquette et Liénarde, d'encourager ses voisins à la poursuite du prologue, le tout en vain. Nul ne bougeait du cardinal, de l'ambassade et de l'estrade, unique centre de ce vaste cercle de rayons visuels. Il faut croire aussi, et nous le disons à regret, que le prologue commençait à gêner légèrement l'auditoire, au moment où Son Eminence était venue y faire diversion d'une si terrible façon. Après tout, à l'estrade comme à la table de marbre, c'était toujours le même spectacle: le conflit de Labour et de Clergé, de Noblesse et de Marchandise. Et beaucoup de gens aiment mieux les voir tout bonnement, vivant, respirant, agissant, se coudoyant, en chair et en os, dans cette ambassade flamande, dans cette cour épiscopale, sous la robe du cardinal, sous la veste de Coppenole, que fardés, attifés, parlant en vers, et pour ainsi dire empaillés sous les tuniques jaunes et blanches dont les avait affublés Gringoire.

Pourtant, quand notre poëte vit le calme un peu rétabli, il imagina un stratagème qui eût tout sauvé.

— Monsieur, dit-il en se tournant vers un de ses voisins, brave et gros homme à figure patiente, si l'on recommençait?

— Quoi? dit le voisin.

— Hé! le mystère, dit Gringoire.

— Comme il vous plaira, repartit le voisin.

Cette demi-approbation suffit à Gringoire, et faisant ses affaires lui-même, il commença à crier en se confondant le plus possible avec la foule : — Recommencez le mystère! recommencez!

— Diable! dit Joannes de Molendino, qu'est-ce qu'ils chantent donc là-bas, au bout? (Car Gringoire faisait du bruit comme quatre.) Dites donc, camarades, est-ce que le mystère n'est pas fini? Ils veulent le recommencer, ce n'est pas juste.

— Non, non, crièrent tous les écoliers. A bas le mystère! à bas!

Mais Gringoire se multipliait, et n'en criait que plus fort : Recommencez! recommencez!

Ces clameurs attirèrent l'attention du cardinal.

— Monsieur le bailli du Palais, dit-il à un grand homme noir placé à quelques pas de lui, est-ce que ces drôles sont dans un bénitier, qu'ils font ce bruit d'enfer?

Le bailli du Palais était une espèce de magistrat amphibie, une sorte de chauve-souris de l'ordre judiciaire, tenant à la fois du rat et de l'oiseau, du juge et du soldat.

Il s'approcha de Son Eminence, et, non sans redouter fort son mécontentement, il lui expliqua en balbutiant l'incongruité populaire : que midi était arrivé avant Son Eminence, et que les comédiens avaient été forcés de commencer sans attendre Son Eminence.

Le cardinal éclata de rire.

— Sur ma foi, monsieur le recteur de l'Université au-

rait bien dû en faire autant. Qu'en dites-vous, maître Guillaume Rym?

— Monseigneur, répondit Guillaume Rym, contentons-
nous d'avoir échappé à la moitié de la comédie. C'est toujours cela de gagné.

— Ces coquins peuvent-ils continuer leurs farces? demanda le bailli.

— Continuez, continuez, dit le cardinal; cela m'est
égal. Pendant ce temps-là, je vais lire mon bréviaire.

Le bailli s'avança au bord de l'estrade, et cria, après
avoir fait faire silence d'un geste de la main :

— Bourgeois, manants et habitants, pour satisfaire ceux
qui veulent qu'on recommence et ceux qui veulent qu'on
finisse, Son Eminence ordonne que l'on continue.

Il fallut bien se résigner des deux parts. Cependant l'auteur et le public en gardèrent longtemps rancune au cardinal.

Les personnages en scène reprirent donc leur glose, et
Gringoire espéra que du moins le reste de son œuvre serait écouté. Cette espérance ne tarda pas être déçue comme
ses autres illusions; le silence s'était bien en effet rétabli
tellement quellement dans l'auditoire; mais Gringoire n'a-
vait pas remarqué qu'au moment où le cardinal avait donné
l'ordre de continuer, l'estrade était loin d'être remplie, et
qu'après les envoyés flamands étaient survenus de nouveaux
personnages faisant partie du cortége, dont les noms et
qualités, lancés tout au travers de son dialogue par le cri
intermittent de l'huissier, y produisaient un ravage considérable. Qu'on se figure en effet, au milieu d'une pièce de
théâtre, le glapissement d'un huissier jetant, entre deux
rimes et souvent entre deux hémistiches, des parenthèses
comme celles-ci :

Maître Jacques Charmolue, procureur du roi en cour d'é-
glise!

Jehan de Harlay, écuyer, garde de l'office de chevalier du guet de nuit de la ville de Paris !

Messire Galiot de Genoilhac, chevalier, seigneur de Brussac, maître de l'artillerie du roi !

Maître Dreux-Raguier, enquesteur des eaux et forêts du roi notre sire, és pays de France, Champagne et Brie !

Messire Louis de Graville, chevalier, conseiller et chambellan du roi, amiral de France, concierge du bois de Vincennes !

Maître Denis Le Mercier, garde de la maison des aveugles de Paris ! — Etc., etc., etc.

Cela devenait insoutenable.

Cet étrange accompagnement, qui rendait la pièce difficile à suivre, indignait d'autant plus Gringoire qu'il ne pouvait se dissimuler que l'intérêt allait toujours croissant et qu'il ne manquait à son ouvrage que d'être écouté. Il était en effet difficile d'imaginer une contexture plus ingénieuse et plus dramatique. Les quatre personnages du prologue se lamentaient dans leur mortel embarras, lorsque Vénus en personne (*vera incessu patuit dea*) s'était présentée à eux, vêtue d'une belle cotte-hardie armoriée au navire de la ville de Paris. Elle venait elle-même réclamer le dauphin promis à la plus belle. Jupiter, dont on entendait la foudre gronder dans le vestiaire, l'appuyait, et la déesse allait l'emporter, c'est-à-dire, sans figure, épouser monsieur le dauphin ; lorsqu'une jeune enfant, vêtue de damas blanc et tenant en main une marguerite (diaphane personnification de mademoiselle de Flandre), était venue lutter avec Vénus. Coup de théâtre et péripétie. Après controverse, Vénus, Marguerite et la cantonade étaient convenues de s'en remettre au bon jugement de la sainte Vierge. Il y avait encore un beau rôle, celui de dom Pédre, roi de Mésopotamie ; mais à travers tant d'interruptions, il était difficile de démêler à quoi il servait. Tout cela était monté par l'échelle.

Mais c'en était fait; aucune de ces beautés n'était sen tie, ni comprise. A l'entrée du cardinal, on eût dit qu'un fil invisible et magique avait subitement tiré tous les [re-gards de la table de marbre à l'estrade, de l'extrémité mé-ridionale de la salle au côté occidental. Rien ne pouvait désensorceler l'auditoire; tous les yeux restaient fixés là, et les nouveaux arrivants, et leurs noms maudits, et leurs visages, et leurs costumes étaient une diversion continuelle. C'était désolant. Excepté Gisquette et Liénarde, qui se dé-tournaient de temps en temps quand Gringoire les tirait par la manche, excepté le gros voisin patient, personne n'écou-tait, personne ne regardait en face la pauvre moralité abandonnée. Gringoire ne voyait plus que des profils.

Avec quelle amertume il voyait s'écrouler pièce à pièce tout son échafaudage de gloire et de poésie! Et songer que ce peuple avait été sur le point de se rebeller contre mon-sieur le bailli, par impatience d'entendre son ouvrage! maintenant qu'on l'avait, on ne s'en souciait. Cette même représentation qui avait commencé dans une si unanime acclamation! Eternel flux et reflux de la faveur populaire! Penser qu'on avait failli pendre les sergents du bailli! Que n'eût-il pas donné pour en être encore à cette heure de miel!

Le brutal monologue de l'huissier cessa pourtant, tout le monde était arrivé : et Gringoire respira; les acteurs con-tinuaient bravement. Mais ne voilà-t-il pas que maître Cop-penole, le chaussetier, se lève tout à coup, et que Gringoire lui entend prononcer, au milieu de l'attention universelle, cette abominable harangue :

— Messieurs les bourgeois et hobereaux de Paris, je ne sais, croix-Dieu! pas ce que nous faisons ici. Je vois bien là-bas dans ce coin, sur ce tréteau, des gens qui ont l'air de vouloir se battre. J'ignore si c'est là ce que vous appelez

un *mystère*, mais ce n'est pas amusant; ils se querellent
de la langue, et rien de plus. Voilà un quart d'heure que
j'attends le premier coup; rien ne vient : ce sont des lâ-
ches, qui ne s'égratignent qu'avec des injures. Il fallait faire
venir des lutteurs de Londres ou de Rotterdam; et, à la
bonne heure! vous auriez eu des coups de poing qu'on aurait entendus de la place; mais ceux-là font pitié. Ils de-
vraient nous donner au moins une danse morisque, ou
quelque autre momerie! Ce n'est pas là ce qu'on m'avait
dit; on m'avait promis une fête de fous, avec élection du
pape. Nous avons aussi notre pape des fous à Gand; et en
cela nous ne sommes pas en arrière, croix-Dieu! Mais voici
comme nous faisons : on se rassemble une cohue, comme
ici; puis chacun à son tour va passer sa tête par un trou,
et fait une grimace aux autres : celui qui fait la plus laide,
à l'acclamation de tous, est élu pape; voilà. C'est fort diver-
tissant. Voulez-vous que nous fassions votre pape à la mode
de mon pays? Ce sera toujours moins fastidieux que d'é-
couter ces bavards. S'ils veulent venir faire leur grimace à
la lucarne, ils seront du jeu. Qu'en dites-vous, messieurs
les bourgeois? Il y a ici un suffisamment grotesque échantillon des deux sexes pour qu'on rie à la flamande, et nous
sommes assez de laids visages pour espérer une belle grimace.

Gringoire eût voulu répondre : la stupéfaction, la colère,
l'indignation lui ôtèrent la parole. D'ailleurs, la motion du
chaussetier populaire fut accueillie avec un tel enthousiasme
par ces bourgeois flattés d'être appelés *hobereaux*, que
toute résistance était inutile. Il n'y avait plus qu'à se laisser
aller au torrent. Gringoire cacha son visage de ses deux
mains, n'ayant pas le bonheur d'avoir un manteau pour se
voiler la tête, comme l'Agamemnon de Timante.

V

QUASIMODO.

En un clin d'œil, tout fut prêt pour exécuter l'idée de Coppenole. Bourgeois, écoliers et basochiens s'étaient mis à l'œuvre. La petite chapelle située en face de la table de marbre fut choisie pour le théâtre des grimaces. Une vitre brisée à la jolie rosace au-dessus de la porte, laissa libre un cercle de pierre par lequel il fut convenu que les concurrents passeraient la tête. Il suffisait, pour y atteindre, de grimper sur deux tonneaux qu'on avait pris je ne sais où, et juchés l'un sur l'autre tant bien que mal. Il fut réglé que chaque candidat, homme ou femme (car on pouvait faire une papesse) pour laisser vierge et entière l'impression de sa grimace, se couvrirait le visage et se tiendrait caché dans la chapelle jusqu'au moment de faire apparition. En moins d'un instant, la chapelle fut remplie de concurrents, sur lesquels la porte se referma.

Coppenole de sa place ordonnait tout, dirigeait tout, arrangeait tout. Pendant le brouhaha, le cardinal, non moins décontenancé que Gringoire, s'était, sous un prétexte d'affaires et de vêpres, retiré avec toute sa suite, sans que cette foule, que son arrivée avait remuée si vivement, se fût le moindrement émue à son départ. Guillaume Rym fut le seul qui remarqua la déroute de Son Eminence. L'attention populaire, comme le soleil, poursuivait sa révolution; partie d'un bout de la salle, après s'être arrêtée quelque temps au milieu, elle était maintenant à l'autre bout. La table de marbre, l'estrade de brocart avaient eu leur moment; c'était le tour de la chapelle de Louis XI. Le champ était désormais libre à toute folie. Il n'y avait plus que des Flamands et de la canaille.

Les grimaces commencèrent. La première figure qui apparut à la lucarne, avec des paupières retournées au rouge, une bouche ouverte en gueule et un front plissé comme nos bottes à la hussarde de l'empire, fit éclater un rire tellement inextinguible qu'Homère eût pris tous ces manants pour des dieux. Cependant la grand'salle n'était rien moins qu'un Olympe, et le pauvre Jupiter de Gringoire le savait mieux que personne. Une seconde, une troisième grimace succédèrent, puis une autre, puis une autre : et toujours les rires et les trépignements de joie redoublaient. Il y avait dans ce spectacle je ne sais quel vertige particulier, je ne sais quelle puissance d'enivrement et de fascination dont il serait difficile de donner une idée au lecteur de nos jours et de nos salons. Qu'on se figure une série de visages présentant successivement toutes les formes géométriques, depuis le triangle jusqu'au trapèze, depuis le cône jusqu'au polyèdre; toutes les expressions humaines, depuis la colère jusqu'à la luxure; tous les âges, depuis les rides du nouveau-né jusqu'aux rides de la vieille moribonde; toutes les fantasmagories religieuses, depuis Faune jusqu'à Belzébuth; tous les profils animaux, depuis la gueule jusqu'au bec, depuis la hure jusqu'au museau. Qu'on se représente tous les mascarons du Pont-Neuf, ces cauchemars pétrifiés sous la main de Germain Pilon, prenant vie et souffle, et venant tour à tour vous regarder en face avec des yeux ardents; tous les masques du carnaval de Venise se succédant à votre lorgnette; en un mot, un kaléidoscope humain.

L'orgie devenait de plus en plus flamande. Teniers n'en donnerait qu'une bien imparfaite idée. Qu'on se figure en bacchanale la bataille de Salvator Rosa. Il n'y avait plus ni écoliers, ni ambassadeurs, ni bourgeois, ni hommes, ni femmes; plus de Clopin Trouillefou, de Gilles Lecornu, de

Marie Quatrelivres, de Robin Poussepain. Tout s'effaçait
dans la licence commune. La grand'salle n'était plus qu'une
vaste fournaise d'effronterie et de jovialité où chaque bouche était un cri, chaque œil un éclair, chaque face une
grimace, chaque individu une posture : le tout criait et
hurlait. Les visages étrangers qui venaient tour à tour grin-
cer des dents à la rosace étaient comme autant de brandons
jetés dans le brasier; et de toute cette foule effervescente
s'échappait, comme la vapeur de la fournaise, une rumeur
aigre, aiguë, acérée, sifflante, comme les ailes d'un mou-
cheron.

— Ho-hé! malédiction!

— Vois donc cette figure!

— Elle ne vaut rien.

— A une autre!

— Guillemette Maugerepuis, regarde donc ce mufle de
taureau, il ne lui manque que des cornes. Ce n'est pas ton
mari.

— Un autre!

— Ventre du pape! qu'est-ce que cette grimace-là!

— Holà-hé! c'est tricher. On ne doit montrer que son
visage.

— Cette damnée Perrette Callebotte! elle est capable de
cela.

— Noël! Noël!

— J'étouffe!

— En voilà un dont les oreilles ne peuvent passer! —
Etc., etc.

Il faut rendre pourtant justice à notre ami Jehan. Au
milieu de ce sabbat, on le distinguait encore au haut de
son pilier, comme un mousse dans le hunier. Il se démenait
avec une incroyable furie. Sa bouche était toute grande
ouverte, et il s'en échappait un cri que l'on n'entendait
pas, non qu'il fût couvert par la clameur générale, si intense

qu'elle fût, mais parce qu'il atteignait sans doute la limite des sons aigus perceptibles, les douze mille vibrations de Sauveur ou les huit mille de Biot.

Quant à Gringoire, le premier moment d'abattement passé, il avait repris contenance. Il s'était roidi contre l'adversité. — Continuez! avait-il dit pour la troisième fois à ses comédiens, machines parlantes; puis, se promenant à grands pas devant la table de marbre, il lui prenait des fantaisies d'aller apparaître à son tour à la lucarne de la chapelle, ne fût-ce que pour avoir le plaisir de faire la grimace à ce peuple ingrat. — Mais non, cela ne serait pas digne de nous; pas de vengeance! luttons jusqu'à la fin, se répétait-il; le pouvoir de la poésie est grand sur le peuple; je les ramènerai. Nous verrons qui l'emportera, des grimaces ou des belles-lettres.

Hélas! il était resté le seul spectateur de sa pièce.

C'était bien pis que tout à l'heure. Il ne voyait plus que des dos.

Je me trompe. Le gros homme patient, qu'il avait déjà consulté dans un moment critique, était resté tourné vers le théâtre. Quant à Gisquette et à Liénarde, elles avaient déserté depuis longtemps.

Gringoire fut touché au fond du cœur de la fidélité de son unique spectateur. Il s'approcha de lui et lui adressa la parole en lui secouant légèrement le bras; car le brave homme s'était appuyé à la balustrade et dormait un peu.

— Monsieur, dit Gringoire, je vous remercie!

— Monsieur, répondit le gros homme avec un bâillement, de quoi?

— Je vois ce qui vous ennuie, reprit le poëte; c'est tout ce bruit qui vous empêche d'entendre à votre aise. Mais soyez tranquille : votre nom passera à la postérité. Votre nom, s'il vous plaît?

— Renauld Château, garde du scel du Châtelet de Paris, pour vous servir.

— Monsieur, vous êtes ici le seul représentant des muses, dit Gringoire.

— Vous êtes trop honnête, monsieur, répondit le garde du scel du Châtelet.

— Vous êtes le seul, reprit Gringoire, qui ayez convenablement écouté la pièce. Comment la trouvez-vous?

— Hé! he! répondit le gros magistrat à demi réveillé, assez gaillarde, en effet.

Il fallut que Gringoire se contentât de cet éloge : car un tonnerre d'applaudissements, mêlé à une prodigieuse acclamation, vint couper court à leur conversation. Le pape des fous était élu.

— Noël! Noël! Noël! criait le peuple de toutes parts.

C'était une merveilleuse grimace, en effet, que celle qui rayonnait en ce moment au trou de la rosace. Après toutes les figures pentagones, hexagones et hétéroclites qui s'étaient succédé à cette lucarne sans réaliser cet idéal du grotesque qui s'était construit dans les imaginations exaltées par l'orgie, il ne fallait rien moins, pour enlever les suffrages, que la grimace sublime qui venait d'éblouir l'assemblée. Maître Coppenole lui-même applaudit; et Clopin Trouillefou, qui avait concouru (et Dieu sait quelle intensité de laideur son visage pouvait atteindre), s'avoua vaincu. Nous ferons de même. Nous n'essayerons pas de donner au lecteur une idée de ce nez tétraèdre, de cette bouche en fer à cheval, de ce petit œil gauche obstrué d'un sourcil roux en broussailles, tandis que l'œil droit disparaissait entièrement sous une énorme verrue; de ces dents désordonnées, ébréchées çà et là, comme les créneaux d'une forteresse; de cette lèvre calleuse, sur laquelle une de ces dents empiétait comme la défense d'un éléphant; de ce menton fourchu; et surtout de la physionomie répandue sur tout cela; de ce mélange de malice, d'étonnement et de tristesse. Qu'on rêve, si l'on peut, cet ensemble.

L'acclamation fut unanime; on se précipita vers la chapelle. On en fit sortir en triomphe le bienheureux pape des fous. Mais c'est alors que la surprise et l'admiration furent à leur comble; la grimace était son visage.

Ou plutôt toute sa personne était une grimace. Une grosse tête hérissée de cheveux roux, entre les deux épaules une bosse énorme dont le contre-coup se faisait sentir par devant; un système de cuisses et de jambes si étrangement fourvoyées qu'elles ne pouvaient se toucher que par les genoux, et, vues de face, ressemblaient à deux croissants de faucilles qui se rejoignent par la poignée; de larges pieds, des mains monstrueuses; et avec toute cette difformité, je ne sais quelle allure redoutable de vigueur, d'agilité et de courage; étrange exception à la règle éternelle qui veut que la force, comme la beauté, résulte de l'harmonie. Tel était le pape que les fous venaient de se donner.

On eût dit un géant brisé et mal ressoudé.

Quand cette espèce de cyclope parut sur le seuil de la chapelle, immobile, trapu, et presque aussi large que haut; *carré par la base*, comme dit un grand homme; à son surtout mi-partie rouge et violet, semé de campanilles d'argent, et surtout à la perfection de sa laideur, la populace le reconnut sur-le-champ, et s'écria d'une voix:

— C'est Quasimodo, le sonneur de cloches! c'est Quasimodo, le bossu de Notre-Dame! Quasimodo le borgne! Quasimodo le bancal! Noël! Noël!

On voit que le pauvre diable avait des surnoms à choisir.

— Gare les femmes grosses! criaient les écoliers.

— Ou qui ont envie de l'être! reprenait Joannes.

Les femmes en effet se cachaient le visage.

— Oh! le vilain singe! disait l'une.

— Aussi méchant que laid, reprenait une autre.

— C'est le diable, ajoutait une troisième.

— J'ai le malheur de demeurer auprès de Notre-Dame ; la nuit je l'entends rôder dans la gouttière.

— Avec les chats.

— Il est toujours sur nos toits.

— Il nous jette des sorts par les cheminées.

— L'autre soir, il est venu me faire la grimace à ma lucarne. Je croyais que c'était un homme. J'ai eu une peur !

— Je suis sûr qu'il va au sabbat. Une fois, il a laissé un balai sur mes plombs.

— Oh ! la déplaisante face de bossu !

— Oh ! la vilaine âme !

— Buah !

— Les hommes au contraire étaient ravis, et applaudissaient.

Quasimodo, objet du tumulte, se tenait toujours sur la porte de la chapelle, debout, sombre et grave, se laissant admirer.

Un écolier (Robin Poussepain, je crois) vint lui rire sous le nez, et trop près. Quasimodo se contenta de le prendre par la ceinture, et de le jeter à dix pas à travers la foule, le tout sans dire un mot.

Maître Coppenole, émerveillé, s'approcha de lui.

— Croix-Dieu ! Saint-Père ! tu as bien la plus belle laideur que j'aie vue de ma vie. Tu mériterais la papauté à Rome comme à Paris.

En parlant ainsi, il lui mettait la main gaiement sur l'épaule. Quasimodo ne bougea pas. Coppenole poursuivit :

— Tu es un drôle avec qui j'ai démangeaison de ripailler, dût-il m'en coûter un douzain neuf de douze tournois. Que t'en semble ?

Quasimodo ne répondit pas.

— Croix-Dieu ! dit le chaussetier, est-ce que tu es sourd ?

Il était sourd en effet.

QUASIMODO.

Cependant il commençait à s'impatienter des façons de Coppenole, et se tourna tout à coup vers lui, avec un grincement de dents si formidable que le géant flamand recula comme un bouledogue devant un chat.

Alors il se fit autour de l'étrange personnage un cercle de terreur et de respect, qui avait au moins quinze pas géométriques de rayon. Une vieille femme expliqua à maître Coppenole que Quasimodo était sourd.

— Sourd! dit le chaussetier avec son gros rire flamand. Croix-Dieu! c'est un pape accompli.

— Hé! je le reconnais, s'écria Jehan, qui était enfin descendu de son chapiteau pour voir Quasimodo de plus près, c'est le sonneur de cloches de mon frère l'archidiacre. — Bonjour, Quasimodo.

— Diable d'homme! dit Robin Poussepain encore tout contus de sa chute. Il paraît : c'est un bossu. Il marche : c'est un bancal. Il vous regarde : c'est un borgne. Vous lui parlez : c'est un sourd. — Ah çà : que fait-il de sa langue, ce Polyphème?

— Il parle quand il veut, dit la vieille, il est devenu sourd à sonner les cloches. Il n'est pas muet.

— Cela lui manque, observa Jehan.

— Et il a un œil de trop, ajouta Robin Poussepain.

— Non pas, dit judicieusement Jehan. Un borgne est bien plus incomplet qu'un aveugle. Il sait ce qui lui manque.

Cependant tous les mendiants, tous les laquais, tous les coupe-bourses, réunis aux écoliers, avaient été chercher processionnellement, dans l'armoire de la basoche, la tiare de carton et la simare dérisoire du pape des fous. Quasimodo s'en laissa revêtir sans sourciller et avec une sorte de docilité orgueilleuse. Puis on le fit asseoir sur un brancard bariolé. Douze officiers de la confrérie des fous l'enlevèrent sur leurs épaules; et une espèce de joie amère et dédaigneuse vint s'épanouir sur la face morose du cyclope, quand il vit sous ses pieds difformes toutes ces têtes d'hommes beaux, droits et bien faits. Puis la procession hurlante et déguenillée se mit en marche pour faire, selon l'usage, la tournée intérieure des galeries du Palais, avant la promenade des rues et des carrefours.

VI

LA ESMERALDA.

Nous sommes ravis d'avoir à apprendre à nos lecteurs que pendant toute cette scène Gringoire et sa pièce avaient tenu bon. Ses acteurs, talonnés par lui, n'avaient pas discontinué de débiter sa comédie, et lui n'avait pas discontinué de l'écouter. Il avait pris son parti du vacarme, et était déterminé à aller jusqu'au bout, ne désespérant pas d'un retour d'attention de la part du public. Cette lueur d'espérance se ranima quand il vit Quasimodo, Coppenole et le cortége assourdissant du pape des fous sortir à grand bruit de la salle. La foule se précipita avidement à leur suite.
— Bon, se dit-il, voilà tous les brouillons qui s'en vont.
— Malheureusement, tous les brouillons c'était le public. En un clin d'œil la grand'salle fut vide.

A vrai dire, il restait encore quelques spectateurs, les uns épars, les autres groupés autour des piliers, femmes, vieillards ou enfants, en ayant assez du brouhaha et du tumulte. Quelques écoliers étaient demeurés à cheval sur l'entablement des fenêtres et regardaient dans la place.

— Eh bien, pensa Gringoire, en voilà encore autant qu'il en faut pour entendre la fin de mon mystère. Ils sont peu, mais c'est un public d'élite, un public lettré.

Au bout d'un instant, une symphonie qui devait produire

le plus grand effet à l'arrivée de la sainte Vierge manqua. Gringoire s'aperçut que sa musique avait été emmenée par la procession du pape des fous.

— Passez outre, dit-il stoïquement.

Il s'approcha d'un groupe de bourgeois qui lui fit l'effet de s'entretenir de sa pièce. Voici le lambeau de conversation qu'il saisit :

— Vous savez, maître Cheneteau, l'hôtel de Navarre, qui était à M. de Nemours ?

— Oui, vis-à-vis la chapelle de Braque.

— Eh bien, le fisc vient de le louer à Guillaume Alixandre, historieur, pour six livres huit sols parisis par an.

— Comme les loyers renchérissent !

— Allons ! se dit Gringoire en soupirant ; les autres écoutent.

— Camarades, cria tout à coup un de ces jeunes drôles des croisées, *la Esmeralda ! la Esmeralda* dans la place !

Ce mot produisit un effet magique. Tout ce qui restait dans la salle se précipita aux fenêtres, grimpant aux murailles pour voir, et répétant : *la Esmeralda ! la Esmeralda !*

En même temps on entendait au dehors un grand bruit d'applaudissements.

— Qu'est-ce que cela veut dire, la Esmeralda ! dit Gringoire en joignant les mains avec désolation. Ah ! mon Dieu ! il paraît que c'est le tour des fenêtres, maintenant.

Il se retourna vers la table de marbre, et vit que la représentation était interrompue. C'était précisément l'instant où Jupiter devait paraître avec sa foudre. Or Jupiter se tenait immobile au bas du théâtre.

— Michel Giborne, cria le poëte irrité, que fais-tu là ? Est-ce ton rôle ? monte donc !

— Hélas ! dit Jupiter, un écolier vient de prendre l'échelle.

6.

Gringoire regarda. La chose n'était que trop vraie. Toute communication était interceptée entre son nœud et son dénoûment.

— Le drôle! murmura-t-il. Et pourquoi a-t-il pris cette échelle?

— Pour aller voir la Esmeralda, répondit piteusement Jupiter. Il a dit : Tiens, voilà une échelle qui ne sert pas, et il l'a prise.

C'était le dernier coup. Gringoire le reçut avec résignation.

— Que le diable vous emporte! dit-il aux comédiens, et si je suis payé vous le serez.

Alors il fit retraite, la tête basse, mais le dernier, comme un général qui s'est bien battu.

Et tout en descendant les tortueux escaliers du Palais : — Belle cohue d'ânes et de butors que ces Parisiens! grommelait-il entre ses dents; ils viennent pour entendre un mystère, et n'en écoutent rien! Ils se sont occupés de tout le monde, de Clopin Trouillefou, du cardinal, de Coppenole, de Quasimodo, du diable! mais de madame la vierge Marie, point. Si j'avais su, je vous en aurais donné des vierges Marie, badauds! Et moi, venir pour voir des visages, et ne voir que des dos! être poète et avoir le succès d'un apothicaire! Il est vrai qu'Homerus a mendié par les bourgades grecques et que Nason mourut en exil chez les Moscovites. Mais je veux que le diable m'écorche si je comprends ce qu'ils veulent dire avec leur Esmeralda! Qu'est-ce que c'est que ce mot-là d'abord? c'est de l'égyptiaque!

LIVRE DEUXIÈME

I

DE CHARYBDE EN SCYLLA.

La nuit arrive de bonne heure en janvier. Les rues étaient déjà sombres quand Gringoire sortit du Palais. Cette nuit tombée lui plut; il lui tardait d'aborder quelque ruelle obscure et déserte pour y méditer à son aise, et pour que le philosophe posât le premier appareil sur la blessure du poëte. La philosophie était du reste son seul refuge, car il ne savait où loger. Après l'éclatant avortement de son coup d'essai théâtral, il n'osait rentrer dans le logis qu'il occupait, rue Grenier-sur-l'Eau, vis-à-vis le port au Foin, ayant compté sur ce que monsieur le prévôt devait lui donner de son épithalame pour payer à maître Guillaume Doulx-Sire, fermier de la coutume du pied-fourché de Paris, les six mois de loyer qu'il lui devait, c'est-à-dire douze sols parisis; douze fois la valeur de ce qu'il possédait au monde, y compris son haut-de-chausses, sa chemise et son bicoquet. Après avoir un moment réfléchi, provisoirement abrité sous le petit guichet de la prison du trésorier de la Sainte-Chapelle, au gîte qu'il élirait pour la nuit, ayant tous les pavés de Paris à son choix, il se souvint d'avoir avisé la semaine précédente, rue de la Savaterie, à la porte d'un conseiller

au parlement, un marchepied à monter sur mule, et de s'être
dit que cette pierre serait, dans l'occasion, un fort excellent oreiller pour un mendiant ou pour un poëte. Il remer-
cia la Providence de lui avoir envoyé cette bonne idée;
mais comme il se préparait à traverser la place du Palais
pour gagner le tortueux labyrinthe de la Cité, où serpentent
toutes ces vieilles sœurs, les rues de la Barillerie, de la
Vieille-Draperie, de la Savaterie, de la Juiverie, etc., encore debout aujourd'hui avec leurs maisons à neuf étages,
il vit la procession du pape des fous qui sortait aussi du
Palais, et se ruait au travers de la cour, avec grands cris,
grande clarté de torches et sa musique, à lui Gringoire.
Cette vue raviva les écorchures de son amour-propre; il
s'enfuit. Dans l'amertume de sa mésaventure dramatique,
tout ce qui lui rappelait la fête du jour l'aigrissait et faisait
saigner sa plaie.

Il voulut prendre le pont Saint-Michel; des enfants y
couraient çà et là avec des lances à feu et des fusées.

— Peste soit des chandelles d'artifice! dit Gringoire; et
il se rabattit sur le Pont-au-Change. On avait attaché aux
maisons de la tête du pont trois drapels représentant le
roi, le dauphin et Marguerite de Flandre, et six petits drapelets où étaient *pourtraicts* le duc d'Autriche, le cardinal
de Bourbon, et monsieur de Beaujeu, et madame Jeanne de
France, et monsieur le bâtard de Bourbon, et je ne sais qui
encore, le tout éclairé de torches. La cohue admirait.

— Heureux peintre Jehan Fourbeault! dit Gringoire avec
un gros soupir; et il tourna le dos aux drapels et drapelets. Une rue était devant lui; il la trouva si noire et si
abandonnée, qu'il espéra y échapper à tous les retentisse-
ments comme à tous les rayonnements de la fête; il s'y enfonça. Au bout de quelques instants, son pied heurta un
obstacle; il trébucha et tomba. C'était la botte de mai, que
les clercs de la basoche avaient déposée le matin à la porte

d'un président au parlement, en l'honneur de la solennité du jour. Gringoire supporta héroïquement cette nouvelle rencontre; il se releva et gagna le bord de l'eau. Après avoir laissé derrière lui la tournelle civile et la tour criminelle, et longé le grand mur des jardins du roi, sur cette grève non pavée où la boue lui venait à la cheville, il arriva à la pointe occidentale de la Cité, et considéra quelque temps l'îlot du Passeur-aux-Vaches, qui a disparu depuis sous le cheval de bronze et le Pont-Neuf. L'îlot lui apparaissait dans l'ombre comme une masse noire au delà de l'étroit cours d'eau blanchâtre qui l'en séparait. On y devinait, au rayonnement d'une petite lumière, l'espèce de hutte en forme de ruche où le passeur aux vaches s'abritait la nuit.

— Heureux passeur aux vaches! pensa Gringoire, tu ne songes pas à la gloire et tu ne fais pas d'épithalames! Que t'importent les rois qui se marient et les duchesses de Bourgogne? Tu ne connais d'autres marguerites que celles que ta pelouse d'avril donne à brouter à tes vaches! Et moi, poëte, je suis hué, et je grelotte, et je dois douze sous, et ma semelle est si transparente, qu'elle pourrait servir de vitre à ta lanterne. Merci! passeur aux vaches! ta cabane repose ma vue, et me fait oublier Paris!

Il fut réveillé de son extase presque lyrique par un gros double pétard de la Saint-Jean, qui partit brusquement de la bienheureuse cabane. C'était le passeur aux vaches qui prenait sa part des réjouissances du jour, et se tirait un feu d'artifice.

Ce pétard fit hérisser l'épiderme de Gringoire.

— Maudite fête! s'écria-t-il, me poursuivras-tu partout? Oh! mon Dieu! jusque chez le passeur aux vaches!

Puis il regarda la Seine à ses pieds, et une horrible tentation le prit :

— Oh! dit-il, que volontiers je me noierais, si l'eau n'était pas si froide!

Alors il lui vint une résolution désespérée. C'était, puis-qu'il ne pouvait échapper au pape des fous, aux drapelets de Jehan Fourbeault, aux bottes de mai, aux lances à feu et aux pétards, de s'enfoncer hardiment au cœur même de la fête, et d'aller à la place de Grève.

— Au moins, pensa-t-il, j'y aurai peut-être un tison de feu de joie pour me réchauffer, et j'y pourrai souper avec quelque miette des trois grandes armoiries de sucre royal qu'on a dû y dresser sur le buffet public de la ville.

II

LA PLACE DE GRÈVE.

Il ne reste aujourd'hui qu'un bien imperceptible vestige de la place de Grève, telle qu'elle existait alors. C'est la charmante tourelle qui occupe l'angle nord de la place, et qui, déjà ensevelie sous l'ignoble badigeonnage qui empâte les vives arêtes de ses sculptures, aura bientôt disparu peut-être, submergée par cette crue de maisons neuves qui dé-vore si rapidement toutes les vieilles façades de Paris.

Les personnes qui, comme nous, ne passent jamais sur la place de Grève sans donner un regard de pitié et de sym-pathie à cette pauvre tourelle étranglée entre deux masures du temps de Louis XV, peuvent reconstruire aisément dans leur pensée l'ensemble d'édifices auquel elle appartenait, et y retrouver entière la vieille place gothique du quinzième siècle.

C'était, comme aujourd'hui, un trapèze irrégulier bordé d'un côté par le quai, et des trois autres par une série de maisons hautes, étroites et sombres. Le jour, on pouvait admirer la variété de ses édifices, tous sculptés en pierre

mains, avec un geste de colère, sa crosse de bois doré, insigne de sa folle papauté.

Cet homme, ce téméraire, c'était le personnage au front
chauve qui, le moment auparavant, mêlé au groupe de la
bohémienne, avait glacé la pauvre fille de ses paroles de
menace et de haine. Il était revêtu du costume ecclésiastique. Au moment où il sortit de la foule, Gringoire, qui ne
l'avait point remarqué jusqu'alors, le reconnut : — Tiens !
dit-il, avec un cri d'étonnement, hé ! c'est mon maître en
Hermès, dom Claude Frollo, l'archidiacre ! Que diable veut-
il à ce vilain borgne ? Il va se faire dévorer.

Un cri de terreur s'éleva en effet. Le formidable Quasimodo s'était précipité à bas du brancard, et les femmes dé-
tournaient les yeux pour ne pas le voir déchirer l'archidiacre.

Il fit un bond jusqu'au prêtre, le regarda, et tomba à genoux.

Le prêtre lui arracha sa tiare, lui brisa sa crosse, lui la-
céra sa chape de clinquant.

Quasimodo resta à genoux, baissa la tête et joignit les
mains.

Puis il s'établit entre eux un étrange dialogue de signes
et de gestes, car ni l'un ni l'autre ne parlaient. Le prêtre,
debout, irrité, menaçant, impérieux ; Quasimodo, prosterné,
humble, suppliant. Et cependant il est certain que Quasimodo eût pu écraser le prêtre avec le pouce.

Enfin, l'archidiacre, secouant rudement la puissante
épaule de Quasimodo, lui fit signe de se lever et de le suivre

Quasimodo se leva.

Alors la confrérie des fous, la première stupeur passée,
voulut défendre son pape si brusquement détrôné. Les
égyptiens, les argotiers et toute la basoche vinrent japper
autour du prêtre.

Quasimodo se plaça devant le prêtre, fit jouer les muscles

ou en bois, et présentant déjà de complets échantillons des
diverses architectures domestiques du moyen âge, en remontant du quinzième au onzième siècle, depuis la croisée,
qui commençait à détrôner l'ogive, jusqu'au plein cintre
roman, qui avait été supplanté par l'ogive, et qui occupait
encore, au-dessous d'elle, le premier étage de cette ancienne
maison de la Tour-Roland, angle de la place sur la Seine,
du côté de la rue de la Tannerie. La nuit, on ne distinguait
de cette masse d'édifices que la dentelure noire des toits,
déroulant autour de la place leur chaîne d'angles aigus.
Car c'est une des différences radicales des villes d'alors et
des villes d'à présent, qu'aujourd'hui ce sont les façades qui
regardent les places et les rues, et qu'alors c'étaient les pignons. Depuis deux siècles, les maisons se sont retournées.

Au centre du côté oriental de la place s'élevait une
lourde et hybride construction formée de trois logis juxta-
posés. On l'appelait de trois noms qui expliquent son histoire, sa destination et son architecture : la *Maison au
Dauphin*, parce que Charles V, dauphin, l'avait habitée; la
Marchandise, parce qu'elle servait d'Hôtel-de-Ville; la
Maison-aux-Piliers (*domus ad piloria*), à cause d'une
suite de gros piliers qui soutenaient ses trois étages. La
ville trouvait là tout ce qu'il faut à une bonne ville comme
Paris : une chapelle pour prier Dieu; un *plaidoyer* pour
tenir audience et rembarrer au besoin les gens du roi; et
dans les combles, un *arsenac* plein d'artillerie. Car les
bourgeois de Paris savent qu'il ne suffit pas en toute con-
joncture de prier et de plaider pour les franchises de la
Cité, et ils ont toujours en réserve dans un grenier de
l'Hôtel-de-Ville quelque bonne arquebuse rouillée.

La Grève avait dès lors cet aspect sinistre que lui conservent encore aujourd'hui l'idée exécrable qu'elle réveille et le
sombre Hôtel-de-Ville de Dominique Bocador, qui a remplacé
la Maison-aux-Piliers. Il faut dire qu'un gibet et un pilori per-

manents, une justice et une échelle, comme on disait alors,
dressés côte à côte au milieu du pavé, ne contribuaient pas
peu à faire détourner les yeux de cette place fatale, où tant
d'êtres pleins de santé et de vie ont agonisé; où devait naî-
tre cinquante ans plus tard cette *fièvre de Saint-Vallier*,
cette maladie de la terreur de l'échafaud, la plus monstrueuse de toutes les maladies, parce qu'elle ne vient pas de
Dieu, mais de l'homme.

C'est une idée consolante (disons-le en passant) de songer que la peine de mort, qui, il y a trois cents ans, encom-
brait encore de ses roues de fer, de ses gibets de pierre, de
tout son attirail de supplices, permanent et scellé dans le
pavé, la Grève, les Halles, la place Dauphine, la Croix du
Trahoir, le Marché-aux-Pourceaux, ce hideux Montfaucon,
la barrière des Sergents, la Place-aux-Chats, la porte Saint-
Denis, Champeaux, la porte Baudets, la porte Saint-Jacques, sans compter les innombrables échelles des prévôts,
de l'évêque, des chapitres, des abbés, des prieurs ayant justice; sans compter les noyades juridiques en rivière de
Seine; il est consolant qu'aujourd'hui, après avoir perdu
successivement toutes les pièces de son armure, son luxe
de supplices, sa pénalité d'imagination et de fantaisie, sa
torture à laquelle elle refaisait tous les cinq ans un lit de
cuir au Grand-Châtelet, cette vieille suzeraine de la société
féodale, presque mise hors de nos lois et de nos villes, tra-
quée de code en code, chassée de place en place, n'ait plus
dans notre immense Paris qu'un coin déshonoré de la Grève,
qu'une misérable guillotine, furtive, inquiète, honteuse,
qui semble toujours craindre d'être prise en flagrant délit,
tant elle disparaît vite après avoir fait son coup!

III

BESOS PARA GOLPES.

Lorsque Pierre Gringoire arriva sur la place de Grève, il était transi. Il avait pris par le pont aux Meuniers pour éviter la cohue du Pont-au-Change et les drapelets de Jehan Fourbeault; mais les roues de tous les moulins de l'évêque l'avaient éclaboussé au passage, et sa souquenille était trempée; il lui semblait en outre que la chute de sa pièce le rendait plus frileux encore. Aussi se hâta-t-il de s'approcher du feu de joie qui brûlait magnifiquement au milieu de la place. Mais une foule considérable faisait cercle à l'entour.

— Damnés Parisiens! se dit-il à lui-même (car Gringoire, en vrai poëte dramatique, était sujet aux monologues), les voilà qui m'obstruent le feu! Pourtant j'ai bon besoin d'un coin de cheminée; mes souliers boivent, et tous ces maudits moulins qui ont pleuré sur moi! Diable d'évêque de Paris avec ses moulins! Je voudrais bien savoir ce qu'un évêque peut faire d'un moulin! est-ce qu'il s'attend à devenir d'évêque meunier? S'il ne lui faut que ma malédiction pour cela, je la lui donne, et à sa cathédrale, et à ses moulins! Voyez un peu s'ils se dérangeront, ces badauds! Je vous demande ce qu'ils font là! Ils se chauffent; beau plaisir! Ils regardent brûler un cent de bourrées; beau spectacle!

En examinant de plus près, il s'aperçut que le cercle était beaucoup plus grand qu'il ne fallait pour se chauffer au feu du roi, et que cette affluence de spectateurs n'était pas uniquement attirée par la beauté du cent de bourrées qui brûlait.

Dans un vaste espace laissé libre entre la foule et le feu, une jeune fille dansait.

Si cette jeune fille était un être humain, ou une fée, ou un ange, c'est ce que Gringoire, tout philosophe sceptique, tout poëte ironique qu'il était, ne put décider dans le premier moment, tant il fut fasciné par cette éblouissante vision.

Elle n'était pas grande, mais elle le semblait, tant sa fine taille s'élançait hardiment. Elle était brune, mais on devinait que le jour sa peau devait avoir ce beau reflet doré des Andalouses et des Romaines. Son petit pied aussi était andalou, car il était tout ensemble à l'étroit et à l'aise dans sa gracieuse chaussure. Elle dansait, elle tournait, elle tourbillonnait sur un vieux tapis de Perse, jeté négligemment sous ses pieds; et, chaque fois qu'en tournoyant sa rayonnante figure passait devant vous, ses grands yeux noirs vous jetaient un éclair.

Autour d'elle tous les regards étaient fixes, toutes les bouches ouvertes; et en effet, tandis qu'elle dansait ainsi, au bourdonnement du tambour de basque que ses deux bras ronds et purs élevaient au-dessus de sa tête, mince, frêle et vive comme une guêpe, avec son corsage d'or sans pli, sa robe bariolée qui se gonflait, avec ses épaules nues, ses jambes fines que sa jupe découvrait par moments, ses cheveux noirs, ses yeux de flamme, c'était une surnaturelle créature.

— En vérité, pensa Gringoire, c'est une salamandre, c'est une nymphe, c'est une déesse, c'est une bacchante du Mont-Ménaléen!

En ce moment, une des nattes de la chevelure de la « salamandre » se détacha, et une pièce de cuivre jaune qui y était attachée roula à terre.

— Hé non! dit-il, c'est une bohémienne.

Toute illusion avait disparu.

Elle se remit à danser; elle prit à terre deux épées dont

elle appuya la pointe sur son front, et qu'elle fît tourner dans
un sens tandis qu'elle tournait dans l'autre : c'était en effet
tout bonnement une bohémienne. Mais, quelque désenchanté
que fût Gringoire, l'ensemble de ce tableau n'était pas sans
prestige et sans magie; le feu de joie l'éclairait d'une lumière crue et rouge qui tremblait toute vive sur le cercle
des visages de la foule, sur le front brun de la jeune fille,
et au fond de la place jetait un blême reflet mêlé aux va-
cillations de leurs ombres, d'un côté sur la vieille façade
noire et ridée de la Maison-aux-Piliers, de l'autre sur le
bras de pierre du gibet.

Parmi les mille visages que cette lueur teignait d'écarlate, il y en avait un qui semblait plus encore que tous les
autres absorbé dans la contemplation de la danseuse. C'é-
tait une figure d'homme, austère, calme et sombre. Cet
homme, dont le costume était caché par la foule qui l'entourait, ne paraissait pas avoir plus de trente-cinq ans;
cependant il était chauve; à peine avait-il aux tempes quelques touffes de cheveux rares et déjà gris; son front large
et haut commençait à se creuser de rides; mais dans ses
yeux enfoncés éclataient une jeunesse extraordinaire, une
vie ardente, une passion profonde. Il les tenait sans cesse
attachés sur la bohémienne, et, tandis que la folle jeune
fille de seize ans dansait et voltigeait au plaisir de tous, sa
rêverie, à lui, semblait devenir de plus en plus sombre.
De temps en temps un sourire et un soupir se rencontraient
sur ses lèvres, mais le sourire était plus douloureux que le
soupir.

La jeune fille, essoufflée, s'arrêta enfin, et le peuple l'applaudit avec amour.

— Djali! dit la bohémienne.

Alors Gringoire vit arriver une jolie petite chèvre blanche, alerte, éveillée, lustrée, avec des cornes dorées, avec
des pieds dorés, avec un collier doré, qu'il n'avait pas en-

core aperçue, et qui était restée jusque-là accroupie sur un coin du tapis et regardant danser sa maîtresse.

— Djali, dit la danseuse, à votre tour.

Et, s'asseyant, elle présenta gracieusement à la chèvre son tambour de basque.

— Djali, continua-t-elle, à quel mois sommes-nous de l'année?

La chèvre leva son pied de devant, et frappa un coup sur le tambour. On était en effet au premier mois. La foule applaudit.

— Djali, reprit la jeune fille en tournant son tambour de basque d'un autre côté, à quel jour du mois sommes-nous?

Djali leva son petit pied d'or, et frappa six coups sur le tambour.

— Djali, poursuivit l'Egyptienne toujours avec un nouveau manége du tambour, à quelle heure du jour sommes-nous?

Djali frappa sept coups. Au même moment l'horloge de la Maison-aux-Piliers sonna sept heures.

Le peuple était émerveillé.

— Il y a de la sorcellerie là-dessous, dit une voix sinistre dans la foule. C'était celle de l'homme chauve qui ne quittait pas la bohémienne des yeux.

Elle tressaillit, se détourna; mais les applaudissements éclatèrent et couvrirent la morose exclamation.

Ils l'effacèrent même si complétement dans son esprit, qu'elle continua d'interpeller sa chèvre.

— Djali, comment fait maître Guichard Grand-Remy, capitaine des pistoliers de la ville, à la procession de la chandeleur?

Djali se dressa sur ses pattes de derrière, et se mit à bêler, en marchant avec une si gentille gravité, que le cercle

entier des spectateurs éclata de rire à cette parodie de la
dévotion intéressée du capitaine des pistoliers.

— Djali, reprit la jeune fille enhardie par ce succès
croissant, comment prêche maître Jacques Charmolue,
procureur du roi en cour d'église?

La chèvre prit séance sur son derrière, et se mit à bêler, en agitant ses pattes de devant d'une si étrange façon,
que, hormis le mauvais français et le mauvais latin, geste,
accent, attitude, tout Jacques Charmolue y était.

Et la foule d'applaudir de plus belle.

— Sacrilége! profanation! reprit la voix de l'homme
chauve.

La bohémienne se retourna encore une fois.

— Ah! dit-elle, c'est ce vilain homme! puis, allongeant
sa lèvre inférieure au delà de la lèvre supérieure, elle fit
une petite moue qui paraissait lui être familière, pirouetta
sur le talon, et se mit à recueillir dans un tambour de basque les dons de la multitude.

Les grands-blancs, les petits-blancs, les targes, les liards
à l'aigle, pleuvaient. Tout à coup elle passa devant Gringoire. Gringoire mit si étourdiment la main à sa poche,
qu'elle s'arrêta.—Diable! dit le poëte en trouvant au fond
de sa poche la réalité, c'est-à-dire le vide. Cependant la jolie fille était là, le regardant avec ses grands yeux, lui tendant son tambour, et attendant. Gringoire suait à grosses
gouttes.

S'il avait eu le Pérou dans sa poche, certainement il
l'eût donné à la danseuse; mais Gringoire n'avait pas le
Pérou, et d'ailleurs l'Amérique n'était pas encore découverte.

Heureusement un incident inattendu vint à son secours.

— T'en iras-tu, sauterelle d'Egypte? cria une voix aigre
qui partait du coin le plus sombre de la place. La jeune
fille se retourna effrayée. Ce n'était plus la voix de l'homme

chauve; c'était une voix de femme, une voix dévote et mé
chante.

Du reste, ce cri, qui fit peur à la bohémienne, mit en
joie une troupe d'enfants qui rôdait par là.

— C'est la recluse de la Tour-Roland, s'écrièrent-ils avec
des rires désordonnés, c'est la sachette qui gronde? Est-ce
qu'elle n'a pas soupé? portons-lui quelque reste du buffet
de ville!

Tous se précipitèrent vers la Maison-aux-Piliers.

Cependant Gringoire avait profité du trouble de la danseuse pour s'éclipser. La clameur des enfants lui rappela
que lui aussi n'avait pas soupé. Il courut donc au buffet;
mais les petits drôles avaient de meilleures jambes que lui;
quand il arriva, ils avaient fait table rase. Il ne restait
même pas un misérable camichon à cinq sous la livre. Il
n'y avait plus sur le mur que les sveltes fleurs de lis, entre-
mêlées de rosiers, peintes en 1434 par Mathieu Biterne.
C'était un maigre souper.

C'est une chose importune de se coucher sans souper;
c'est une chose moins riante encore de ne pas souper et
de ne savoir où coucher. Gringoire en était là. Pas de pain,
pas de gîte; il se voyait pressé de toutes parts par la nécessité, et il trouvait la nécessité fort bourrue. Il avait depuis longtemps découvert cette vérité, que Jupiter a créé
les hommes dans un accès de misanthropie, et que, pendant toute la vie du sage, sa destinée tient en état de siége
sa philosophie. Quant à lui, il n'avait jamais vu le blocus
si complet; il entendait son estomac battre la chamade, et
il trouvait très-déplacé que le mauvais destin prît sa philosophie par la famine.

Cette mélancolique rêverie l'absorbait de plus en plus,
lorsqu'un chant bizarre, quoique plein de douceur, vint
brusquement l'en arracher. C'était la jeune Egyptienne qui
chantait.

Il en était de sa voix comme de sa danse, comme de sa
beauté. C'était indéfinissable et charmant; quelque chose
de pur et de sonore, d'aérien, d'ailé, pour ainsi dire. C'é-
taient de continuels épanouissements, des mélodies, des
cadences inattendues, puis des phrases simples semées de
notes acérées et sifflantes, puis des sauts de gamme qui
eussent dérouté un rossignol, mais où l'harmonie se retrouvait toujours; puis de molles ondulations d'octave qui
s'élevaient et s'abaissaient comme le sein de la jeune chanteuse. Son beau visage suivait avec une mobilité singulière
tous les caprices de sa chanson, depuis l'inspiration la plus
échevelée jusqu'à la plus chaste dignité. On eût dit tantôt
une folle, tantôt une reine.

Les paroles qu'elle chantait étaient d'une langue inconnue à Gringoire, et qui paraissait lui être inconnue à elle-
même, tant l'expression qu'elle donnait au chant se rapportait peu au sens des paroles. Ainsi ces quatre vers dans
sa bouche étaient d'une gaieté folle :

> Un cofre de gran riqueza
> Hallaron dentro un pilar,
> Dentro del, nuevas banderas,
> Con figuras de espantar.

Et un instant après, à l'accent qu'elle donnait à cette stance :

> Alarabes de cavallo
> Sin poderse menear,
> Con espadas, y los cuellos,
> Ballestas de buen echar,

Gringoire se sentait venir les larmes aux yeux. Cependant
son chant respirait surtout la joie, et elle semblait chanter
comme l'oiseau, par sérénité et par insouciance.

La chanson de la bohémienne avait troublé la rêverie de
Gringoire, mais comme le cygne trouble l'eau. Il l'écoutait

avec une sorte de ravissement et d'oubli de toute chose. C'était depuis plusieurs heures le premier moment où il ne se sentit pas souffrir.

Le moment fut court.

La même voix de femme qui avait interrompu la danse de la bohémienne vint interrompre son chant.

— Te tairas-tu, cigale d'enfer? cria-t-elle toujours du même coin obscur de la place.

La pauvre *cigale* s'arrêta court. Gringoire se boucha les oreilles.

— Oh! s'écria-t-il, maudite scie ébréchée, qui viens briser la lyre!

Cependant les autres spectateurs murmuraient comme lui : — Au diable la sachette! disait plus d'un. Et la vieille trouble-fête invisible eût pu avoir à se repentir de ses agressions contre la bohémienne s'ils n'eussent été distraits en ce moment même par la procession du pape des fous, qui, après avoir parcouru force rues et carrefours, débouchait dans la place de Grève, avec toutes ses torches et toute sa rumeur.

Cette procession, que nos lecteurs ont vue partir du Palais, s'était organisée chemin faisant, et recrutée de tout ce qu'il y avait à Paris de marauds, de voleurs oisifs et de vagabonds disponibles; aussi présentait-elle un aspect respectable lorsqu'elle arriva en Grève.

D'abord marchait l'Egypte. Le duc d'Egypte, en tête, à cheval, avec ses comtes à pied, lui tenant la bride et l'étrier; derrière eux, les Egyptiens et les Egyptiennes pêle-mêle avec leurs petits enfants criant sur leurs épaules; tous, ducs, comtes, menu peuple, en haillons et en oripeaux. Puis c'était le royaume d'argot : c'est-à-dire tous les voleurs de France, échelonnés par ordre de dignité; les moindres passant les premiers. Ainsi défilaient quatre par

quatre, avec les divers insignes de leurs grades dans cette
étrange faculté, la plupart éclopés, ceux-ci boiteux, ceux-là
manchots, les courtauds de boutanche, les coquillards, les
hubins, les sabouleux, les calots, les francs-mitoux, les po-
lissons, les piètres, les capons, les malingreux, les rifodés,
les marcandiers, les narquois, les orphelins, les archisupp-
pôts, les cagoux; dénombrement à fatiguer Homère. Au
centre du conclave des cagoux et des archisuppôts, on
avait peine à distinguer le roi de l'argot, le grand-coësre,
accroupi dans une petite charrette traînée par deux grands
chiens. Après le royaume des argotiers, venait l'empire de
Galilée. Guillaume Rousseau, empereur de l'empire de Galilée, marchait majestueusement dans sa robe de pourpre
tachée de vin, précédé de baladins s'entrebattant et dan-
sant des pyrrhiques; entouré de ses massiers, de ses sup-
pôts, et des clercs de la chambre des comptes. Enfin venait la basoche, avec ses mais couronnés de fleurs, ses robes
noires, sa musique digne du sabbat, et ses grosses chandelles de cire jaune. Au centre de cette foule, les grands
officiers de la confrérie des fous portaient sur leurs épaules
un brancard plus surchargé de cierges que la châsse de
Sainte-Geneviève en temps de peste; et sur ce brancard res-
plendissait, crossé, chapé et mitré, le nouveau pape des
fous, le sonneur de cloches de Notre-Dame, Quasimodo-le-
Bossu.

Chacune des sections de cette procession grotesque avait
sa musique particulière. Les égyptiens faisaient détonner
leurs balafos et leurs tambourins d'Afrique. Les argotiers,
race fort peu musicale, en étaient encore à la viole, au
cornet à bouquin et à la gothique rubebbe du douzième
siècle. L'empire de Galilée n'était guère plus avancé; à
peine distinguait-on dans sa musique quelque misérable rebec de l'enfance de l'art, encore emprisonné dans le *ré-la-mi*.
Mais c'est autour du pape des fous que se déployaient,

dans une cacophonie magnifique, toutes les richesses mu-
sicales de l'époque. Ce n'était que dessus de rebec, hautes-
contre de rebec, tailles de rebec, sans compter les flûtes et
les cuivres. Hélas! nos lecteurs se souviennent que c'était
l'orchestre de Gringoire.

Il est difficile de donner une idée du degré d'épanouissement orgueilleux et béat où le triste et hideux visage de
Quasimodo était parvenu dans le trajet du palais à la Grève.
C'était la première jouissance d'amour-propre qu'il eût jamais éprouvée. Il n'avait connu jusque-là que l'humilia-
tion, le dédain pour sa condition, le dégoût pour sa personne. Aussi, tout sourd qu'il était, savourait-il en véritable pape les acclamations de cette foule qu'il haïssait pour
s'en sentir haï. Que son peuple fût un ramas de fous, de
perclus, de voleurs, de mendiants, qu'importe? c'était toujours un peuple et lui un souverain. Et il prenait au sérieux
tous ces applaudissements ironiques, tous ces respects dé-
risoires, auxquels nous devons dire qu'il se mêlait pourtant, dans la foule, un peu de crainte fort réelle. Car le
bossu était robuste; car le bancal était agile; car le sourd
était méchant : trois qualités qui tempèrent le ridicule.

Du reste, que le nouveau pape des fous se rendit compte
à lui-même des sentiments qu'il éprouvait et des sentiments
qu'il inspirait, c'est ce que nous sommes loin de croire.
L'esprit qui était logé dans ce corps manqué avait nécessairement lui-même quelque chose d'incomplet et de sourd.
Aussi ce qu'il ressentait en ce moment était-il pour lui absolument vague, indistinct et confus. Seulement la joie perçait, l'orgueil dominait. Autour de cette sombre et malheureuse figure, il y avait rayonnement.

Ce ne fut donc pas sans surprise et sans effroi que l'on vit
tout à coup, au moment où Quasimodo, dans cette demi-
ivresse, passait triomphalement devant la Maison-aux-Piliers, un homme s'élancer de la foule et lui arracher des

de ses poings athlétiques, et regarda les assaillants avec le grincement de dents d'un tigre fâché.

Le prêtre reprit sa gravité sombre, fit un signe à Quasimodo, et se retira en silence.

Quasimodo marchait devant lui, éparpillant la foule à son passage.

Quand ils eurent traversé la populace et la place, la nuée des curieux et des oisifs voulut les suivre; Quasimodo prit alors l'arrière-garde, et suivit l'archidiacre à reculons, trapu, hargneux, monstrueux, hérissé, ramassant ses membres, léchant ses défenses de sanglier, grondant comme une bête fauve, et imprimant d'immenses oscillations à la foule avec un geste ou un regard.

On les laissa s'enfoncer tous deux dans une rue étroite et ténébreuse, où nul n'osa se risquer après eux, tant la seule chimère de Quasimodo grinçant des dents en barrait bien l'entrée.

— Voilà qui est merveilleux! dit Gringoire; mais où diable trouverai-je à souper?

IV

LES INCONVÉNIENTS DE SUIVRE UNE JOLIE FEMME LE SOIR DANS LES RUES.

Gringoire, à tout hasard, s'était mis à suivre la bohémienne. Il lui avait vu prendre, avec sa chèvre, la rue de la Coutellerie; il avait pris la rue de la Coutellerie.

— Pourquoi pas? s'était-il dit.

Gringoire, philosophe pratique des rues de Paris, avait remarqué que rien n'est propice à la rêverie comme de suivre une jolie femme sans savoir où elle va. Il y a dans cette abdication volontaire de son libre arbitre, dans cette fantaisie qui se soumet à une autre fantaisie, laquelle ne s'en doute pas, un mélange d'indépendance fantasque et d'obéissance aveugle, je ne sais quoi d'intermédiaire entre l'esclavage et la liberté qui plaisait à Gringoire, esprit essentiellement mixte, indécis et complexe, tenant le bout de tous les extrêmes, incessamment suspendu entre toutes les propensions humaines, et les neutralisant l'une par l'autre. Il se comparait lui-même volontiers au tombeau de Mahomet, attiré en sens inverse par deux pierres d'aimant, et qui hésite éternellement entre le haut et le bas, entre la voûte et le pavé, entre la chute et l'ascension, entre le zénith et le nadir.

Si Gringoire vivait de nos jours, quel beau milieu il tiendrait entre le classique et le romantique!

Mais il n'était pas assez primitif pour vivre trois cents ans, et c'est dommage. Son absence est un vide qui ne se fait que trop sentir aujourd'hui.

Du reste, pour suivre ainsi dans les rues les passants (et surtout les passantes), ce que Gringoire faisait volontiers, il n'y a pas de meilleure disposition que de ne savoir où coucher.

Il marchait donc tout pensif derrière la jeune fille, qui hâtait le pas et faisait trotter sa jolie chèvre en voyant rentrer les bourgeois et se fermer les tavernes, seules boutiques qui eussent été ouvertes ce jour-là.

— Après tout, pensait-il à peu près, il faut bien qu'elle loge quelque part; les bohémiennes ont bon cœur. — Qui sait?....

Et il y avait dans les points suspensifs dont il faisait suivre cette réticence dans son esprit je ne sais quelles idées assez gracieuses.

Cependant de temps en temps, en passant devant les derniers groupes de bourgeois fermant leurs portes, il attrapait quelque lambeau de leurs conversations qui venait rompre l'enchaînement de ses riantes hypothèses.

Tantôt c'étaient deux vieillards qui s'accostaient.

— Maître Thibaut Fernicle, savez-vous qu'il fait froid?

(Gringoire savait cela depuis le commencement de l'hiver.)

— Oui, bien, maître Boniface Disome! Est-ce que nous allons avoir un hiver comme il y a trois ans, en 80, que le bois coûtait huit sols le moule?

— Bah! ce n'est rien, maître Thibaut, près de l'hiver de 1407, qu'il gela depuis la Saint-Martin jusqu'à la Chandeleur! et avec une telle furie, que la plume du greffier du parlement gelait, dans la grand'chambre, de trois mots en trois mots! ce qui interrompit l'enregistrement de la justice.

Plus loin, c'étaient des voisines à leur fenêtre avec des chandelles que le brouillard faisait grésiller.

— Votre mari vous a-t-il conté le malheur, mademoiselle La Boudraque?

— Non. Qu'est-ce que c'est donc, mademoiselle Turquant?

— Le cheval de monsieur Gilles Godin, le notaire au Châtelet, qui s'est effarouché des Flamands et de leur procession, et qui a renversé maître Philippot Avrillot, oblat des Célestins.

— En vérité?

— Bellement.

— Un cheval bourgeois! c'est un peu fort. Si c'était un cheval de cavalerie, à la bonne heure!

Et les fenêtres se refermaient. Mais Gringoire n'en avait pas moins perdu le fil de ses idées.

Heureusement il le retrouvait vite et le renouait sans peine, grâce à la bohémienne, grâce à Djali, qui marchaient toujours devant lui; deux fines, délicates et charmantes créatures, dont il admirait les petits pieds, les jolies for-

mes, les gracieuses manières, les confondant presque dans
sa contemplation; pour l'intelligence et la bonne amitié,
les croyant toutes deux jeunes filles; pour la légèreté, l'a-
gilité, la dextérité de la marche, les trouvant chèvres toutes
deux.

Les rues cependant devenaient à tout moment plus noires
et plus désertes. Le couvre-feu était sonné depuis longtemps, et l'on commençait à ne plus rencontrer qu'à de
rares intervalles un passant sur le pavé, une lumière aux
fenêtres. Gringoire s'était engagé, à la suite de l'égyptienne, dans ce dédale inextricable de ruelles, de carrefours
et de culs-de-sac qui environne l'ancien sépulcre des Saints-
Innocents, et qui ressemble à un écheveau de fil brouillé
par un chat.—Voilà des rues qui ont bien peu de logique!
disait Gringoire perdu dans ces mille circuits qui reve-
naient sans cesse sur eux-mêmes, mais où la jeune fille suivait un chemin qui lui paraissait bien connu, sans hésiter
et d'un pas de plus en plus rapide. Quant à lui, il eût parfaitement ignoré où il était, s'il n'eût aperçu en passant,
au détour d'une rue, la masse octogone du pilori des halles, dont le sommet à jour détachait vivement sa découpure noire sur une fenêtre encore éclairée de la rue Ver-
delet.

Depuis quelques instants il avait attiré l'attention de la
jeune fille; elle avait à plusieurs reprises tourné la tête vers
lui avec inquiétude; elle s'était même une fois arrêtée tout
court, avait profité d'un rayon de lumière qui s'échappait
d'une boulangerie entr'ouverte pour le regarder fixement
du haut en bas; puis, ce coup d'œil jeté, Gringoire lui
avait vu faire cette petite moue qu'il avait déjà remarquée,
et elle avait passé outre.

Cette petite moue donna à penser à Gringoire. Il y avait
certainement du dédain et de la moquerie dans cette gracieuse grimace. Aussi commençait-il à baisser la tête, à

compter les pavés, et à suivre la jeune fille d'un peu plus
loin, lorsque, au tournant d'une rue qui venait de la lui
faire perdre de vue, il l'entendit pousser un cri perçant.

Il hâta le pas.

La rue était pleine de ténèbres. Pourtant une étoupe im-
bibée d'huile, qui brûlait dans une cage de fer aux pieds
de la sainte Vierge du coin de la rue, permit à Gringoire
de distinguer la bohémienne se débattant dans les bras de
deux hommes qui s'efforçaient d'étouffer ses cris. La pauvre petite chèvre, tout effarée, baissait les cornes, et bê-
lait.

— A nous, messieurs du guet! cria Gringoire, et il s'a-
vança bravement. L'un des hommes qui tenaient la jeune
fille se retourna vers lui. C'était la formidable figure de
Quasimodo.

Gringoire ne prit pas la fuite, mais il ne fit point un pas
de plus.

Quasimodo vint à lui, le jeta à quatre pas sur le pavé
d'un revers de la main, et s'enfonça rapidement dans l'ombre, emportant la jeune fille, ployée sur un de ses bras
comme une écharpe de soie. Son compagnon le suivait, et
la pauvre chèvre courait après tous, avec son bêlement
plaintif.

— Au meurtre! au meurtre! criait la malheureuse
bohémienne.

— Halte-là, misérables, et lâchez-moi cette ribaude! dit
tout à coup, d'une voix de tonnerre, un cavalier qui dé-
boucha brusquement du carrefour voisin.

C'était un capitaine des archers de l'ordonnance du roi
armé de pied en cap, et l'espadron à la main.

Il arracha la bohémienne des bras de Quasimodo stupéfait, la mit en travers sur sa selle; et, au moment où le redoutable bossu, revenu de sa surprise, se précipitait sur lui
pour reprendre sa proie, quinze ou seize archers, qui sui-

vaient de près leur capitaine, parurent l'estramaçon au poing. C'était une escouade de l'ordonnance du roi qui faisait le contre-guet, par ordre de messire Robert d'Estouteville, garde de la prévôté de Paris.

Quasimodo fut enveloppé, saisi, garrotté; il rugissait, il écumait, il mordait; et, s'il eût fait grand jour, nul doute que son visage seul, rendu plus hideux encore par la colère, n'eût mis en fuite toute l'escouade. Mais, la nuit, il était désarmé de son arme la plus redoutable, de sa laideur.

Son compagnon avait disparu dans la lutte.

La bohémienne se dressa gracieusement sur la selle de l'officier; elle appuya ses deux mains sur les deux épaules du jeune homme, et le regarda fixement quelques secondes, comme ravie de sa bonne mine et du bon secours qu'il venait de lui porter. Puis, rompant le silence la première, elle lui dit, en faisant plus douce encore sa douce voix :

— Comment vous appelez-vous, monsieur le gendarme?

— Le capitaine Phœbus de Châteaupers, pour vous servir, ma belle! répondit l'officier en se redressant.

— Merci, dit-elle.

Et, pendant que le capitaine Phœbus retroussait sa moustache à la bourguignonne, elle se laissa glisser à bas du cheval, comme une flèche qui tombe à terre, et s'enfuit.

Un éclair se fût évanoui moins vite.

— Nombril du pape! dit le capitaine en faisant resserrer les courroies de Quasimodo, j'eusse aimé mieux garder la ribaude!

— Que voulez-vous, capitaine? dit un gendarme; la fauvette s'est envolée, la chauve-souris est restée.

V

SUITE DES INCONVÉNIENTS.

Gringoire, tout étourdi de sa chute, était resté sur le pavé devant la bonne Vierge du coin de la rue. Peu à peu, il reprit ses sens; il fut d'abord quelques minutes flottant dans une espéce de rêverie à demi somnolente qui n'était pas sans douceur, où les aériennes figures de la bohémienne et de la chèvre se mariaient à la pesanteur du poing de Quasimodo. Cet état dura peu. Une assez vive impression de froid à la partie de son corps qui se trouvait en contact avec le pavé le réveilla tout à coup, et fit revenir son esprit à la surface. — D'où me vient donc cette fraicheur? se dit-il brusquement. Il s'aperçut alors qu'il était un peu dans le milieu du ruisseau.

— Diable de cyclope bossu! grommela-t-il entre ses dents; et il voulut se lever. Mais il était trop étourdi et trop meurtri : force lui fut de rester en place. Il avait du reste la main assez libre; il se boucha le nez et se résigna.

— La boue de Paris, pensa-t-il (car il croyait être sûr que, décidément, le ruisseau serait son gîte;

Et que faire en un gîte à moins que l'on ne songe?)

la boue de Paris est particuliérement puante; elle doit renfermer beaucoup de sel volatil et nitreux. C'est, du reste, l'opinion de maître Nicolas Flamel et des hermétiques...

Le mot d'*hermétiques* amena subitement l'idée de l'archidiacre Claude Frollo dans son esprit. Il se rappela la scène violente qu'il venait d'entrevoir, que la bohémienne se débattait entre deux hommes, que Quasimodo avait un compagnon; et la figure morose et hautaine de l'archidiacre passa confusément dans son souvenir. — Cela serait étrange! pensa-t-il. Et il se mit à échafauder, avec cette donnée et sur cette base, le fantasque édifice des hypothèses, ce château de cartes des philosophes. Puis soudain, revenant encore une fois à la réalité : — Ah çà! je gèle! s'écria-t-il.

La place, en effet, devenait de moins en moins tenable. Chaque molécule de l'eau du ruisseau enlevait une molécule de calorique rayonnant aux reins de Gringoire, et l'équilibre entre la température de son corps et la température du ruisseau commençait à s'établir d'une rude façon.

Un ennui d'une tout autre nature vint tout à coup l'assaillir.

Un groupe d'enfants, de ces petits sauvages va-nu-pieds qui ont de tout temps battu le pavé de Paris sous le nom éternel de *gamins*, et qui, lorsque nous étions enfants aussi, nous ont jeté des pierres à tous le soir au sortir de classe, parce que nos pantalons n'étaient pas déchirés, un essaim de ces jeunes drôles accourait vers le carrefour où gisait Gringoire, avec des rires et des cris qui paraissaient se soucier fort peu du sommeil des voisins. Ils traînaient après eux je ne sais quel sac informe; et le bruit seul de leurs sabots eût réveillé un mort. Gringoire, qui ne l'était pas encore tout à fait, se souleva à demi.

— Ohé! Hennequin Dandèche; ohé! Jean Pince-bourde! criaient-ils à tue-tête; le vieux Eustache Moubon, le marchand feron du coin, vient de mourir. Nous avons sa paillasse, nous allons en faire un feu de joie. C'est aujourd'hui les Flamands!

Et voilà qu'ils jetèrent la paillasse précisément sur Gringoire, près duquel ils étaient arrivés sans le voir. En même temps, un d'eux prit une poignée de paille qu'il alla allumer à la mèche de la bonne Vierge.

— Mort-Christ! grommela Gringoire, est-ce que je vais avoir trop chaud maintenant?

Le moment était critique. Il allait être pris entre le feu et l'eau; il fit un effort surnaturel, un effort de faux monnayeur qu'on va bouillir et qui tâche de s'échapper. Il se leva debout, rejeta la paillasse sur les gamins, et s'enfuit.

— Sainte Vierge! crièrent les enfants; le marchand feron qui revient!

Et ils s'enfuirent de leur côté.

La paillasse resta maîtresse du champ de bataille. Belleforêt, le P. Le Juge et Corrozet assurent que le lendemain elle fut ramassée avec grande pompe par le clergé du quartier et portée au trésor de l'église Sainte-Opportune, où le sacristain se fit jusqu'en 1789 un assez beau revenu avec le grand miracle de la statue de la Vierge du coin de la rue Mauconseil, qui avait, par sa seule présence, dans la mémorable nuit du 6 au 7 janvier 1482, exorcisé défunt Jehan Moubon, lequel, pour faire niche au diable, avait, en mourant, malicieusement caché son âme dans sa paillasse.

VI

LA CRUCHE CASSÉE.

Après avoir couru à toutes jambes pendant quelque temps, sans savoir où, donnant de la tête à maint coin de rue, enjambant maint ruisseau, traversant mainte ruelle, maint cul-de-sac, maint carrefour, cherchant fuite et passage à travers tous les méandres du vieux pavé des Halles, explorant dans sa peur panique ce que le beau latin des chartes appelle *tota via, cheminum et viaria*, notre poëte s'arrêta tout à coup, d'essoufflement d'abord, puis saisi en quelque sorte au collet par un dilemme qui venait de surgir dans son esprit. — Il me semble, maître Pierre Gringoire, se dit-il à lui-même en appuyant son doigt sur son front, que vous courez là comme un écervelé. Les petits drôles n'ont pas eu moins peur de vous que vous d'eux. Il me semble, vous dis-je, que vous avez entendu le bruit de leurs sabots qui s'enfuyait au midi, pendant que vous vous enfuyiez au septentrion. Or de deux choses l'une : ou ils ont pris la fuite ; et alors la paillasse, qu'ils ont dû oublier dans leur terreur, est précisément ce lit hospitalier après lequel vous courez depuis ce matin, et que madame la Vierge vous envoie miraculeusement pour vous récompenser d'avoir fait en son honneur une moralité accompagnée de triomphes et momeries : ou les enfants n'ont pas pris la fuite, et dans ce cas ils ont mis le brandon à la paillasse ; et c'est là justement l'excellent feu dont vous avez besoin pour vous réjouir, sécher et réchauffer. Dans les deux cas, bon feu ou bon lit, la paillasse est un présent du ciel. La benoîte Vierge Marie qui est au coin de la rue Mauconseil n'a peut-être fait mourir Jehan Moubon que pour cela ; et c'est folie à vous de vous enfuir ainsi sur traîneboyau, comme un Picard devant un Français, laissant derrière vous ce que vous cherchez devant ; et vous êtes un sot !

Alors il revint sur ses pas, et, s'orientant et furetant, le nez au vent et l'oreille aux aguets, il s'efforça de retrouver la bienheureuse paillasse, mais en vain. Ce n'était qu'intersections de maisons, culs-de-sac, pattes-d'oies, au milieu desquelles il hésitait et doutait sans cesse, plus empêché et plus englué dans cet enchevêtrement de ruelles noires qu'il ne l'eût été dans le dédalus même de l'hôtel des Tournelles ; enfin il perdit patience, et s'écria solennellement : — Maudits soient les carrefours ! c'est le diable qui les a faits à l'image de sa fourche !...

Cette exclamation le soulagea un peu, et une espéce de reflet rougeâtre qu'il aperçut en ce moment au bout d'une longue et étroite ruelle acheva de relever son moral. — Dieu soit loué! dit-il, c'est là-bas! Voilà ma paillasse qui brûle. Et, se comparant au nocher qui sombre dans la nuit : *Salve!* ajouta-t-il pieusement, *salve, maris stella!*

Adressait-il ce fragment de litanie à la sainte Vierge ou à la paillasse? c'est ce que nous ignorons parfaitement.

A peine avait-il fait quelques pas dans la longue ruelle, laquelle était en pente, non pavée, et de plus en plus boueuse et inclinée, qu'il remarqua quelque chose d'assez singulier. Elle n'était pas déserte : çà et là, dans sa longueur, rampaient je ne sais quelles masses vagues et informes, se dirigeant toutes vers la lueur qui vacillait au bout de la rue, comme ces lourds insectes qui se traînent la nuit de brin d'herbe en brin d'herbe vers un feu de pâtre.

Rien ne rend aventureux comme de ne pas sentir la place de son gousset. Gringoire continua de s'avancer, et eut bientôt rejoint celle de ces larves qui se traînait le plus paresseusement à la suite des autres. En s'en approchant, il vit que ce n'était rien autre chose qu'un misérable cul-de-jatte qui sautelait sur ses deux mains, comme un faucheux blessé qui n'a plus que deux pattes. Au moment où il passa près de cette espéce d'araignée à face humaine, elle éleva vers lui une voix lamentable : — *La buona mancia, signor! la buona mancia!*

— Que le diable t'emporte! dit Gringoire, et moi avec toi, si je sais ce que tu veux dire!

Et il passa outre.

Il rejoignit une autre de ces masses ambulantes, et l'examina. C'était un perclus, à la fois boiteux et manchot, et si manchot et si boiteux, que le système compliqué de béquilles et de jambes de bois qui le soutenait lui donnait l'air d'un échafaudage de maçons en marche. Gringoire,

qui aimait les comparaisons nobles et classiques, le com-
para, dans sa pensée, au trépied vivant de Vulcain.

Ce trépied vivant le salua au passage, mais en arrêtant
son chapeau à la hauteur du menton de Gringoire, comme
un plat à barbe, et en lui criant aux oreilles : — *Señor
caballero, para comprar un pedaso de pan !*

— Il paraît, dit Gringoire, que celui-là parle aussi;
mais c'est une rude langue, et il est plus heureux que moi
s'il la comprend.

Puis, se frappant le front par une subite transition d'i-
dée : — A propos, que diable voulaient-ils dire ce matin
avec leur *Esmeralda ?*

Il voulut doubler le pas, mais, pour la troisième fois,
quelque chose lui barra le chemin. Ce quelque chose, ou
plutôt ce quelqu'un, c'était un aveugle, un petit aveugle à
face juive et barbue, qui ramant dans l'espace autour de
lui avec un bâton, et remorqué par un gros chien, lui na-
silla avec un accent hongrois : *Facitote caritatem !*

— A la bonne heure ! dit Pierre Gringoire, en voilà un
enfin qui parle un langage chrétien. Il faut que j'aie la
mine bien aumônière pour qu'on me demande ainsi la
charité dans l'état de maigreur où est ma bourse. Mon ami
(et il se tournait vers l'aveugle), j'ai vendu la semaine passée ma dernière chemise; c'est-à-dire, puisque vous ne
comprenez que la langue de Cicéro : *Vendidi hebdomade
nuper transitâ meam ultimam chemisam.*

Cela dit, il tourna le dos à l'aveugle, et poursuivit son
chemin. Mais l'aveugle se mit à allonger le pas en même
temps que lui; et voilà que le perclus, voilà que le cul-de-
jatte surviennent de leur côté avec grande hâte et grand
bruit d'écuelle et de béquilles sur le pavé. Puis, tous trois,
s'entre-culbutant aux trousses du pauvre Gringoire, se mirent à lui chanter leur chanson :

— *Caritatem !* chantait l'aveugle.

— *La buona mancia!* chantait le cul-de-jatte.

Et le boiteux relevait la phrase musicale en répétant : *Un pedaso de pan!*

Gringoire se boucha les oreilles. — O tour de Babel! s'écria-t-il.

Il se mit à courir. L'aveugle courut. Le boiteux courut. Le cul-de-jatte courut.

Et puis, à mesure qu'il s'enfonçait dans la rue, culs-de-jatte, aveugles, boiteux, pullulaient autour de lui; et des manchots, et des borgnes, et des lépreux avec leurs plaies, qui sortant des maisons, qui des petites rues adjacentes, qui des soupiraux des caves, hurlant, beuglant, glapissant, tous clopin-clopant, cahin-caha, se ruant vers la lumière, et vautrés dans la fange comme des limaces après la pluie.

Gringoire, toujours suivi par ses trois persécuteurs, et ne sachant trop ce que cela allait devenir, marchait effaré au milieu des autres, tournant les boiteux, enjambant les culs-de-jatte, les pieds empêtrés dans cette fourmilière d'éclopés, comme ce capitaine anglais qui s'enliza dans un troupeau de crabes.

L'idée lui vint d'essayer de retourner sur ses pas. Mais il était trop tard. Toute cette légion s'était refermée derrière lui, et ses trois mendiants le tenaient. Il continua donc, poussé à la fois par ce flot irrésistible, par la peur et par un vertige qui lui faisait de tout cela une sorte de rêve horrible.

Enfin, il atteignit l'extrémité de la rue. Elle débouchait sur une place immense, où mille lumières éparses vacillaient dans le brouillard confus de la nuit. Gringoire s'y jeta, espérant échapper par la vitesse de ses jambes aux trois spectres infirmes qui s'étaient cramponnés à lui.

— *Ondè, vas hombre!* cria le perclus jetant là ses béquilles, et courant après lui avec les deux meilleures jam-

bes qui eussent jamais tracé un pas géométrique sur le
pavé de Paris.

Cependant le cul-de-jatte, debout sur ses pieds, coiffait
Gringoire de sa lourde jatte ferrée, et l'aveugle le regardait en face avec des yeux flamboyants.

— Où suis-je? dit le poëte terrifié.

— Dans la Cour des Miracles, répondit un quatrième
spectre qui les avait accostés.

— Sur mon âme, reprit Gringoire, je vois bien les aveugles qui regardent et les boiteux qui courent : mais où est
le Sauveur?

Ils répondirent par un éclat de rire sinistre.

Le pauvre poëte jeta les yeux autour de lui. Il était en
effet dans cette redoutable Cour des Miracles, où jamais
honnête homme n'avait pénétré à pareille heure; cercle
magique où les officiers du Châtelet et les sergents de la
prévôté qui s'y aventuraient disparaissaient en miettes;
cité des voleurs, hideuse verrue à la face de Paris; égout
d'où s'échappait chaque matin, et où revenait croupir chaque nuit ce ruisseau de vices, de mendicité et de vagabon-
dage, toujours débordé dans les rues des capitales; ruche
monstrueuse où rentraient le soir avec leur butin tous les
frelons de l'ordre social; hôpital menteur où le bohémien,
le moine défroqué, l'écolier perdu, les vauriens de toutes
les nations, espagnols, italiens, allemands, de toutes les
religions, juifs, chrétiens, mahométans, idolâtres, couverts
de plaies fardées, mendiant le jour, se transfiguraient la
nuit en brigands; immense vestiaire, en un mot, où s'ha-
billaient et se déshabillaient à cette époque tous les acteurs
de cette comédie éternelle que le vol, la prostitution et le
meurtre jouent sur le pavé de Paris.

C'était une vaste place, irrégulière et mal pavée, comme
toutes les places de Paris alors. Des feux autour desquels
fourmillaient des groupes étranges y brillaient çà et là.

Tout cela allait, venait, criait. On entendait des rires aigus, des vagissements d'enfants, des voix de femmes. Les
mains, les têtes de cette foule, noires sur le fond lumineux, y découpaient mille gestes bizarres. Par moments,
sur le sol, où tremblait la clarté des feux, mêlée à de grandes ombres indéfinies, on pouvait voir passer un chien qui
ressemblait à un homme, un homme qui ressemblait à un
chien. Les limites des races et des espèces semblaient s'ef-
facer dans cette cité comme dans un Pandémonium. Hommes, femmes, bêtes, âge, sexe, santé, maladies, tout semblait être en commun parmi ce peuple ; tout allait ensemble,
mêlé, confondu, superposé ; chacun y participait de tout.

Le rayonnement chancelant et pauvre des feux permettait
à Gringoire de distinguer, à travers son trouble, tout à
l'entour de l'immense place, un hideux encadrement de
vieilles maisons dont les façades vermoulues, ratatinées,
rabougries, percées chacune d'une ou deux lucarnes éclai-
rées, lui semblaient dans l'ombre d'énormes têtes de vieilles femmes, rangées en cercle, monstrueuses et rechignées,
qui regardaient le sabbat en clignant des yeux.

C'était comme un nouveau monde, inconnu, inouï, difforme, reptile, fourmillant, fantastique.

Gringoire, de plus en plus effaré, pris par les trois mendiants comme par trois tenailles, assourdi d'une foule d'autres visages qui moutonnaient et aboyaient autour de lui ;
le malencontreux Gringoire tâchait de rallier sa présence
d'esprit pour se rappeler si l'on était à un samedi. Mais
ses efforts étaient vains : le fil de sa mémoire et de sa
pensée était rompu ; et, doutant de tout, flottant de ce
qu'il voyait à ce qu'il sentait, il se posait cette insoluble
question : — Si je suis, cela est-il ? si cela est, suis-je ?

En ce moment, un cri distinct s'éleva dans la cohue
bourdonnante qui l'enveloppait : — Menons-le au roi ! menons-le au roi !

— Sainte Vierge! murmura Gringoire, le roi d'ici, ce doit être un bouc.

— Au roi! au roi! répétèrent toutes les voix.

On l'entraîna. Ce fut à qui mettrait la griffe sur lui. Mais les trois mendiants ne lâchaient pas prise, et l'arrachaient aux autres en hurlant : — Il est à nous!

Le pourpoint déjà malade du poëte rendit le dernier soupir dans cette lutte.

En traversant l'horrible place, son vertige se dissipa. Au bout de quelques pas, le sentiment de la réalité lui était revenu. Il commençait à se faire à l'atmosphère du lieu. Dans le premier moment, de sa tête de poëte, ou peut-être, tout simplement et tout prosaïquement, de son estomac vide, il s'était élevé une fumée, une vapeur pour ainsi dire, qui, se répandant entre les objets et lui, ne les lui avait laissé entrevoir que dans la brume incohérente du cauchemar, dans ces ténèbres des rêves qui font trembler tous les contours, grimacer toutes les formes, s'agglomérer les objets en groupes démesurés, dilatant les choses en chimères et les hommes en fantômes. Peu à peu à cette hallucination succéda un regard moins égaré et moins grossissant. Le réel se faisait jour autour de lui, lui heurtait les yeux, lui heurtait les pieds, et démolissait pièce à pièce toute l'effroyable poésie dont il s'était cru d'abord entouré. Il fallut bien s'apercevoir qu'il ne marchait pas dans le Styx, mais dans la boue; qu'il n'était pas coudoyé par des démons, mais par des voleurs; qu'il n'y allait pas de son âme, mais tout bonnement de sa vie (puisqu'il lui manquait ce précieux conciliateur qui se place si efficacement entre le bandit et l'honnête homme : la bourse). Enfin, en examinant l'orgie de plus près et avec plus de sang-froid, il tomba du sabbat au cabaret.

La Cour des Miracles n'était en effet qu'un cabaret, mais un cabaret de brigands, tout aussi rouge de sang que de vin.

Le spectacle qui s'offrit à ses yeux, quand son escorte en
guenilles le déposa enfin au terme de sa course, n'était pas
propre à le ramener à la poésie, fût-ce même à la poésie
de l'enfer. C'était plus que jamais la prosaïque et brutale
réalité de la taverne. Si nous n'étions pas au quinzième
siècle, nous dirions que Gringoire était descendu de Michel-
Ange à Callot.

Autour d'un grand feu qui brûlait sur une large dalle
ronde, et qui pénétrait de ses flammes les tiges rougies
d'un trépied vide pour le moment, quelques tables vermoulues étaient dressées çà et là, au hasard, sans que le moindre laquais géomètre eût daigné ajuster leur parallélisme
ou veiller à ce qu'au moins elles ne se coupassent pas à
des angles trop inusités. Sur ces tables reluisaient quelques
pots ruisselants de vin et de cervoise, et autour de ces pots
se groupaient force visages bachiques, empourprés de feu
et de vin. C'était un homme à gros ventre et à joviale figure
qui embrassait bruyamment une fille de joie, épaisse et
charnue. C'était une espèce de faux soldat, un narquois,
comme on disait en argot, qui défaisait en sifflant les ban-
dages de sa fausse blessure, et qui dégourdissait son genou
sain et vigoureux, emmailloté depuis le matin dans mille
ligatures. Au rebours, c'était un malingreux qui préparait
avec de l'éclaire et du sang de bœuf sa *jambe de Dieu* du
lendemain. Deux tables plus loin, un coquillart, avec son
costume complet de pèlerin, épelait la complainte de Sainte
Reine, sans oublier la psalmodie et le nasillement. Ailleurs,
un jeune hubin prenait leçon d'épilepsie d'un vieux sabouleux qui lui enseignait l'art d'écumer en mâchant un
morceau de savon. A côté, un hydropique se dégonflait, et
faisait boucher le nez à quatre ou cinq larronnesses, qui
se disputaient à la même table un enfant volé dans la soirée. Toutes circonstances qui, deux siècles plus tard, *sem-
blèrent si ridicules à la cour,* comme dit Sauval, *qu'elles*

servirent de passe-temps au roi et d'entrée au ballet royal de la Nuit, divisé en quatre parties et dansé sur le théâtre du Petit Bourbon. « Jamais, ajoute un témoin oculaire de 1655, les subites métamorphoses de la Cour des Miracles n'ont été plus heureusement représentées. Benserade nous y prépara par des vers assez galants. »

Le gros rire éclatait partout, et la chanson obscène. Chacun tirait à soi, glosant et jurant sans écouter le voisin. Les pots trinquaient, et les querelles naissaient au choc des pots, et les pots ébréchés faisaient déchirer les haillons.

Un gros chien, assis sur sa queue, regardait le feu. Quelques enfants étaient mêlés à cette orgie. L'enfant volé, qui pleurait et criait. Un autre, gros garçon de quatre ans, assis les jambes pendantes sur un banc trop élevé, ayant de la table jusqu'au menton, et ne disant mot. Un troisième étalant gravement avec son doigt sur la table le suif en fusion qui coulait d'une chandelle. Un dernier, petit, accroupi dans la boue, presque perdu dans un chaudron qu'il raclait avec une tuile, et dont il tirait un son à faire évanouir Stradivarius.

Un tonneau était près du feu, et un mendiant sur le tonneau. C'était le roi sur son trône.

Les trois qui avaient Gringoire l'amenèrent devant ce tonneau, et toute la bacchanale fit un moment silence, excepté le chaudron habité par l'enfant.

Gringoire n'osait souffler ni lever les yeux.

— *Hombre, quita tu sombrero!* dit l'un des trois drôles à qui il était; et, avant qu'il eût compris ce que cela voulait dire, l'autre lui avait pris son chapeau. Misérable bicoquet, il est vrai, mais bon encore un jour de soleil ou un jour de pluie. Gringoire soupira.

Cependant le roi, du haut de sa futaille, lui adressa la parole.

— Qu'est-ce que c'est que ce maraud?

Gringoire tressaillit. Cette voix, quoique accentuée par
la menace, lui rappela une autre voix qui le matin même
avait porté le premier coup à son mystère en nasillant au
milieu de l'auditoire : *La charité, s'il vous plaît!* Il leva
la tête. C'était en effet Clopin Trouillefou.

Clopin Trouillefou, revêtu de ses insignes royaux, n'a-
vait pas un haillon de plus ni de moins. Sa plaie au bras
avait déjà disparu. Il portait à la main un de ces fouets à
lanières de cuir blanc dont se servaient alors les sergents à
verge pour serrer la foule, et que l'on appelait *boullayes*.
Il avait sur la tête une espèce de coiffure cerclée et fermée
par le haut; mais il était difficile de distinguer si c'était
un bourrelet d'enfant ou une couronne de roi, tant les deux
choses se ressemblent.

Cependant Gringoire, sans savoir pourquoi, avait repris
quelque espoir en reconnaissant dans le roi de la Cour des
Miracles son maudit mendiant de la grand'salle.

— Maitre, balbutia-t-il.... Monseigneur... Sire... — Comment dois-je vous appeler? dit-il enfin, arrivé au point culminant de son crescendo, et ne sachant plus comment
monter ni redescendre.

— Monseigneur, sa majesté, ou camarade, appelle-moi
comme tu voudras. Mais dépêche. Qu'as-tu à dire pour ta
défense?

Pour ta défense! pensa Gringoire, ceci me déplaît. Il reprit en bégayant : — Je suis celui qui ce matin...

— Par les ongles du diable! interrompit Clopin, ton
nom, maraud, et rien de plus. Ecoute. Tu es devant trois
puissants souverains : moi, Clopin Trouillefou, roi de Thunes, successeur du Grand-Coësre, suzerain suprême du
royaume de l'argot; Mathias Hungadi Spicali, duc d'Egypte
et de Bohême, ce vieux jaune que tu vois là avec un tor-
chon autour de la tête; Guillaume Rousseau, empereur de
Galilée, ce gros qui ne nous écoute pas et qui caresse une

LA CRUCHE CASSÉE.

ribaude. Nous sommes tes juges. Tu es entré dans le royaume d'argot sans être argotier, tu as violé les priviléges de notre ville. Tu dois être puni, à moins que tu ne sois capon, franc-mitou ou rifodé, c'est-à-dire, dans l'argot des honnêtes gens, voleur, mendiant ou vagabond. Es-tu quelque chose comme cela? Justifie-toi; décline tes qualités...

— Hélas! dit Gringoire, je n'ai pas cet honneur. Je suis l'auteur...

— Cela suffit, reprit Trouillefou sans le laisser achever. Tu vas être pendu. Chose toute simple, messieurs les honnêtes bourgeois! comme vous traitez les nôtres chez vous, nous traitons les vôtres chez nous. La loi que vous faites aux truands, les truands vous la font. C'est votre faute si elle est méchante. Il faut bien qu'on voie de temps en temps une grimace d'honnête homme au-dessus du collier de chanvre; cela rend la chose honorable. Allons, l'ami, partage gaiement tes guenilles à ces demoiselles. Je vais te faire pendre pour amuser les truands, et tu leur donneras ta bourse pour boire. Si tu as quelque momerie à faire, il y a là-bas dans l'égrugeoir un très-bon Dieu-le-Père, en pierre, que nous avons volé à Saint-Pierre-aux-Bœufs. Tu as quatre minutes pour lui jeter ton âme à la tête.

La harangue était formidable.

— Bien dit, sur mon âme! Clopin Trouillefou prêche comme un saint-père le pape, s'écria l'empereur de Galilée en cassant son pot pour étayer sa table.

— Messeigneurs les empereurs et rois, dit Gringoire avec sang-froid (car je ne sais comment la fermeté lui était revenue, et il parlait résolûment), vous n'y pensez pas; je m'appelle Pierre Gringoire, je suis le poëte dont on a représenté ce matin une moralité, dans la grand'salle du Palais.

— Ah! c'est toi, maître! dit Clopin. J'y étais, par la

tête-Dieu ! Eh bien ! camarade, est-ce une raison, parce que
tu nous a ennuyés ce matin, pour ne pas être pendu ce soir ?

— J'aurai de la peine à m'en tirer, pensa Gringoire.

Il tenta pourtant encore un effort.

— Je ne vois pas pourquoi, dit-il, les poëtes ne sont pas
rangés parmi les truands. Vagabond, Æsopus le fut ; mendiant, Homerus le fut ; voleur, Mercurius l'était...

Clopin l'interrompit : — Je crois que tu veux nous ma-
tagraboliser avec ton grimoire. Pardieu, laisse-toi pendre,
et pas tant de façons !

— Pardon, monseigneur le roi de Thunes, répliqua Gringoire, disputant le terrain pied à pied. Cela en vaut la
peine... — Un moment !... — Écoutez-moi... Vous ne me
condamnerez pas sans m'entendre...

Sa malheureuse voix, en effet, était couverte par le vacarme qui se faisait autour de lui. Le petit garçon raclait
son chaudron avec plus de verve que jamais ; et, pour comble, une vieille femme venait de poser sur le trépied ardent
une poële pleine de graisse, qui glapissait au feu avec un
bruit pareil aux cris d'une troupe d'enfants qui poursuit
un masque.

Cependant Clopin Trouillefou parut conférer un moment
avec le duc d'Egypte et l'empereur de Galilée, lequel était
complétement ivre. Puis il cria aigrement : Silence donc !
et, comme le chaudron et la poêle à frire ne l'écoutaient
pas et continuaient leur duo, il sauta à bas de son tonneau,
donna un coup de pied dans le chaudron, qui roula à dix
pas avec l'enfant, un coup de pied dans la poêle, dont toute
la graisse se renversa dans le feu, et il remonta gravement
sur son trône, sans se soucier des pleurs étouffés de l'enfant, ni des grognements de la vieille, dont le souper s'en
allait en belle flamme blanche.

Trouillefou fit un signe, et le duc, et l'empereur, et les
archisuppôts, et les cagoux, vinrent se ranger autour de lui

en un fer-à-cheval, dont Gringoire, toujours rudement appréhendé au corps, occupait le centre. C'était un demi-cercle de haillons, de guenilles, de clinquant, de fourches, de haches, de jambes avinées, de gros bras nus, de figures sordides, éteintes et hébétées. Au milieu de cette table ronde de la gueuserie, Clopin Trouillefou, comme le doge de ce sénat, comme le roi de cette pairie, comme le pape de ce conclave, dominait, d'abord de toute la hauteur de son tonneau, puis de je ne sais quel air hautain, farouche et formidable qui faisait petiller sa prunelle, et corrigeait dans son sauvage profil le type bestial de la race truande. On eût dit une hure parmi des groins.

— Ecoute, dit-il à Gringoire en caressant son menton difforme avec sa main calleuse; je ne vois pas pourquoi tu ne serais pas pendu. Il est vrai que cela a l'air de te répugner; et c'est tout simple, vous autres bourgeois, vous n'y êtes pas habitués. Vous vous faites de la chose une grosse idée. Après tout, nous ne te voulons pas de mal. Voici un moyen de te tirer d'affaire pour le moment. Veux-tu être des nôtres?

On peut juger de l'effet que fit cette proposition sur Gringoire, qui voyait la vie lui échapper, et commençait à lâcher prise. Il s'y rattacha énergiquement.

— Je le veux, certes, bellement, dit-il.

— Tu consens, reprit Clopin, à t'enrôler parmi les gens de la petite flambe?

— De la petite flambe, précisément, répondit Gringoire.

— Tu te reconnais membre de la franche bourgeoisie? reprit le roi de Thunes.

— De la franche bourgeoisie.

— Sujet du royaume d'argot?

— Du royaume d'argot.

— Truand?

— Truand.

— Dans l'âme?

— Dans l'âme.

— Je te fais remarquer, reprit le roi, que tu n'en seras pas moins pendu pour cela.

— Diable! dit le poëte.

— Seulement, continua Clopin imperturbable, tu seras pendu plus tard, avec plus de cérémonie, aux frais de la bonne ville de Paris, à un beau gibet de pierre, et par les honnêtes gens. C'est une consolation.

— Comme vous dites, répondit Gringoire.

— Il y a d'autres avantages. En qualité de franc-bourgeois, tu n'auras à payer ni boues, ni pauvres, ni lanternes, à quoi sont sujets les bourgeois de Paris.

— Ainsi soit-il, dit le poëte. Je consens. Je suis truand, argotier, franc bourgeois, petite flambe, tout ce que vous voudrez; et j'étais tout cela d'avance, monsieur le roi de Thunes, car je suis philosophe; *et omnia in philosophia, omnes in philosopho continentur*, comme vous savez.

Le roi de Thunes fronça le sourcil.

— Pour qui me prends-tu, l'ami? Quel argot de juif de Hongrie nous chantes-tu là? Je ne sais pas l'hébreu. Pour être bandit on n'est pas juif. Je ne vole même plus, je suis au-dessus de cela, je tue. Coupe-gorge, oui; coupe-bourse, non.

Gringoire tâcha de glisser quelque excuse à travers ces brèves paroles que la colère saccadait de plus en plus. — Je vous demande pardon, monseigneur. Ce n'est pas de l'hébreu, c'est du latin.

— Je te dis, reprit Clopin avec emportement, que je ne suis pas juif, et que je te ferai pendre, ventre de synagogue! ainsi que ce petit marcandier de Judée qui est auprès de toi, et que j'espère bien voir clouer un jour sur un comptoir, comme une pièce de fausse monnaie qu'il est!

En parlant ainsi, il désignait du doigt le petit juif hongrois barbu, qui avait accosté Gringoire de son *facitote caritatem*, et qui, ne comprenant pas d'autre langue, regardait avec surprise la mauvaise humeur du roi de Thunes déborder sur lui.

Enfin monseigneur Clopin se calma. — Maraud! dit-il à notre poëte, tu veux donc être truand?

— Sans doute, répondit le poëte.

— Ce n'est pas le tout de vouloir, dit le bourru Clopin; la bonne volonté ne met pas un oignon de plus dans la soupe, et n'est bonne que pour aller en paradis; or, paradis et argot sont deux. Pour être reçu dans l'argot, il faut que tu prouves que tu es bon à quelque chose, et pour cela que tu fouilles le mannequin.

— Je fouillerai, dit Gringoire, tout ce qu'il vous plaira.

Clopin fit un signe. Quelques argotiers se détachèrent du cercle et revinrent un moment après. Ils apportaient deux poteaux terminés à leur extrémité inférieure par deux patules en charpente, qui leur faisaient prendre aisément pied sur le sol; à l'extrémité supérieure des deux poteaux ils adaptèrent une solive transversale, et le tout constitua une fort jolie potence portative que Gringoire eut la satisfaction de voir se dresser devant lui en un clin d'œil. Rien n'y manquait, pas même la corde qui se balançait gracieusement au-dessous de la traverse.

— Où veulent-ils en venir? se demanda Gringoire avec quelque inquiétude. Un bruit de sonnettes qu'il entendit au même moment mit fin à son anxiété; c'était un mannequin que les truands suspendaient par le cou à la corde, espèce d'épouvantail aux oiseaux, vêtu de rouge, et tellement chargé de grelots et de clochettes, qu'on eût pu en harnacher trente mules castillanes. Ces mille sonnettes frissonnèrent quelque temps aux oscillations de la corde, puis s'éteignirent peu à peu, et se turent enfin, quand le mannequin eut été ramené à l'immobilité par cette loi du pendule qui a détrôné le clepsydre et le sablier.

— Alors Clopin, indiquant à Gringoire un vieil escabeau chancelant, placé au-dessous du mannequin : — Monte là-dessus !

— Mort-diable ! objecta Gringoire, je vais me rompre le cou. Votre escabelle boîte comme un distique de Martial ; elle a un pied hexamètre et un pied pentamètre.

— Monte ! reprit Clopin.

Gringoire monta sur l'escabeau, et parvint, non sans quelques oscillations de la tête et des bras, à y retrouver son centre de gravité.

— Maintenant, poursuivit le roi de Thunes, tourne ton pied droit autour de ta jambe gauche et dresse-toi sur la pointe du pied gauche.

— Monseigneur, dit Gringoire, vous tenez donc absolument à ce que je me casse quelque membre ?

Clopin hocha la tête.

— Écoute, l'ami, tu parles trop. Voilà en deux mots de quoi il s'agit : tu vas te dresser sur la pointe du pied, comme je te le dis, de cette façon tu pourras atteindre jusqu'à la poche du mannequin ; tu y fouilleras ; tu en tireras une bourse qui s'y trouve ; et, si tu fais tout cela sans qu'on entende le bruit d'une sonnette, c'est bien : tu seras truand. Nous n'aurons plus qu'à te rouer de coups pendant huit jours.

— Ventre-Dieu ! je n'aurai garde, dit Gringoire. Et si je fais chanter les sonnettes ?

— Alors tu seras pendu. Comprends-tu ?

— Je ne comprends pas du tout, répondit Gringoire.

— Écoute encore une fois. Tu vas fouiller le mannequin et lui prendre sa bourse ; si une seule sonnette bouge dans l'opération, tu seras pendu. Comprends-tu cela ?

— Bien, dit Gringoire ; je comprends cela. Après ?

— Si tu parviens à enlever la bourse sans qu'on entende les grelots, tu es truand, et tu seras roué de coups pendant huit jours consécutifs. Tu comprends sans doute, maintenant?

— Non, monseigneur; je ne comprends plus. Où est mon avantage? pendu dans un cas, battu dans l'autre.

— Et truand, reprit Clopin, et truand, n'est-ce rien? C'est dans ton intérêt que nous te battrons, afin de t'endurcir aux coups.

— Grand merci! répondit le poëte.

— Allons, dépêchons, dit le roi en frappant du pied sur son tonneau, qui résonna comme une grosse caisse. Fouille le mannequin, et que cela finisse! Je t'avertis une dernière fois que, si j'entends un seul grelot, tu prendras la place du mannequin.

La bande des argotiers applaudit aux paroles de Clopin, et se rangea circulairement autour de la potence, avec un rire tellement impitoyable, que Gringoire vit qu'il les amusait trop pour n'avoir pas tout à craindre d'eux. Il ne lui restait donc plus d'espoir, si ce n'est la frêle chance de réussir dans la redoutable opération qui lui était imposée; il se décida à la risquer, mais ce ne fut pas sans avoir adressé d'abord une fervente prière au mannequin qu'il allait dévaliser, et qui eût été plus facile à attendrir que les truands. Cette myriade de sonnettes avec leurs petites langues de cuivre lui semblaient autant de gueules d'aspics ouvertes, prêtes à mordre et à siffler.

— Oh! disait-il tout bas, est-il possible que ma vie dépende de la moindre des vibrations du moindre de ces grelots? Oh! ajoutait-il les mains jointes, sonnettes, ne sonnez pas! clochettes, ne clochez pas! grelots, ne grelottez pas!

Il tenta encore un effort sur Trouillefou.

— Et s'il survient un coup de vent? lui demanda-t-il.

— Tu seras pendu, répondit l'autre sans hésiter.

Voyant qu'il n'y avait ni répit, ni sursis, ni faux-fuyant possible, il prit bravement son parti; il tourna son pied droit autour de son pied gauche, se dressa sur son pied gauche, et étendit le bras...; mais au moment où il touchait le mannequin, son corps, qui n'avait plus qu'un pied, chancela sur l'escabeau, qui n'en avait que trois, il voulut machinalement s'appuyer au mannequin, perdit l'équilibre, et tomba lourdement sur la terre, tout assourdi par la fatale vibration des mille sonnettes du mannequin, qui, cédant à l'impulsion de sa main, décrivit d'abord une rotation sur lui-même, puis se balança majestueusement entre les deux poteaux.

— Malédiction! cria-t-il en tombant; et il resta comme mort, la face contre terre.

Cependant il entendait le redoutable carillon au-dessus de sa tête, et le rire diabolique des truands, et la voix de Trouillefou, qui disait : — Relevez-moi le drôle, et pendez-le-moi rudement.

Il se leva. On avait déjà décroché le mannequin pour lui faire place.

Les argotiers le firent monter sur l'escabeau. Clopin vint à lui, lui passa la corde au cou, et lui frappant sur l'épaule : — Adieu! l'ami. Tu ne peux plus échapper maintenant, quand même tu digérerais avec les boyaux du pape.

Le mot *grâce* expira sur les lèvres de Gringoire. Il promena ses regards autour de lui; mais aucun espoir : tous riaient.

— Bellevigne-de-l'Etoile, dit le roi de Thunes à un énorme truand qui sortit des rangs, grimpe sur la traverse.

Bellevigne-de-l'Etoile monta lestement sur la solive transversale; et, au bout d'un instant, Gringoire, en levant

les yeux, le vit avec terreur accroupi sur la traverse au-
dessus de sa tête.

— Maintenant, reprit Clopin Trouillefou, dès que je
frapperai des mains, Andry-le-Rouge, tu jetteras l'escabelle à terre d'un coup de genou; François Chante-Prune,
tu te pendras aux pieds du maraud; et toi, Bellevigne, tu
te jetteras sur ses épaules; et tous trois à la fois, entendez-
vous?

Gringoire frissonna.

— Y êtes-vous? dit Clopin Trouillefou aux trois argotiers prêts à se précipiter sur Gringoire. Le pauvre patient eut un moment d'attente horrible, pendant que Clopin repoussait tranquillement du bout du pied dans le feu
quelques brins de sarment que la flamme n'avait pas ga-
gnés. — Y êtes-vous? répéta-t-il, et il ouvrit ses mains
pour frapper. Une seconde de plus, c'en était fait.

Mais il s'arrêta, comme averti par une idée subite. — Un
instant, dit-il; j'oubliais!... Il est d'usage que nous ne
pendions pas un homme sans demander s'il y a une femme
qui en veut. — Camarade! c'est ta dernière ressource. Il
faut que tu épouses une truande ou la corde.

Cette loi bohémienne, si bizarre qu'elle puisse sembler
au lecteur, est aujourd'hui encore écrite tout au long dans
la vieille législation anglaise. Voyez *Burington's Observa-
tions.*

Gringoire respira. C'était la seconde fois qu'il revenait
à la vie depuis une demi-heure. Aussi n'osait-il trop s'y
fier.

— Holà! cria Clopin, remonté sur sa futaille, holà!
femmes, femelles, y a-t-il parmi vous, depuis la sorcière
jusqu'à sa chatte, une ribaude qui veuille de ce ribaud?
Holà! Collette-la-Charonne! Elisabeth Trouvain! Simonne
Jodouyne! Marie Piédebou! Thonne-la-Longue! Bérarde
Fanouel! Michelle Genaille! Claude Rouge-oreille! Mathu-

rine Girorou! Holà! Isabeau la Thierrye! Venez et voyez!
un homme pour rien! qui en veut?

Gringoire, dans ce misérable état, était sans doute peu
appétissant. Les truandes se montrèrent médiocrement
touchées de la proposition. Le malheureux les entendit répondre. — Non! non! pendez-le, il y aura du plaisir pour
toutes.

Trois cependant sortirent de la foule et vinrent le flairer.
La première était une grosse fille à face carrée. Elle examina attentivement le pourpoint déplorable du philosophe.
La souquenille était usée et plus trouée qu'une poêle à
griller des châtaignes. La fille fit la grimace. —Vieux dra-
peau! grommela-t-elle; et s'adressant à Gringoire :—Voyons
ta cape. — Je l'ai perdue, dit Gringoire. — Ton chapeau?
— On me l'a pris. — Tes souliers? — Ils commencent à
n'avoir plus de semelles. — Ta bourse? — Hélas! bégaya
Gringoire, je n'ai pas un denier parisis. — Laisse-toi pendre, et dis merci! répliqua la truande en lui tournant le
dos.

La seconde, vieille, noire, ridée, hideuse, d'une laideur
à faire tache dans la Cour des Miracles, tourna autour de
Gringoire. Il tremblait presque qu'elle ne voulût de lui.
Mais elle dit entre ses dents : — Il est trop maigre! et s'é-
loigna.

La troisième était une jeune fille, assez fraîche, et pas
trop laide. —Sauvez-moi, lui dit à voix basse le pauvre
diable. Elle le considéra un moment d'un air de pitié, puis
baissa les yeux, fit un pli à sa jupe, et resta indécise. Il
suivait des yeux tous ses mouvements; c'était la dernière
lueur d'espoir. — Non, dit enfin la jeune fille, non! Guillaume Longue-Joue me battrait. Elle rentra dans la foule.

— Camarade, dit Clopin, tu as du malheur.

Puis, se levant debout sur son tonneau : —Personne
n'en veut? cria-t-il en contrefaisant l'accent d'un huissier

priseur, à la grande gaieté de tous : personne n'en veut?
une fois, deux fois, trois fois! Et se tournant vers la p·
tence avec un signe de tête : — Adjugé!

Bellevigne-de-l'Etoile, Andry-le-Rouge, François Chante-
Prune, se rapprochèrent de Gringoire.

En ce moment, un cri s'éleva parmi les argotiers :

— *La Esmeralda! la Esmeralda!*

Gringoire tressaillit, et se tourna du côté d'où venait la
clameur. La foule s'ouvrit et donna passage à une pure et
éblouissante figure. C'était la bohémienne.

— La Esmeralda, dit Gringoire, stupéfait, au milieu de
ses émotions, de la brusque manière dont ce mot magique
nouait tous les souvenirs de sa journée.

Cette rare créature paraissait exercer jusque dans la
Cour des Miracles son empire de charme et de beauté.
Argotiers et argotières se rangeaient doucement à son
passage, et leurs brutales figures s'épanouissaient à son regard.

Elle s'approcha du patient avec son pas léger. Sa jolie
Djali la suivait. Gringoire était plus mort que vif. Elle le
considéra un moment en silence.

— Vous allez pendre cet homme? dit-elle gravement à
Clopin.

— Oui, sœur, répondit le roi de Thunes, à moins que tu
ne le prennes pour mari.

Elle fit sa jolie petite moue de la lèvre inférieure.

— Je le prends, dit-elle.

Gringoire ici crut fermement qu'il n'avait fait qu'un
rêve depuis le matin, et que ceci en était la suite.

La péripétie, en effet, quoique gracieuse, était violente.

On détacha le nœud coulant, on fit descendre le poëte
de l'escabeau. Il fut obligé de s'asseoir, tant la commotion
était vive.

Le duc d'Egypte, sans prononcer une parole, apporta

une cruche d'argile. La bohémienne la présenta à Gringoire. — Jetez-la à terre, lui dit-elle.

La cruche se brisa en quatre morceaux.

— Frère, dit alors le duc d'Egypte en leur imposant les
mains sur le front, elle est ta femme; sœur, il est ton
mari. Pour quatre ans. Allez.

VII

UNE NUIT DE NOCES.

Au bout de quelques instants, notre poëte se trouva
dans une petite chambre voûtée en ogive, bien close, bien
chaude, assis devant une table qui ne paraissait pas demander mieux que de faire quelques emprunts à un garde-man-
ger suspendu tout auprès, ayant un bon lit en perspective,
et tête à tête avec une jolie fille. L'aventure tenait de l'enchantement. Il commençait à se prendre sérieusement pour
un personnage de conte de fées; de temps en temps il jetait les yeux autour de lui comme pour chercher si le char
de feu attelé de deux chimères ailées, qui avait seul pu le
transporter si rapidement du Tartare au paradis, était encore là. Par moments aussi il attachait obstinément son
regard aux trous de son pourpoint, afin de se cramponner
à la réalité, et de ne pas perdre terre tout à fait. Sa raison,
ballottée dans les espaces imaginaires, ne tenait plus qu'à
ce fil.

La jeune fille ne paraissait faire aucune attention à lui;
elle allait, venait, dérangeait quelque escabelle, causait
avec sa chèvre, faisait sa moue çà et là. Enfin elle vint
s'asseoir près de la table, et Gringoire put la considérer à
l'aise.

Vous avez été enfant, lecteur, et vous êtes peut-être assez heureux pour l'être encore. Il n'est pas que vous n'ayez plus d'une fois (et pour mon compte j'y ai passé des journées entières, les mieux employées de ma vie) suivi de broussaille en broussaille, au bord d'une eau vive, par un jour de soleil, quelque belle demoiselle verte ou bleue, brisant son vol à angles brusques et baisant le bout de toutes les branches. Vous vous rappelez avec quelle curiosité amoureuse votre pensée et votre regard s'attachaient à ce petit tourbillon sifflant et bourdonnant, d'ailes de pourpre et d'azur, au milieu duquel flottait une forme insaisissable voilée par la rapidité même de son mouvement. L'être aérien qui se dessinait confusément à travers ce frémissement d'ailes vous paraissait chimérique, imaginaire, impossible à toucher, impossible à voir. Mais, lorsqu'enfin la demoiselle se reposait à la pointe d'un roseau, et que vous pouviez examiner, en retenant votre souffle, les longues ailes de gaze, la longue robe d'émail, les deux globes de cristal, quel étonnement n'éprouviez-vous pas, et quelle peur de voir de nouveau la forme s'en aller en ombre et l'être en chimère ! Rappelez-vous ces impressions, et vous vous rendrez aisément compte de ce que ressentait Gringoire en contemplant sous sa forme visible et palpable cette Esmeralda qu'il n'avait entrevue jusque-là qu'à travers un tourbillon de danse, de chant et de tumulte.

Enfoncé de plus en plus dans sa rêverie : — Voilà donc, se disait il en la suivant vaguement des yeux, ce que c'est que *la Esmeralda !* une céleste créature ! une danseuse des rues ! tant et si peu ! C'est elle qui a donné le coup de grâce à mon mystère ce matin, c'est elle qui me sauve la vie ce soir. Mon mauvais génie ! mon bon ange ! — Une jolie femme, sur ma parole ! — et qui doit m'aimer à la folie pour m'avoir pris de la sorte. — A propos, dit-il en se levant tout à coup avec ce sentiment du vrai qui faisait le fond de son caractère et de sa philosophie, je ne sais trop comment cela se fait, mais je suis son mari !

. Cette idée en tête et dans les yeux, il s'approcha de la jeune fille d'une façon si militaire et si galante, qu'elle recula. — Que me voulez-vous donc ? dit-elle.

— Pouvez-vous me le demander, adorable Esmeralda ? répondit Gringoire avec un accent si passionné qu'il en était étonné lui-même en s'entendant parler.

L'Egyptienne ouvrit ses grands yeux.— Je ne sais pas ce que vous voulez dire.

— Eh quoi ! reprit Gringoire, s'échauffant de plus en plus, et songeant qu'il n'avait affaire après tout qu'à une vertu de la Cour des Miracles, ne suis-je pas à toi, douce amie ? n'es-tu pas à moi ?

Et, tout ingénument, il lui prit la taille.

Le corsage de la bohémienne glissa dans ses mains comme la robe d'une anguille. Elle sauta d'un bout à l'autre bout de la cellule, se baissa et se redressa, avec un petit poignard à la main, avant que Gringoire eût eu seulement le temps de voir d'où ce poignard sortait ; irritée et fière, les lèvres gonflées, les narines ouvertes, les joues rouges comme une pomme d'api, les prunelles rayonnantes d'éclairs. En même temps la chevrette blanche se plaça devant elle, et présenta à Gringoire un front de bataille, hérissé de deux cornes jolies, dorées et fort pointues. Tout cela se fit en un clin d'œil.

La demoiselle se faisait guêpe, et ne demandait pas mieux que de piquer.

Notre philosophe resta interdit, promenant tour à tour de la chèvre à la jeune fille des regards hébétés.

— Sainte Vierge ! dit-il enfin, quand la surprise lui permit de parler, voilà deux luronnes !

La bohémienne rompit le silence de son côté : — Il faut que tu sois un drôle bien hardi !

— Pardon, mademoiselle, dit Gringoire en souriant. Mais pourquoi donc m'avez-vous pris pour mari?

— Fallait-il te laisser pendre?

— Ainsi, reprit le poëte, un peu désappointé dans ses espérances amoureuses, vous n'avez eu d'autre pensée en m'épousant que de me sauver du gibet?

— Et quelle autre pensée veux-tu que j'aie eue?

Gringoire se mordit les lèvres.—Allons, dit-il, je ne suis pas encore si triomphant en Cupido que je croyais. Mais, alors, à quoi bon avoir cassé cette pauvre cruche?

Cependant le poignard de la Esmeralda et les cornes de la chèvre étaient toujours sur la défensive.

— Mademoiselle Esmeralda, dit le poëte, capitulons. Je ne suis pas clerc-greffier au Châtelet, et ne vous chicanerai pas de porter ainsi une dague dans Paris à la barbe des ordonnances et prohibitions de M. le prévôt. Vous n'ignorez pas pourtant que Noël Lescrivain a été condamné, il y a huit jours, en dix sous parisis pour avoir porté un braquemart. Or ce n'est pas mon affaire; et je viens au fait. Je vous jure sur ma part de paradis de ne pas vous approcher sans votre congé et permission ; mais donnez-moi à souper.

Au fond, Gringoire, comme M. Despréaux, était « trés-peu voluptueux. » Il n'était pas de cette espèce chevalière et mousquetaire qui prend les jeunes filles d'assaut. En matière d'amour, comme en toute autre affaire, il était volontiers pour les temporisations et les moyens termes; et un bon souper, en tête à tête aimable, lui paraissait, surtout quand il avait faim, un entr'acte excellent entre le prologue et le dénoûment d'une aventure d'amour.

L'Égyptienne ne répondit pas. Elle fit sa petite moue dédaigneuse, dressa la tête comme un oiseau, puis éclata de rire, et le poignard mignon disparut comme il était venu, sans que Gringoire pût voir où l'abeille cachait son aiguillon.

Un moment après, il y avait sur la table un pain de seigle, une tranche de lard, quelques pommes ridées et un broc de cervoise. Gringoire se mit à manger avec emportement. A entendre le cliquetis furieux de sa fourchette de fer et de son assiette de faïence, on eût dit que tout son amour s'était tourné en appétit.

La jeune fille, assise devant lui, le regardait faire en silence, visiblement préoccupée d'une autre pensée à laquelle elle souriait de temps en temps, tandis que sa douce main caressait la tête intelligente de la chèvre mollement pressée entre ses genoux.

Une chandelle de cire jaune éclairait cette scène de voracité et de rêverie.

Cependant, les premiers bêlements de son estomac apaisés, Gringoire sentit quelque fausse honte de voir qu'il ne restait plus qu'une pomme.

— Vous ne mangez pas, mademoiselle Esmeralda?

Elle répondit par un signe de tête négatif, et son regard pensif alla se fixer à la voûte de la cellule.

— De quoi diable est-elle occupée? pensa Gringoire, et regardant ce qu'elle regardait :

— Il est impossible que ce soit la grimace de ce nain de pierre sulpté dans la clef de voûte qui absorbe ainsi son attention. Que diable! je puis soutenir la comparaison !

Il haussa la voix. — Mademoiselle!

Elle ne paraissait pas l'entendre.

Il reprit plus haut encore : — Mademoiselle Esmeralda!
— Peine perdue. L'esprit de la jeune fille était ailleurs, et la voix de Gringoire n'avait pas la puissance de le rappeler. Heureusement la chèvre s'en mêla. Elle se mit à tirer doucement sa maîtresse par la manche.

— Que veux-tu, Djali? dit vivement l'Egyptienne comme réveillée en sursaut.

— Elle a faim, dit Gringoire charmé d'entamer la conversation.

La Esmeralda se mit à émietter du pain, que Djali mangeait gracieusement dans le creux de sa main.

Du reste, Gringoire ne lui laissa pas le temps de reprendre sa rêverie. Il hasarda une question délicate.

— Vous ne voulez donc pas de moi pour votre mari?

La jeune fille le regarda fixement, et dit : — Non.

— Pour votre amant? reprit Gringoire.

Elle fit sa moue, et répondit : — Non.

— Pour votre ami? poursuivit Gringoire.

Elle le regarda encore fixement, et dit après un moment de réflexion : — Peut-être.

Ce *peut-être*, si cher aux philosophes, enhardit Gringoire.

— Savez-vous ce que c'est que l'amitié? demanda-t-il.

— Oui, répondit l'Egyptienne; c'est être frère et sœur, deux âmes qui se touchent sans se confondre, les deux doigts de la main.

— Et l'amour? poursuivit Gringoire.

— Oh! l'amour! dit-elle. Et sa voix tremblait, et son œil rayonnait. C'est être deux et n'être qu'un. Un homme et une femme qui se fondent en un ange. C'est le ciel!

La danseuse des rues était, en parlant ainsi, d'une beauté qui frappait singulièrement Gringoire, et lui semblait en rapport parfait avec l'exaltation presque orientale de ses paroles. Ses lèvres roses et pures souriaient à demi; son front candide et serein devenait trouble par moments sous sa pensée, comme un miroir sous une haleine; et de ses longs cils noirs baissés s'échappait une sorte de lumière ineffable qui donnait à son profil cette suavité idéale que Raphaël retrouva depuis au point d'intersection mystique de la virginité, de la maternité et de la divinité.

Gringoire n'en poursuivit pas moins.

— Comment faut-il donc être pour vous plaire?

— Il faut être homme.

— Et moi, dit-il, qu'est-ce que je suis donc?

— Un homme a le casque en tête, l'épée au poing et des éperons d'or aux talons.

— Bon, dit Gringoire, sans le cheval point d'homme. — Aimez-vous quelqu'un?

— D'amour?

— D'amour.

Elle resta un moment pensive, puis elle dit avec une expression particulière : — Je saurai cela bientôt.

— Pourquoi pas ce soir? reprit alors tendrement le poëte. Pourquoi pas moi?

Elle lui jeta un coup d'œil grave.

— Je ne pourrai aimer qu'un homme qui pourra me protéger.

Gringoire rougit et se le tint pour dit. Il était évident que la jeune fille faisait allusion au peu d'appui qu'il lui avait prêté dans la circonstance critique où elle s'était trouvée deux heures auparavant. Ce souvenir, effacé par ses autres aventures de la soirée, lui revint. Il se frappa le front.

— A propos, mademoiselle, j'aurais dû commencer par là. Pardonnez-moi mes folles distractions. Comment donc avez-vous fait pour échapper aux griffes de Quasimodo?

Cette question fit tressaillir la bohémienne.

— Oh! l'horrible bossu! dit-elle en se cachant le visage dans ses mains. Et elle frissonnait comme dans un grand froid.

— Horrible en effet, dit Gringoire, qui ne lâchait pas son idée; mais comment avez-vous pu lui échapper?

La Esmeralda sourit, soupira et garda le silence.

— Savez-vous pourquoi il vous avait suivie? reprit Gringoire, tâchant de revenir à sa question par un détour.

—. Je ne sais pas, dit la jeune fille. Et elle ajouta vivement : Mais vous qui me suiviez aussi, pourquoi me suiviez-vous ?

— En bonne foi, répondit Gringoire, je ne sais pas non plus.

Il y eut un silence. Gringoire tailladait la table avec son couteau. La jeune fille souriait, et semblait regarder quelque chose à travers le mur. Tout à coup elle se prit à chanter d'une voix à peine articulée :

> Quando las pintadas aves
> Mudas estan, y la tierra...

Elle s'interrompit brusquement et se mit à caresser Djali.

— Vous avez là une jolie bête, dit Gringoire.

— C'est ma sœur, répondit-elle.

— Pourquoi vous appelle-t-on *la Esmeralda?* demanda le poëte.

— Je n'en sais rien.

— Mais encore ?

Elle tira de son sein une espéce de petit sachet oblong suspendu à son cou par une chaine de grains d'adrézarach. Ce sachet exhalait une forte odeur de camphre ; il était recouvert de soie verte, et portait à son centre une grosse verroterie verte imitant l'émeraude.

— C'est peut-être à cause de cela, dit-elle.

Gringoire voulut prendre le sachet ; elle recula. — N'y touchez pas, c'est une amulette. Tu ferais mal au charme, ou le charme à toi.

La curiosité du poëte était de plus en plus éveillée.

— Qui vous l'a donnée?

Elle mit un doigt sur sa bouche, et cacha l'amulette dans son sein. Il essaya d'autres questions, mais elle répondait à peine.

— Que veut dire ce mot : *la Esmeralda?*

— Je ne sais pas, dit-elle.

— A quelle langue appartient-il?

— C'est de l'égyptien, je crois.

— Je m'en étais douté, dit Gringoire. Vous n'êtes pas de France?

— Je n'en sais rien.

— Avez-vous vos parents?

Elle se mit à chanter sur un vieil air :

> Mon père est oiseau,
> Ma mère est oiselle,
> Je passe l'eau sans nacelle,
> Je passe l'eau sans bateau.
> Ma mère est oiselle,
> Mon père est oiseau.

— C'est bon, dit Gringoire. A quel âge êtes-vous venue en France?

— Toute petite.

— A Paris?

— L'an dernier. Au moment où nous entrions par la porte Papale, j'ai vu filer en l'air la fauvette de roseaux; c'était à la fin d'août. J'ai dit : l'hiver sera rude.

— Il l'a été, dit Gringoire, ravi de ce commencement de conversation; je l'ai passé à souffler dans mes doigts. Vous avez donc le don de prophétie?

Elle retomba dans son laconisme : — Non.

— Cet homme que vous nommez le duc d'Egypte, c'est le chef de votre tribu?

— Oui.

— C'est pourtant lui qui nous a mariés, observa timidement le poëte.

Elle fit sa jolie grimace habituelle. — Je ne sais seulement pas ton nom.

— Mon nom? Si vous le voulez, le voici : Pierre Gringoire.

— J'en sais un plus beau, dit-elle.

— Mauvaise! reprit le poëte. N'importe, vous ne m'irri-
terez pas. Tenez, vous m'aimerez peut-être en me connais-
sant mieux; et puis vous m'avez conté votre histoire avec
tant de confiance, que je vous dois un peu la mienne. Vous
saurez donc que je m'appelle Pierre Gringoire, et que je
suis fils du fermier du tabellionage de Gonesse. Mon père a
été pendu par les Bourguignons, et ma mère éventrée par
les Picards, lors du siége de Paris, il y a vingt ans. A six
ans donc, j'étais orphelin, n'ayant pour semelle à mes
pieds que le pavé de Paris. Je ne sais comment j'ai franchi
l'intervalle de six ans à seize. Une fruitière me donnait une
prune par-ci, un talmellier me jetait une croûte par-là; le
soir, je me faisais ramasser par les onze-vingts, qui me
mettaient en prison, et je trouvais là une botte de paille.
Tout cela ne m'a pas empêché de grandir et de maigrir,
comme vous voyez. L'hiver je me chauffais au soleil, sous
le porche de l'hôtel de Sens, et je trouvais fort ridicule que
le feu de la Saint-Jean fût réservé pour la canicule. A seize
ans, j'ai voulu prendre un état. Successivement j'ai tâté de
tout. Je me suis fait soldat, mais je n'étais pas assez brave.
Je me suis fait moine, mais je n'étais pas assez dévot; —
et puis, je bois mal. De désespoir, j'entrai apprenti parmi
les charpentiers de la grande coignée; mais je n'étais pas
assez fort. J'avais plus de penchant pour être maître d'é-
cole; il est vrai que je ne savais pas lire; mais ce n'est pas
une raison. Je m'aperçus, au bout d'un certain temps, qu'il
me manquait quelque chose pour tout; et, voyant que je
n'étais bon à rien, je me fis de mon plein gré poëte et com-
positeur de rhythmes. C'est un état qu'on peut toujours
prendre quand on est vagabond, et cela vaut mieux que de
voler, comme me le conseillaient quelques jeunes fils bri-
gandiniers de mes amis. Je rencontrai par bonheur un beau
jour dom Claude Frollo, le révérend archidiacre de Notre-

Dame. Il prit intérêt à moi, et c'est à lui que je dois d'être aujourd'hui un véritable lettré, sachant le latin depuis les Offices de Cicéro jusqu'au Mortuologe des pères Célestins ; et n'étant barbare ni en scolastique, ni en poétique, ni en rhythmique, ni même en hermétique, cette sophie des sophies. C'est moi qui suis l'auteur du mystère qu'on a représenté aujourd'hui, avec grand triomphe et grand concours de populace, en pleine grand'salle du Palais. J'ai fait aussi un livre qui aura six cents pages sur la comète prodigieuse de 1465, dont un homme devint fou. J'ai eu encore d'autres succès. Etant un peu menuisier d'artillerie, j'ai travaillé à cette grosse bombarde de Jean Maugue que vous savez, qui a crevé au pont de Charenton le jour où l'on en a fait l'essai, et tué vingt-quatre curieux. Vous voyez que je ne suis pas un méchant parti de mariage. Je sais bien des façons de tours fort avenants que j'enseignerai à votre chèvre : par exemple, à contrefaire l'évêque de Paris, ce maudit pharisien dont les moulins éclaboussent les passants tout le long du Pont-aux-Meuniers. Et puis, mon mystère me rapportera beaucoup d'argent monnayé, si l'on me le paye. Enfin, je suis à vos ordres, moi et mon esprit, et ma science, et mes lettres, prêt à vivre avec vous, damoiselle, comme il vous plaira, chastement ou joyeusement ; mari et femme, si vous le trouvez bon ; frère et sœur, si vous le trouvez mieux.

Gringoire se tut, attendant l'effet de sa harangue sur la jeune fille. Elle avait les yeux fixés à terre.

— *Phœbus*, disait-elle à demi-voix. Puis se tournant vers le poëte : *Phœbus*, qu'est-ce que cela veut dire ?

Gringoire, sans trop comprendre quel rapport il pouvait y avoir entre son allocution et cette question, ne fut pas fâché de faire briller son érudition. Il répondit en se rengorgeant : — C'est un mot latin qui veut dire *soleil*.

— Soleil ! reprit-elle.

— C'est le nom d'un tel bel archer, qui était dieu, ajouta Gringoire.

— Dieu! répéta l'Egyptienne, et il y avait dans son accent quelque chose de pensif et de passionné.

En ce moment un de ses bracelets se détacha et tomba. Gringoire se baissa vivement pour le ramasser; quand il se releva, la jeune fille et la chèvre avaient disparu. Il entendit le bruit d'un verrou. C'était une petite porte communiquant sans doute à une cellule voisine, qui se fermait en dehors.

— M'a-t-elle au moins laissé un lit? dit notre philosophe.

Il fit le tour de la cellule. Il n'y avait de meuble propre au sommeil qu'un assez long coffre de bois; et encore le couvercle en était-il sculpté; ce qui procura à Gringoire, quand il s'y étendit, une sensation à peu près pareille à celle qu'éprouverait Micromégas en se couchant tout de son long sur les Alpes.

— Allons! dit-il en s'y accommodant de son mieux, il faut se résigner. Mais voilà une étrange nuit de noces. C'est dommage; il y avait dans ce mariage à la cruche cassée quelque chose de naïf et d'antédiluvien qui me plaisait.

LIVRE TROISIÈME

I

NOTRE-DAME.

Sans doute, c'est encore aujourd'hui un majestueux et sublime édifice que l'église de Notre-Dame de Paris. Mais, si belle qu'elle se soit conservée en vieillissant, il est difficile de ne pas soupirer, de ne pas s'indigner devant les dégradations, les mutilations sans nombre que simultanément le temps et les hommes ont fait subir au vénérable monument, sans respect pour Charlemagne, qui en avait posé la première pierre, pour Philippe-Auguste, qui en avait posé la dernière.

Sur la face de cette vieille reine de nos cathédrales, à côté d'une ride on trouve toujours une cicatrice. *Tempus edax, homo edacior;* ce que je traduirais volontiers ainsi : Le temps est aveugle, l'homme est stupide.

Si nous avions le loisir d'examiner une à une avec le lecteur les diverses traces de destruction imprimées à l'antique église, la part du temps serait la moindre, la pire celle des hommes, surtout des hommes de l'art. Il faut bien que je dise des *hommes de l'art*, puisqu'il y a eu des individus qui ont pris la qualité d'architectes dans les deux derniers siècles.

Et d'abord, pour ne citer que quelques exemples capitaux, il est, à coup sûr, peu de plus belles pages architecturales que cette façade où, successivement et à la fois, les trois portails creusés en ogive, le cordon brodé et dentelé des vingt-huit niches royales, l'immense rosace centrale flanquée de ses deux fenêtres latérales comme le prêtre du diacre et du sous-diacre, la haute et frêle galerie d'arcades à trèfle qui porte une lourde plate-forme sur ses fines colonnettes, enfin les deux noires et massives tours avec leurs auvents d'ardoise, parties harmonieuses d'un tout magnifique, superposées en cinq étages gigantesques, se développent à l'œil, en foule et sans trouble, avec leurs innombrables détails de statuaire, de sculpture et de ciselure, ralliés puissamment à la tranquille grandeur de l'ensemble; vaste symphonie en pierre, pour ainsi dire; œuvre colossale d'un homme et d'un peuple, tout ensemble une et complexe comme les iliades et les romanceros dont elle est sœur; produit prodigieux de la cotisation de toutes les forces d'une époque, où sur chaque pierre on voit saillir en cent façons la fantaisie de l'ouvrier disciplinée par le génie de l'artiste; sorte de création humaine, en un mot, puissante et féconde comme la création divine, dont elle semble avoir dérobé le double caractère : variété, éternité.

Et ce que nous disons ici de la façade, il faut le dire de l'église entière, et ce que nous disons de l'église cathédrale de Paris, il faut le dire de toutes les églises de la chrétienté au moyen âge. Tout se tient dans cet art venu de lui-même, logique et bien proportionné. Mesurer l'orteil du pied, c'est mesurer le géant.

Revenons à la façade de Notre-Dame, telle qu'elle nous apparaît encore à présent, quand nous allons pieusement admirer la grave et puissante cathédrale, qui terrifie, au dire de ses chroniqueurs; *quæ mole sua terrorem incutit spectantibus.*

Trois choses importantes manquent aujourd'hui à cette
façade : d'abord le degré de onze marches qui l'exhaussait
jadis au-dessus du sol; ensuite la série inférieure de statues
qui occupait les niches des trois portails, et la série supérieure des vingt-huit plus anciens rois de France, qui gar-
nissait la galerie du premier étage, à partir de Childebert
jusqu'à Philippe-Auguste, tenant en main « la pomme impériale. »

Le degré, c'est le temps qui l'a fait disparaître en élevant d'un progrès irrésistible et lent le niveau du sol de la
Cité; mais, tout en faisant dévorer une à une, par cette
marée montante du pavé de Paris, les onze marches qui
ajoutaient à la hauteur majestueuse de l'édifice, le temps a
rendu à l'église plus peut-être qu'il ne lui a ôté, car c'est
le temps qui a répandu sur la façade cette sombre couleur
des siècles qui fait de la vieillesse des monuments l'âge de
leur beauté.

Mais qui a jeté bas les deux rangs de statues? qui a laissé
les niches vides? qui a taillé, au beau milieu du portail
central, cette ogive neuve et bâtarde? qui a osé y encadrer cette fade et lourde porte de bois sculptée à la
Louis XV, à côté des arabesques de Biscornette? Les hommes, les architectes, les artistes de nos jours.

Et, si nous entrons dans l'intérieur de l'édifice, qui a
renversé ce colosse de saint Christophe, proverbial parmi
les statues au même titre que la grand'salle du Palais
parmi les halles, que la flèche de Strasbourg parmi les clochers? et ces myriades de statues qui peuplaient tous les
entrecolonnements de la nef et du chœur, à genoux, en
pied, équestres, hommes, femmes, enfants, rois, évêques,
gendarmes, en pierre, en marbre, en or, en argent, en cuivre, en cire même, qui les a brutalement balayés? Ce n'est
pas le temps.

Et qui a substitué au vieil hôtel gothique, splendidement

encombré de châsses et de reliquaires, ce lourd sarcophage de marbre à têtes d'anges et à nuages, lequel semble un échantillon dépareillé du Val-de-Grâce ou des Invalides? Qui a bêtement scellé ce lourd anachronisme de pierre dans le pavé carlovingien de Hercandus? N'est-ce pas Louis XIV accomplissant le vœu de Louis XIII?

Et qui a mis de froides vitres blanches à la place de ces vitraux « hauts en couleur » qui faisaient hésiter l'œil émerveillé de nos pères entre la rose du grand portail et les ogives de l'apside? Et que dirait un sous-chantre du seizième siècle, en voyant le beau badigeonnage jaune dont nos vandales archevêques ont barbouillé leur cathédrale? il se souviendrait que c'était la couleur dont le bourreau brossait les édifices *scélérés;* il se rappellerait l'hôtel du Petit-Bourbon, tout englué de jaune aussi pour la trahison du connétable; « jaune après tout de si bonne trempe, dit « Sauval, et si bien recommandé, que plus d'un siècle n'a « pu encore lui faire perdre sa couleur : » il croirait que le lieu saint est devenu infâme, et s'enfuirait.

Et, si nous montons sur la cathédrale sans nous arrêter à mille barbaries de tout genre, qu'a-t-on fait de ce charmant petit clocher qui s'appuyait sur le point d'intersection de la croisée, et qui, non moins frêle et non moins hardi que sa voisine la flèche (détruite aussi) de la Sainte-Chapelle, s'enfonçait dans le ciel plus avant que les tours, élancé, aigu, sonore, découpé à jour? Un architecte de bon goût (1787) l'a amputé, et a cru qu'il suffisait de masquer la plaie avec ce large amplâtrage de plomb qui ressemble au couvercle d'une marmite. C'est ainsi que l'art merveilleux du moyen âge a été traité presque en tout pays, surtout en France. On peut distinguer sur sa ruine trois sortes de lésions, qui toutes trois l'entament à différentes profondeurs : le temps d'abord, qui a insensiblement ébréché çà et là et rouillé partout sa surface; ensuite, les révolu-

tions politiques et religieuses, lesquelles, aveugles et colères
de leur nature, se sont ruées en tumulte sur lui, ont déchiré son riche habillement de sculptures et de ciselures,
crevé ses rosaces, brisé ses colliers d'arabesques et de figu-
rines, arraché ses statues, tantôt pour leur mitre, tantôt
pour leur couronne; enfin, les modes de plus en plus grotesques et sottes, qui, depuis les anarchiques et splendides
déviations de la *renaissance*, se sont succédé dans la décadence nécessaire de l'architecture. Les modes ont fait
plus de mal que les révolutions. Elles ont tranché dans le
vif, elles ont attaqué la charpente osseuse de l'art; elles
ont coupé, taillé, désorganisé, tué l'édifice, dans la forme
comme dans le symbole, dans sa logique comme dans sa
beauté. Et puis, elles ont refait; prétention que n'avaient
eue, du moins, ni le temps, ni les révolutions. Elles ont ef-
frontément ajusté, de par le *bon goût*, sur les blessures de
l'architecture gothique, leurs misérables colifichets d'un
jour, leurs rubans de marbre, leurs pompons de métal :
véritable lèpre d'oves, de volutes, d'entournements, de dra-
peries, de guirlandes, de franges, de flammes de pierre, de
nuages de bronze, d'amours replets, de chérubins bouffis,
qui commence à dévorer la face de l'art dans l'oratoire de
Catherine de Médicis, et le fait expirer, deux siècles après,
tourmenté et grimaçant, dans le boudoir de la Dubarry.

Ainsi, pour résumer les points que nous venons d'indiquer, trois sortes de ravages défigurent aujourd'hui l'architecture gothique. Rides et verrues à l'épiderme; c'est
l'œuvre du temps. Voies de fait, brutalités, contusions,
fractures; c'est l'œuvre des révolutions depuis Luther jusqu'à Mirabeau. Mutilations, amputations, dislocation de la
membrure, *restaurations;* c'est le travail grec, romain et
barbare des professeurs selon Vitruve et Vignole. Cet art
magnifique que les Vandales avaient produit, les académies
l'ont tué. Aux siècles, aux révolutions, qui dévastent du

moins avec impartialité et grandeur, est venue s'adjoindre
la nuée des architectes d'école, patentés, jurés et asser-
mentés; dégradant avec le discernement et le choix du
mauvais goût; substituant les chicorées de Louis XV aux
dentelles gothiques, pour la plus grande gloire du Parthénon. C'est le coup de pied de l'âne au lion mourant. C'est
le vieux chêne qui se couronne, et qui, pour comble, est
piqué, mordu, déchiqueté par les chenilles.

Qu'il y a loin de là à l'époque où Robert Cenalis, comparant Notre-Dame de Paris à ce fameux temple de Diane à
Ephèse, *tant réclamé par les anciens païens,* qui a immor-
talisé Erostrate, trouvait la cathédrale gauloise « plus ex-
« cellente en longueur, largeur, hauteur et structure [1] ! »

Notre-Dame de Paris n'est point, du reste, ce qu'on peut
appeler un monument complet, défini, classé. Ce n'est plus
une église romane, ce n'est pas encore une église gothique.
Cet édifice n'est pas un type. Notre-Dame de Paris n'a
point, comme l'abbaye de Tournus, la grave et massive car-
rure, la ronde et large voûte, la nudité glaciale, la majestueuse simplicité des édifices qui ont le plein cintre pour
générateur. Elle n'est pas, comme la cathédrale de Bourges,
le produit magnifique, léger, multiforme, touffu, hérissé,
efflorescent, de l'ogive. Impossible de la ranger dans cette
antique famille d'églises sombres, mystérieuses, basses, et
comme écrasées par le plein cintre; presque égyptiennes
au plafond près; toutes hiéroglyphiques, toutes sacerdotales, toutes symboliques; plus chargées, dans leurs orne-
ments, de losanges et de zigzags que de fleurs, de fleurs
que d'animaux, d'animaux que d'hommes; œuvre de l'architecte moins que de l'évêque; première transformation
de l'art, tout empreinte de discipline théocratique et militaire, qui prend racine dans le Bas-Empire, et s'arrête à

[1] *Histoire gallicane,* liv. II, périoche 5ᵉ, fᵒ 130, p. 1.

Guillaume-le-Conquérant. Impossible de placer notre cathédrale dans cette autre famille d'églises hautes, aériennes, riches de vitraux et de sculptures ; aiguës de formes, hardies d'attitudes ; communales et bourgeoises, comme symboles politiques ; libres, capricieuses, effrénées, comme œuvre d'art ; seconde transformation de l'architecture, non plus hiéroglyphique, immuable et sacerdotale, mais artiste, progressive et populaire, qui commence au retour des croisades, et finit à Louis XI. Notre-Dame de Paris n'est pas de pure race romane, comme les premières ; ni de pure race arabe, comme les secondes.

C'est un édifice de la transition. L'architecte saxon achevait de dresser les premiers piliers de la nef lorsque l'ogive, qui arrivait de la croisade, est venue se poser en conquérante sur ses larges chapiteaux romans, qui ne devaient porter que de pleins cintres. L'ogive, maîtresse dès lors, a construit le reste de l'église. Cependant, inexpérimentée et timide à son début, elle s'évase, s'élargit, se contient, et n'ose s'élancer encore en flèches et en lancettes, comme elle l'a fait plus tard dans tant de merveilleuses cathédrales. On dirait qu'elle se ressent du voisinage des lourds piliers romans.

D'ailleurs, ces édifices de la transition du roman au gothique ne sont pas moins précieux à étudier que les types purs. Ils expriment une nuance de l'art, qui serait perdu sans eux. C'est la greffe de l'ogive sur le plein cintre.

Notre-Dame de Paris est, en particulier, un curieux échantillon de cette variété. Chaque face, chaque pierre du vénérable monument est une page non-seulement de l'histoire du pays, mais encore de l'histoire de la science et de l'art. Ainsi, pour n'indiquer ici que les détails principaux, tandis que la petite Porte-Rouge atteint presque les limites des délicatesses gothiques du quinzième siècle, les piliers de la nef, par leur volume et leur gravité, reculent jusqu'à l'abbaye carlovingienne de Saint-Germain-des-Prés. On croirait qu'il y a six siècles entre cette porte et ces piliers. Il n'est pas jusqu'aux hermétiques qui ne trouvent dans les symboles du grand portail un abrégé satisfaisant de leur science, dont l'église de Saint-Jacques-de-la-Boucherie était un hiéroglyphe si complet. Ainsi, l'abbaye romane, l'église philosophale, l'art gothique, l'art saxon, le lourd pilier rond, qui rappelle Grégoire VII, le symbolisme hermétique par lequel Nicolas Flamel préludait à Luther, l'unité papale, le schisme, Saint-Germain-des-Prés, Saint-Jacques-de-la-Boucherie, tout est fondu, combiné, amalgamé dans Notre-Dame. Cette église centrale et génératrice est, parmi les vieilles églises de Paris, une sorte de chimère : elle a la tête de l'une, les membres de celle-là, la croupe de l'autre, quelque chose de toutes.

Nous le répétons, ces constructions hybrides ne sont pas les moins intéressantes pour l'artiste, pour l'antiquaire, pour l'historien. Elles font sentir à quel point l'architecture est chose primitive, en ce qu'elles démontrent (ce que démontrent aussi les vestiges cyclopéens, les pyramides d'Egypte, les gigantesques pagodes indoues) que les plus grands produits de l'architecture sont moins des œuvres individuelles que des œuvres sociales ; plutôt l'enfantement des peuples en travail que le jet des hommes de génie ; le dépôt que laisse une nation ; les entassements que font les siècles ; le résidu des évaporations successives de la société humaine ; en un mot, des espèces de formations. Chaque flot du temps superpose son alluvion ; chaque race dépose sa couche sur le monument, chaque individu apporte sa pierre. Ainsi font les castors, ainsi font les abeilles, ainsi font les hommes. Le grand symbole de l'architecture, Babel, est une ruche.

Les grands édifices, comme les grandes montagnes, sont l'ouvrage des siècles. Souvent l'art se transforme qu'ils

12

pendent encore : *pendent opera interrupta*, ils se conti-
nuent paisiblement selon l'art transformé. L'art nouveau
prend le monument où il le trouve, s'y incruste, se l'assi-
mile, le développe à sa fantaisie, et l'achève s'il peut. La
chose s'accomplit sans trouble, sans effort, sans réaction,
suivant une loi naturelle et tranquille. C'est une greffe qui
survient, une séve qui circule, une végétation qui reprend.
Certes, il y a matière à bien gros livres, et souvent histoire
universelle de l'humanité, dans ces soudures successives de
plusieurs arts à plusieurs hauteurs sur le même monument.
L'homme, l'artiste, l'individu, s'effacent sur ces grandes
masses sans nom d'auteur; l'intelligence humaine s'y résume et s'y totalise. Le temps est l'architecte, le peuple est
le maçon.

A n'envisager ici que l'architecture européenne chrétienne, cette sœur puînée des grandes maçonneries de l'O-
rient, elle apparaît aux yeux comme une immense forma-
tion divisée en trois zones bien tranchées qui se superpo-
sent : la zone romane [1], la zone gothique, la zone de la
renaissance, que nous appellerions volontiers græco-ro-
maine. La couche romane, qui est la plus ancienne et la
plus profonde, est occupée par le plein cintre, qui repa-
rait, porté par la colonne grecque, dans la couche moderne et supérieure de la renaissance. L'ogive est entre
deux. Les édifices qui appartiennent exclusivement à l'une
de ces trois couches sont parfaitement distincts, uns et
complets. C'est l'abbaye de Jumiéges, c'est la cathédrale
de Reims, c'est Sainte Croix-d'Orléans. Mais les trois zones

1 C'est la même qui s'appelle aussi, selon les lieux, les climats et les
espèces, lombarde, saxonne et bysantine. Ce sont quatre architectures
sœurs et parallèles, ayant chacune leur caractère particulier, mais déri-
vant du même principe, le plein cintre.

> *Facies non omnibus una,*
> *Non diversa tamen, qualem, etc.*

se mêlent et s'amalgament par les bords, comme les couleurs dans le spectre solaire. De là les monuments complexes, les édifices de nuances et de transition. L'un est roman par les pieds, gothique au milieu, græco-romain par la tête. C'est qu'on a mis six cents ans à le bâtir. Cette variété est rare. Le donjon d'Etampes en est un échantillon. Mais les monuments de deux formations sont plus fréquents. C'est Notre-Dame de Paris, édifice ogival, qui s'enfonce par ses premiers piliers dans cette zone romane où sont plongés le portail de Saint-Denis et la nef de Saint-Germain-des-Prés. C'est la charmante salle capitulaire demi-gothique de Bocherville, à laquelle la couche romane vient jusqu'à mi-corps. C'est la cathédrale de Rouen, qui serait entièrement gothique, si elle ne baignait pas l'extrémité de sa flèche centrale dans la zone de la renaissance [1].

Du reste, toutes ces nuances, toutes ces différences, n'affectent que la surface des édifices. C'est l'art qui a changé de peau. La constitution même de l'église chrétienne n'en est pas attaquée. C'est toujours la même charpente inférieure, la même disposition logique des parties. Quelle que soit l'enveloppe sculptée et brodée d'une cathédrale, on retrouve toujours dessous, au moins à l'état de germe et de rudiment, la basilique romaine. Elle se développe éternellement sur le sol selon la même loi. Ce sont imperturbablement deux nefs qui s'entrecoupent en croix, et dont l'extrémité supérieure, arrondie en apside, forme le chœur; ce sont toujours des bas côtés, pour les processions intérieures, pour les chapelles, sortes de promenoirs latéraux où la nef principale se dégorge par les entre-colonnements. Cela posé, le nombre des chapelles, des portails, des clochers, des aiguilles, se modifie à l'infini, suivant la fan-

---

1 Cette partie de la flèche, qui était en charpente, est précisément celle qui a été consumée par le feu du ciel en 1823.

taisie du siécle, du peuple, de l'art. Le service du culte une fois pourvu et assuré, l'architecture fait ce que bon lui semble. Statues, vitraux, rosaces, arabesques, dentelures, chapiteaux, bas-reliefs, elle combine toutes ces imaginations selon le logarithme qui lui convient. De là, la prodigieuse variété extérieure de ces édifices, au fond desquels réside tant d'ordre et d'unité. Le tronc de l'arbre est immuable; la végétation est capricieuse.

II

PARIS A VOL D'OISEAU.

Nous venons d'essayer de réparer pour le lecteur cette admirable église de Notre-Dame de Paris. Nous avons indiqué sommairement la plupart des beautés qu'elle avait au quinziéme siécle et qui lui manquent aujourd'hui; mais nous avons omis la principale, c'est la vue de Paris qu'on découvrait alors du haut de ses tours.

C'était, en effet, quand, aprés avoir tâtonné longtemps dans la ténébreuse spirale qui perce perpendiculairement l'épaisse muraille des clochers, on débouchait enfin brusquement sur l'une des deux hautes plates-formes inondées de jour et d'air; c'était un beau tableau que celui qui se déroulait à la fois de toute part sous vos yeux; un spectacle *sui generis*, dont peuvent aisément se faire idée ceux de nos lecteurs qui ont eu le bonheur de voir une ville gothique, entiére, compléte, homogéne, comme il en reste encore quelques-unes : Nuremberg en Baviére, Vittoria en Espagne; ou même de plus petits échantillons, pourvu qu'ils soient bien conservés, Vitré en Bretagne, Nordhausen en Prusse.

Le Paris d'il y a trois cent cinquante ans, le Paris du quinzième siècle, était déjà une ville géante. Nous nous trompons en général, nous autres Parisiens, sur le terrain que nous croyons avoir gagné depuis. Paris, depuis Louis XI, ne s'est pas accru de beaucoup plus d'un tiers. Il a, certes, bien plus perdu en beauté qu'il n'a gagné en grandeur.

Paris est né, comme on sait, dans cette vieille île de la Cité qui a la forme d'un berceau. La grève de cette île fut sa première enceinte, la Seine son premier fossé. Paris demeura plusieurs siècles à l'état d'île, avec deux ponts, l'un au nord, l'autre au midi, et deux têtes de pont, qui étaient à la fois ses portes et ses forteresses : le Grand-Châtelet sur la rive droite, le Petit-Châtelet sur la rive gauche. Puis, dès les rois de la première race, trop à l'étroit dans son île, et, ne pouvant plus s'y retourner, Paris passa l'eau. Alors, au delà du grand, au delà du petit Châtelet, une première enceinte de murailles et de tours commença à entamer la campagne des deux côtés de la Seine. De cette ancienne clôture il restait encore au siècle dernier quelques vestiges ; aujourd'hui il n'en reste que le souvenir et çà et là une tradition, la porte Baudets ou Baudoyer, *porta Bagauda*. Peu à peu, le flot des maisons, toujours poussé du cœur de la ville au dehors, déborde, ronge, use et efface cette enceinte. Philippe-Auguste lui fait une nouvelle digue. Il emprisonne Paris dans une chaîne circulaire de grosses tours, hautes et solides. Pendant plus d'un siècle, les maisons se pressent, s'accumulent et haussent leur niveau dans ce bassin, comme l'eau dans un réservoir. Elles commencent à devenir profondes, elles mettent étages sur étages, elles montent les unes sur les autres, elles jaillissent en hauteur comme toute sève comprimée, et c'est à qui passera la tête par-dessus ses voisines pour avoir un peu d'air. La rue de plus en plus se creuse et se rétrécit, toute place se comble et disparaît. Les maisons enfin sautent par-des-

sus le mur de Philippe-Auguste, et s'éparpillent joyeusement dans la plaine, sans ordre et tout de travers, comme
des échappées. Là, elles se carrent, se taillent des jardins
dans les champs, prennent leurs aises. Dès 1367 la ville se
répand tellement dans le faubourg, qu'il faut une nouvelle
clôture, surtout sur la rive droite : Charles V la bâtit. Mais
une ville comme Paris est dans une crue perpétuelle. Il n'y
a que ces villes-là qui deviennent capitales. Ce sont des
entonnoirs où viennent aboutir tous les versants géogra-
phiques, politiques, moraux, intellectuels d'un pays, toutes
les pentes naturelles d'un peuple; des puits de civilisation,
pour ainsi dire, et aussi des égouts, où commerce, indus-
trie, intelligence, population, tout ce qui est séve, tout ce
qui est vie, tout ce qui est âme dans une nation, filtre et
s'amasse sans cesse, goutte à goutte, siècle à siècle. L'enceinte de Charles V a donc le sort de l'enceinte de Philippe-Auguste. Dès la fin du quinzième siècle, elle est en-
jambée, dépassée, et le faubourg court plus loin. Au seizième, il semble qu'elle recule à vue d'œil et s'enfonce de
plus en plus dans la vieille ville, tant une ville neuve s'é-
paissit déjà au dehors. Ainsi, dès le quinzième siècle, pour
nous arrêter là, Paris avait déjà usé les trois cercles concentriques de murailles qui, du temps de Julien l'Apostat,
étaient, pour ainsi dire, en germe dans le Grand-Châtelet
et le Petit-Châtelet. La puissante ville avait fait craquer successivement ses quatre ceintures de murs comme un enfant
qui grandit, et qui crève ses vêtements de l'an passé. Sous
Louis XI on voyait, par places, percer, dans cette mer de
maisons, quelques groupes de tours en ruine des anciennes
enceintes, comme les pitons des collines dans une inonda-
tion, comme des archipels du vieux Paris submergé sous le
nouveau.

Depuis lors, Paris s'est encore transformé, malheureusement pour nos yeux; mais il n'a franchi qu'une enceinte

de plus, celle de Louis XV, ce misérable mur de boue et de crachat, digne du roi qui l'a bâti, digne du poëte qui l'a chanté :

Le mur murant Paris rend Paris murmurant.

Au quinzième siècle, Paris était encore divisé en trois villes tout à fait distinctes et séparées, ayant chacune leur physionomie, leur spécialité, leurs mœurs, leurs coutumes, leurs priviléges, leur histoire : la Cité, l'Université, la Ville. La Cité, qui occupait l'île, était la plus ancienne, la moindre et la mère des deux autres, resserrée entre elles (qu'on nous passe la comparaison) comme une petite vieille entre deux grandes belles filles. L'Université couvrait la rive gauche de la Seine, depuis la Tournelle jusqu'à la tour de Nesle, points qui correspondent, dans le Paris d'aujourd'hui, l'un à la Halle-aux-Vins, l'autre à la Monnaie. Son enceinte échancrait assez largement cette campagne où Julien avait bâti ses thermes. La montagne de Sainte-Geneviève y était renfermée. Le point culminant de cette courbe de murailles était la porte Papale, c'est-à-dire à peu près l'emplacement actuel du Panthéon. La Ville, qui était le plus grand des trois morceaux de Paris, avait la rive droite. Son quai, rompu toutefois ou interrompu en plusieurs endroits, courait le long de la Seine, de la tour de Billy à la tour du Bois, c'est-à-dire de l'endroit où est aujourd'hui le Grenier-d'Abondance à l'endroit où sont aujourd'hui les Tuileries. Ces quatre points, où la Seine coupait l'enceinte de la capitale, la Tournelle et la Tour de Nesle à gauche, la tour de Billy et la tour du Bois à droite, s'appelaient par excellence les *quatre tours de Paris*. La Ville entrait dans les terres plus profondément encore que l'Université. Le point culminant de la clôture de la Ville (celle de Charles V) était aux portes Saint-Denis et Saint-Martin, dont l'emplacement n'a pas changé.

Comme nous venons de le dire, chacune de ces trois grandes divisions de Paris était une ville, mais une ville trop spéciale pour être complète, une ville qui ne pouvait se passer des deux autres. Aussi trois aspects parfaitement à part. Dans la Cité abondaient les églises, dans la Ville les palais, dans l'Université les colléges. Pour négliger ici les originalités secondaires du vieux Paris et les caprices du droit de voirie, nous dirons d'un point de vue général, en ne prenant que les ensembles et les masses dans le chaos des juridictions communales, que l'île était à l'évêque, la rive droite au prévôt des marchands, la rive gauche au recteur. Le prévôt de Paris, officier royal et non municipal, sur le tout. La Cité avait Notre-Dame; la Ville, le Louvre et l'Hôtel-de-Ville; l'Université, la Sorbonne. La Ville avait les Halles; la Cité, l'Hôtel-Dieu; l'Université, le Pré-aux-Clercs. Le délit que les écoliers commettaient sur la rive gauche, dans leur Pré-aux-Clercs, on le jugeait dans l'île, au Palais de Justice, et on le punissait sur la rive droite, à Montfaucon; à moins que le recteur, sentant l'Université forte et le roi faible, n'intervînt; car c'était un privilége des écoliers d'être pendus chez eux.

(La plupart de ces priviléges, pour le noter en passant, et il y en avait de meilleurs que celui-ci, avaient été extorqués aux rois par révoltes et mutineries. C'est la marche immémoriale : le roi ne lâche que quand le peuple arrache. Il y a une vieille charte qui dit la chose naïvement, à propos de fidélité : — *Civibus fidelitas in reges, quæ tamen aliquoties seditionibus interrupta, multa peperit privilegia.*)

Au quinzième siècle, la Seine baignait cinq îles dans l'enceinte de Paris : l'île Louvier, où il y avait alors des arbres et où il n'y a plus que du bois; l'île aux Vaches et l'île Notre-Dame, toutes deux désertes, à une masure près, toutes deux fiefs de l'évêque (au dix-septième siècle, de ces deux îles on en a fait une, qu'on a bâtie, et que nous appelons

l'île Saint-Louis); enfin la Cité, et à sa pointe l'îlot du Passeur-aux-Vaches, qui s'est abîmé depuis sous le terre-plein
du Pont-Neuf. La Cité alors avait cinq ponts : trois à droite,
le pont Notre-Dame et le Pont-au-Change, en pierre, le Pont-
aux-Meuniers, en bois; deux à gauche, le Petit-Pont, en
pierre, le pont Saint-Michel, en bois, tous chargés de maisons. L'Université avait six portes, bâties par Philippe-Auguste; c'était, à partir de la Tournelle, la porte Saint-Victor, la porte Bordelle, la porte Papale, la porte Saint-Jacques, la porte Saint-Michel, la porte Saint-Germain. La Ville
avait six portes, bâties par Charles V; c'était, à partir de la
tour de Billy, la porte Saint-Antoine; la porte du Temple,
la porte Saint-Martin, la porte Saint-Denis, la porte Montmartre, la porte Saint-Honoré. Toutes ces portes étaient
fortes, et belles aussi, ce qui ne gâte pas la force. Un fossé
large, profond, à courant vif dans les crues d'hiver, lavait
le pied des murailles tout autour de Paris; la Seine four-
nissait l'eau. La nuit on fermait les portes, on barrait la rivière aux deux bouts de la ville avec de grosses chaines de
fer, et Paris dormait tranquille.

Vus à vol d'oiseau, ces trois bourgs, la Cité, l'Université,
la Ville, présentaient chacun à l'œil un tricot inextricable
de rues bizarrement brouillées. Cependant, au premier aspect, on reconnaissait que ces trois fragments de cité for-
maient un seul corps. On voyait tout de suite deux longues
rues parallèles, sans rupture, sans perturbation, presque
en ligne droite, qui traversaient à la fois les trois villes
d'un bout à l'autre, du midi au nord, perpendiculairement
à la Seine, les liaient, les mêlaient, infusaient, versaient,
transvasaient sans relâche le peuple de l'une dans les
murs de l'autre, et des trois n'en faisaient qu'une. La première de ces deux rues allait de la porte Saint-Jacques à
la porte Saint-Martin; elle s'appelait rue Saint-Jacques
dans l'Université, rue de la Juiverie dans la Cité, rue

Saint-Martin dans la Ville ; elle passait l'eau deux fois sous
le nom de Petit-Pont et de pont Notre-Dame. La seconde,
qui s'appelait rue de la Harpe sur la rive gauche, rue de la
Barillerie dans l'île, rue Saint-Denis sur la rive droite, pont
Saint-Michel sur un bras de la Seine, Pont-au-Change sur
l'autre, allait de la porte Saint-Michel dans l'Université à
la porte Saint-Denis dans la Ville. Du reste, sous tant de
noms divers, ce n'étaient toujours que deux rues, mais les
deux rues mères, les deux rues génératrices, les deux artères
de Paris. Toutes les autres veines de la triple ville venaient y
puiser ou s'y dégorger.

Indépendamment de ces deux rues principales, diamé-
trales, perçant Paris de part en part dans sa largeur, communes à la capitale entière, la Ville et l'Université avaient
chacune leur grande rue particulière, qui courait dans le
sens de leur longueur, parallèlement à la Seine, et en passant coupait à angle droit les deux rues *artérielles*. Ainsi,
dans la Ville, on descendait en droite ligne de la porte
Saint-Antoine à la porte Saint-Honoré ; dans l'Université,
de la porte Saint-Victor à la porte Saint-Germain. Ces
deux grandes voies, croisées avec les deux premières, for-
maient le canevas sur lequel reposait, noué et serré en tout
sens, le réseau dédaléen des rues de Paris. Dans le dessin
inintelligible de ce réseau on distinguait en outre, en examinant avec attention, comme deux gerbes élargies l'une
dans l'Université, l'autre dans la Ville, deux trousseaux de
grosses rues qui allaient s'épanouissant des ponts aux portes.

Quelque chose de ce plan géométral subsiste encore aujourd'hui.

Maintenant sous quel aspect cet ensemble se présentait-
il vu du haut des tours de Notre-Dame, en 1482 ? C'est ce
que nous allons tâcher de dire.

Pour le spectateur qui arrivait essoufflé sur ce faîte, c'é-
tait d'abord un éblouissement de toits, de cheminées, de

rues, de ponts, de places, de flèches, de clochers. Tout vous prenait aux yeux à la fois, le pignon taillé, la toiture aiguë, la tourelle suspendue aux angles des murs, la pyramide de pierre du onzième siècle, l'obélisque d'ardoise du quinzième, la tour ronde et nue du donjon, la tour carrée et brodée de l'église, le grand, le petit, le massif, l'aérien. Le regard se perdait longtemps à toute profondeur dans ce labyrinthe, où il n'y avait rien qui n'eût son originalité, sa raison, son génie, sa beauté, rien qui ne vînt de l'art, depuis la moindre maison à devanture peinte et sculptée, à charpente extérieure, à porte surbaissée, à étages en surplomb, jusqu'au royal Louvre, qui avait alors une colonnade de tours. Mais voici les principales masses qu'on distinguait lorsque l'œil commençait à se faire à ce tumulte d'édifices.

D'abord la Cité. L'île de la Cité, comme dit Sauval, qui, à travers son fatras, a quelquefois de ces bonnes fortunes de style, l'*île de la Cité est faite comme un grand navire enfoncé dans la vase et échoué au fil de l'eau vers le milieu de la Seine.* Nous venons d'expliquer qu'au quinzième siècle ce navire était amarré aux deux rives du fleuve par cinq ponts. Cette forme de vaisseau avait aussi frappé les scribes héraldiques; car c'est de là, et non du siége des Normands, que vient, selon Favyn et Pasquier, le navire qui blasonne le vieil écusson de Paris. Pour qui sait le déchiffrer, le blason est une algèbre, le blason est une langue. L'histoire entière de la seconde moitié du moyen âge est écrite dans le blason, comme l'histoire de la première moitié dans le symbolisme des églises romanes. Ce sont les hiéroglyphes de la féodalité après ceux de la théocratie.

La Cité donc s'offrait d'abord aux yeux avec sa poupe au levant et sa proue au couchant. Tourné vers la proue, on avait devant soi un innombrable troupeau de vieux toits, sur lesquels s'arrondissait largement le chevet plombé

de la Sainte-Chapelle, pareil à une croupe d'éléphant chargée de sa tour. Seulement ici cette tour était la flèche la
plus hardie, la plus ouvrée, la plus menuisée, la plus déchiquetée, qui ait jamais laissé voir le ciel à travers son
cône de dentelle. Devant Notre-Dame, au plus près, trois
rues se dégorgeaient dans le parvis, belle place à vieilles
maisons. Sur le côté sud de cette place se penchait la façade ridée et rechignée de l'Hôtel-Dieu, et son toit qui
semble couvert de pustules et de verrues. Puis, à droite, à
gauche, à l'orient, à l'occident, dans cette enceinte si étroite
pourtant de la Cité, se dressaient les clochers de ses vingt-
une églises de toute date, de toute forme, de toute grandeur, depuis la basse et vermoulue campanule romane de
Saint-Denis-du-Pas (*carcer Glaucini*) jusqu'aux fines aiguilles de Saint-Pierre-aux-Bœufs et de Saint-Landry. Derrière Notre-Dame se déroulaient, au nord, le cloître avec
ses galeries gothiques; au sud, le palais demi-roman de
l'évêque; au levant, la pointe déserte du Terrain. Dans cet
entassement de maisons, l'œil distinguait encore, à ces
hautes mitres de pierre percées à jour qui couronnaient
alors sur le toit même les fenêtres les plus élevées des palais, l'hôtel donné par la ville, sous Charles VI, à Juvénal
des Ursins; un peu plus loin, les baraques goudronnées
du marché Palus; ailleurs encore, l'apside neuve de Saint-
Germain-le-Vieux, rallongée en 1458 avec un bout de la
rue aux Febves; et puis, par places, un carrefour encombré de peuple; un pilori dressé à un coin de rue; un beau
morceau du pavé de Philippe-Auguste, magnifique dallage
rayé pour les pieds des chevaux au milieu de la voie, et si
mal remplacé au seizième siècle par le misérable caillou-
tage dit *pavé de la ligue;* une arrière-cour déserte avec
une de ces diaphanes tourelles de l'escalier comme on en
faisait au quinzième siècle, comme on en voit encore une
rue des Bourdonnais. Enfin, à droite de la Sainte-Chapelle,

vers le couchant, le Palais-de-Justice asseyait au bord de
l'eau son groupe de tours. Les futaies des jardins du roi
qui couvraient la pointe occidentale de la Cité masquaient
l'ilot du Passeur. Quant à l'eau, du haut des tours Notre-
Dame, on ne la voyait guère des deux côtés de la Cité : la
Seine disparaissait sous les ponts, les ponts sous les maisons.

Et, quand le regard passait ces ponts, dont les toits ver-
dissaient à l'œil, moisis avant l'âge par les vapeurs de
l'eau, s'il se dirigeait à gauche vers l'Université, le premier
édifice qui le frappait, c'était une grosse et basse gerbe de
tours, le Petit-Châtelet, dont le porche béant dévorait le
bout du Petit-Pont; puis, si votre vue parcourait la rive du
levant au couchant, de la Tournelle à la Tour de Nesle,
c'était un long cordon de maisons à solives sculptées, à
vitres de couleur, surplombant d'étage en étage sur le
pavé, un interminable zigzag de pignons bourgeois, coupé
fréquemment par la bouche d'une rue, et de temps en
temps aussi par la face ou par le coude d'un grand hôtel de
pierre, se carrant à son aise, cours et jardins, ailes et corps
de logis, parmi cette populace de maisons serrées et étri-
quées, comme un grand seigneur dans un tas de manants.
Il y avait cinq ou six de ces hôtels sur le quai, depuis le
logis de Lorraine, qui partageait avec les Bernardins le
grand enclos voisin de la Tournelle, jusqu'à l'hôtel de
Nesle, dont la tour principale bornait Paris, et dont les toits
pointus étaient en possession pendant trois mois de l'année
d'échancrer de leurs triangles noirs le disque écarlate du
soleil couchant.

Ce côté de la Seine, du reste, était le moins marchand
des deux; les écoliers y faisaient plus de bruit et de foule
que les artisans, et il n'y avait, à proprement parler, de
quai que du pont Saint-Michel à la tour de Nesle. Le reste
du bord de la Seine était tantôt une grève nue, comme

au delà des Bernardins, tantôt un entassement de maisons
qui avaient le pied dans l'eau, comme entre les deux ponts.

Il y avait grand vacarme de blanchisseuses ; elles criaient,
parlaient, chantaient du matin au soir le long du bord, et
y battaient fort le linge, comme de nos jours. Ce n'est pas
la moindre gaieté de Paris.

L'Université faisait un bloc à l'œil. D'un bout à l'autre
c'était un tout homogène et compacte. Ces mille toits,
drus, anguleux, adhérents, composés presque tous du
même élément géométrique, offraient, vus de haut, l'aspect d'une cristallisation de la même substance. Le capricieux ravin des rues ne coupait pas ce pâté de maison en
tranches trop disproportionnées. Les quarante-deux colléges y étaient disséminés d'une manière assez égale, et il
y en avait partout. Les faîtes variés et amusants de ces
beaux édifices étaient le produit du même art que les simples toits qu'ils dépassaient, et n'étaient en définitive
qu'une multiplication au carré ou au cube de la même
figure géométrique. Ils compliquaient donc l'ensemble sans
le troubler, le complétaient sans le charger. La géométrie
est une harmonie. Quelques beaux hôtels faisaient aussi çà
et là de magnifiques saillies sur les greniers pittoresques
de la rive gauche ; le logis de Nevers, le logis de Rome, le
logis de Reims, qui ont disparu ; l'hôtel de Cluny, qui subsiste encore pour la consolation de l'artiste, et dont on a
si bêtement découronné la tour il y a quelques années.
Près de Cluny, ce palais romain, à belles arches cintrées,
c'étaient les Thermes de Julien. Il y avait aussi force abbayes d'une beauté plus dévote, d'une grandeur plus
grave que les hôtels, mais non moins belles, non moins
grandes. Celles qui éveillaient d'abord l'œil, c'étaient les
Bernardins avec leurs trois clochers ; Sainte-Geneviève,
dont la tour carrée, qui existe encore, fait tant regretter
le reste ; la Sorbonne, moitié collége, moitié monastère,

dont il survit une si admirable nef; le beau cloître quadri-
latéral des Mathurins; son voisin le cloître de Saint-Be-
noît, dans les murs duquel on a eu le temps de bâcler un
théâtre entre la septième et la huitième édition de ce livre;
les Cordeliers avec leurs trois énormes pignons juxtapo-
sés; les Augustins, dont la gracieuse aiguille faisait, après
la tour de Nesle, la deuxième dentelure de ce côté de Paris, à partir de l'occident. Les collèges, qui sont en effet
l'anneau intermédiaire du cloître au monde, tenaient le milieu dans la série monumentale entre les hôtels et les abbayes avec une sévérité pleine d'élégance, une sculpture
moins évaporée que les palais, une architecture moins sé-
rieuse que les couvents. Il ne reste malheureusement presque rien de ces monuments où l'art gothique entrecoupait
avec tant de précision la richesse et l'économie. Les églises (et elles étaient nombreuses et splendides dans l'Université; et elles s'échelonnaient là aussi dans tous les âges
de l'architecture, depuis les pleins cintres de Saint-Julien
jusqu'aux ogives de Saint-Severin), les églises dominaient
le tout; et, comme une harmonie de plus dans cette masse
d'harmonies, elles perçaient à chaque instant la découpure
multiple des pignons de flèches tailladées, de clochers à
jour, d'aiguilles déliées dont la ligne n'était aussi qu'une
magnifique exagération de l'angle aigu des toits.

Le sol de l'Université était montueux. La montagne
Sainte-Geneviève y faisait au sud-est une ampoule énorme;
et c'était une chose à voir du haut de Notre-Dame que
cette foule de rues étroites et tortues (aujourd'hui le *pays
latin*), ces grappes de maisons qui, répandues en tout
sens du sommet de cette éminence, se précipitaient en
désordre et presque à pic sur ses flancs jusqu'au bord de
l'eau, ayant l'air, les unes de tomber, les autres de regrim-
per, toutes de se retenir les unes aux autres. Un flux con-
tinuel de mille points noirs qui s'entrecroisaient sur le pavé

faisait tout remuer aux yeux : c'était le peuple vu ainsi de haut et de loin.

Enfin, dans les intervalles de ces toits, de ces flèches, de ces accidents d'édifices sans nombre qui pliaient, tordaient et dentelaient d'une manière si bizarre la ligne extrême de l'Université, on entrevoyait, d'espace en espace, un gros pan de mur moussu, une épaisse tour ronde, une porte de ville crénelée, figurant la forteresse : c'était la clôture de Philippe-Auguste. Au delà verdoyaient les prés, au delà s'enfuyaient les routes, le long desquelles trainaient encore quelques maisons de faubourg, d'autant plus rares qu'elles s'éloignaient plus. Quelques-uns de ces faubourgs avaient de l'importance ; c'était d'abord, à partir de la Tournelle, le bourg Saint-Victor, avec son pont d'une arche sur la Bièvre, son abbaye où on lisait l'épitaphe de Louis-le-Gros, *epitaphium Ludovici Grossi*, et son église à flèche octogone flanquée de quatre clochetons du onzième siècle (on en peut voir une pareille à Etampes ; elle n'est pas encore abattue) ; puis le bourg Saint-Marceau, qui avait déjà trois églises et un couvent ; puis, en laissant à gauche le moulin des Gobelins et ses quatre murs blancs, c'était le faubourg Saint-Jacques avec la belle croix sculptée de son carrefour ; l'église de Saint-Jacques-du-Haut-Pas, qui était alors gothique, pointue et charmante ; Saint-Magloire, belle nef du quatorzième siècle, dont Napoléon fit un grenier à foin ; Notre-Dame-des-Champs, où il y avait des mosaïques byzantines. Enfin, après avoir laissé en plein champ le monastère des Chartreux, riche édifice contemporain du Palais-de-Justice, avec ses petits jardins à compartiments et les ruines mal hantées de Vauvert, l'œil tombait, à l'occident, sur les trois aiguilles romanes de Saint-Germain des-Prés. Le bourg Saint-Germain, déjà une grosse commune, faisait quinze ou vingt rues derrière ; le clocher aigu de Saint-Sulpice marquait un des coins du

bourg. Tout à côté on distinguait l'enceinte quadrilatérale
de la foire Saint-Germain, où est aujourd'hui le marché;
puis le pilori de l'abbé, jolie petite tour ronde, bien coif-
fée d'un cône de plomb; la tuilerie était plus loin, et la rue
du Four, qui menait au four banal, et le moulin sur sa
butte, et la maladrerie, maisonnette isolée et mal vue. Mais
ce qui attirait surtout le regard, et le fixait longtemps sur
ce point, c'était l'Abbaye elle-même. Il est certain que ce
monastère, qui avait une grande mine et comme église et
comme seigneurie, ce palais abbatial, où les évêques de
Paris s'estimaient heureux de coucher une nuit, ce réfec-
toire, auquel l'architecte avait donné l'air, la beauté et la
splendide rosace d'une cathédrale; cette élégante chapelle
de la Vierge, ce dortoir monumental, ces vastes jardins,
cette herse, ce pont-levis, cette enveloppe de créneaux,
qui entaillait aux yeux la verdure des prés d'alentour, ces
cours où reluisaient des hommes d'armes mêlés à des chapes d'or, le tout groupé et rallié autour des trois hautes
flèches à pleins cintres, bien assises sur une apside gothique, faisaient une magnifique figure à l'horizon.

Quand enfin, après avoir longtemps considéré l'Université, vous vous tourniez vers la rive droite, vers la Ville, le
spectacle changeait brusquement de caractère. La Ville, en
effet, beaucoup plus grande que l'Université, était aussi
moins une. Au premier aspect, on la voyait se diviser en
plusieurs masses singulièrement distinctes. D'abord, au
levant, dans cette partie de la ville qui reçoit encore aujourd'hui son nom du marais où Camulogène embourba
César, c'était un entassement de palais. Le pâté venait jusqu'au bord de l'eau. Quatre hôtels presque adhérents,
Jouy, Sens, Barbeau, le logis de la reine, miraient dans la
Seine leurs combles d'ardoises coupés de sveltes tourelles.
Ces quatre édifices emplissaient l'espace de la rue des No-
naindières à l'abbaye des Célestins, dont l'aiguille relevait

gracieusement leur ligne de pignons et de créneaux. Quelques masures verdâtres, penchées sur l'eau devant ces
somptueux hôtels, n'empêchaient pas de voir les beaux
angles de leurs façades, leurs larges fenêtres carrées à croisées de pierres, leurs porches-ogives surchargés de statues,
les vives arêtes de leurs murs toujours nettement coupées,
et tous ces charmants hasards d'architecture qui font que
l'art gothique a l'air de recommencer ses combinaisons à
chaque monument. Derrière ces palais courait dans toutes
les directions, tantôt refendue, palissadée et crénelée comme
une citadelle, tantôt voilée de grands arbres comme une
chartreuse, l'enceinte immense et multiforme de ce mira-
culeux hôtel de Saint-Pol, où le roi de France avait de quoi
loger superbement vingt-deux princes de la qualité du dauphin et du duc de Bourgogne, avec leurs domestiques et
leurs suites, sans compter les grands seigneurs et l'empereur quand il venait voir Paris, et les lions, qui avaient
leur hôtel à part dans l'hôtel royal. Disons ici qu'un appartement de prince ne se composait pas alors de moins de
onze salles, depuis la chambre de parade jusqu'au priez-
Dieu, sans parler des galeries, des bains, des étuves et autres « lieux superflus » dont chaque appartement était
pourvu; sans parler des jardins particuliers de chaque hôte
du roi; sans parler des cuisines, des celliers, des offices,
des réfectoires généraux de la maison, des basses-cours, où
il y avait vingt-deux laboratoires généraux, depuis la fou-
rille jusqu'à l'échansonnerie; des jeux de mille sortes, le
mail, la paume, la bague; des volières, des poissonneries,
des ménageries, des écuries, des étables, des bibliothèques,
des arsenaux et des fonderies. Voilà ce que c'était alors
qu'un palais de roi, un Louvre, un hôtel Saint-Pol. Une
cité dans la cité.

De la tour où nous nous sommes placés, l'hôtel Saint-
Pol, presque à demi caché par les quatre grands logis dont

nous venons de parler, était encore fort considérable et fort merveilleux à voir. On y distinguait très-bien, quoique habilement soudés au bâtiment principal par de longues galeries à vitraux et à colonnettes, les trois hôtels que Charles V avait amalgamés à son palais : l'hôtel du Petit-Muce, avec la balustrade en dentelle qui ourlait gracieusement son toit ; l'hôtel de l'abbé de Saint-Maur, ayant le relief d'un château fort, une grosse tour, des machicoulis, des meurtrières, des moineaux de fer, et sur la large porte saxonne l'écusson de l'abbé entre les deux entailles du pont-levis ; l'hôtel du comte d'Etampes, dont le donjon, ruiné à son sommet, s'arrondissait aux yeux, ébréché comme une crête de coq ; çà et là, trois ou quatre vieux chênes faisant touffe ensemble comme d'énormes choux-fleurs ; des ébats de cygnes dans les claires eaux des viviers, toutes plissées d'ombre et de lumière ; force cours dont on voyait des bouts pittoresques ; l'hôtel des Lions avec ses ogives basses sur de courts piliers saxons, ses herses de fer et son rugissement perpétuel ; tout à travers cet ensemble la flèche écaillée de l'Ave-Maria ; à gauche, le logis du prévôt de Paris, flanqué de quatre tourelles finement évidées ; au milieu, au fond, l'hôtel Saint-Pol proprement dit, avec ses façades multipliées, ses enrichissements successifs depuis Charles V, les excroissances hybrides dont la fantaisie des architectes l'avait chargé depuis deux siècles, avec toutes les apsides de ses chapelles, tous les pignons de ses galeries, mille girouettes aux quatre vents, et ses deux hautes tours contiguës, dont le toit conique, entouré de créneaux à sa base, avait l'air de ces chapeaux pointus dont le bord est relevé.

En continuant de monter les étages de cet amphithéâtre de palais développé au loin sur le sol, après avoir franchi un ravin profond creusé dans les toits de la Ville, lequel marquait le passage de la rue Saint-Antoine, l'œil arrivait

au logis d'Angoulême, vaste construction de plusieurs époques où il y avait des parties toutes neuves et très-blan-
ches, qui ne se fondaient guère mieux dans l'ensemble
qu'une pièce rouge à un pourpoint bleu. Cependant, le toit
singulièrement aigu et élevé du palais moderne, hérissé de
gouttières ciselées, couvert de lames de plomb où se rou-
laient en mille arabesques fantasques d'étincelantes incrus-
tations de cuivre doré, ce toit si curieusement damasquiné
s'élançait avec grâce du milieu des brunes ruines de l'ancien édifice, dont les vieilles grosses tours, bombées par
l'âge comme des futailles, s'affaissant sur elles-mêmes de
vétusté et se déchirant du haut en bas, ressemblaient à de
gros ventres déboutonnés. Derrière, s'élevait la forêt d'aiguilles du palais des Tournelles. Pas de coup d'œil au
monde, ni à Chambord, ni à l'Alhambra, plus magique,
plus aérien, plus prestigieux que cette futaie de flèches, de
clochetons, de cheminées, de girouettes, de spirales, de vis,
de lanternes trouées par le jour, qui semblaient frappées à
l'emporte-pièce, de pavillons, de tourelles en fuseaux, ou,
comme on disait alors, de tournelles, toutes diverses de
formes, de hauteur et d'attitude. On eût dit un gigantesque
échiquier de pierre.

A droite des Tournelles, cette botte d'énormes tours,
d'un noir d'encre, entrant les unes dans les autres, et ficé-
lées pour ainsi dire par un fossé circulaire; ce donjon beaucoup plus percé de meurtrières que de fenêtres, ce pont-
levis toujours dressé, cette herse toujours tombée, c'est la
Bastille.

Ces espèces de becs noirs qui sortent d'entre les créneaux, et que vous prenez de loin pour des gouttières, ce
sont des canons.

Sous leur boulet, au pied du formidable édifice, voici la
porte Saint-Antoine enfouie entre ses deux tours.

Au delà des Tournelles, jusqu'à la muraille de Charles V,

se déroulait, avec de riches compartiments de verdure et
de fleurs, un tapis velouté de cultures et de parcs royaux,
au milieu desquels on reconnaissait, à son labyrinthe d'arbres et d'allées, le fameux jardin Dédalus que Louis XI avait
donné à Coictier. L'observatoire du docteur s'élevait au-
dessus du dédale comme une grosse colonne isolée ayant
une maisonnette pour chapiteau. Il s'est fait dans cette of-
ficine de terribles astrologies.

Là est aujourd'hui la place Royale.

Comme nous venons de le dire, le quartier de palais,
dont nous avons tâché de donner quelque idée au lecteur,
en n'indiquant néanmoins que les sommités, emplissait
l'angle que l'enceinte de Charles V faisait avec la Seine à
l'orient. Le centre de la ville était occupé par un monceau
de maisons à peuple. C'était là en effet que se dégorgeaient
les trois ponts de la Cité sur la rive droite, et les ponts font
des maisons avant des palais. Cet amas d'habitations bourgeoises, pressées comme les alvéoles dans la ruche, avait sa
beauté. Il en est des toits d'une capitale comme des vagues
d'une mer, cela est grand. D'abord les rues, croisées et
brouillées, faisaient dans le bloc cent figures amusantes;
autour des halles c'était comme une étoile à mille rais. Les
rues Saint-Denis et Saint-Martin, avec leurs innombrables
ramifications, montaient l'une auprès de l'autre comme
deux gros arbres qui mêlent leurs branches; et puis, des
lignes tortues, les rues de la Plâtrerie, de la Verrerie, de la
Tixeranderie, etc., serpentaient sur le tout. Il y avait aussi
de beaux édifices qui perçaient l'ondulation pétrifiée de
cette mer de pignons. C'était, à la tête du Pont-aux-Chan-
geurs, derrière lequel on voyait mousser la Seine sous les
roues du Pont-aux-Meuniers, c'était le Châtelet, non plus
tour romaine comme sous Julien-l'Apostat, mais tour féodale du treizième siècle, et d'une pierre si dure, que le pic
en trois heures n'enlevait pas l'épaisseur du poing; c'était

le riche clocher carré de Saint-Jacques-de-la-Boucherie,
avec ses angles tout émoussés de sculptures, déjà admirable quoiqu'il ne fût pas achevé au quinzième siècle. (Il lui
manquait en particulier ces quatre monstres qui, aujour-
d'hui encore, perchés aux encoignures de son toit, ont l'air
de quatre sphinx qui donnent à deviner au nouveau Paris
l'énigme de l'ancien. Rault, le sculpteur, ne les posa qu'en
1526, et il eut vingt francs pour sa peine.) C'était la Maison-aux-Piliers, ouverte sur cette place de Grève dont nous
avons donné quelque idée au lecteur; c'était Saint-Gervais,
qu'un portail *de bon goût* a gâté depuis; Saint-Méry, dont
les vieilles ogives étaient presque encore des pleins cintres;
Saint-Jean, dont la magnifique aiguille était proverbiale;
c'étaient vingt autres monuments qui ne dédaignaient pas
d'enfouir leurs merveilles dans ce chaos de rues noires,
étroites et profondes. Ajoutez les croix de pierre sculptées,
plus prodiguées encore dans les carrefours que les gibets;
le cimetière des Innocents, dont on apercevait au loin, par-
dessus les toits, l'enceinte architecturale; le pilori des Halles, dont on voyait le faîte entre deux cheminées de la rue
de la Cossonnerie; l'échelle de la Croix-du-Trahoir dans
son carrefour toujours noir de peuple; les masures circu-
laires de la Halle-au-Blé; les tronçons de l'ancienne clôture
de Philippe-Auguste, qu'on distinguait çà et là, noyés dans
les maisons; tours rongées de lierre, portes ruinées, pans
de murs croulants et déformés; le quai avec ses mille boutiques et ses écorcheries saignantes; la Seine chargée de
bateaux, du Port-au-Foin au For-l'Evêque, et vous aurez
une image confuse de ce qu'était en 1482 le trapèze central de la Ville.

Avec ces deux quartiers, l'un d'hôtels, l'autre de maisons, le troisième élément de l'aspect qu'offrait la Ville,
c'était une longue zone d'abbayes qui la bordait dans presque tout son pourtour, du levant au couchant, et, en ar-

rière de l'enceinte de fortifications qui fermait Paris, lui faisait une seconde enceinte intérieure de couvents et de chapelles. Ainsi, immédiatement à côté du parc des Tournelles, entre la rue Saint-Antoine et la vieille rue du Temple, il y avait Sainte-Catherine avec son immense culture, qui n'était bornée que par la muraille de Paris. Entre la vieille et la nouvelle rue du Temple, il y avait le Temple, sinistre faisceau de tours, haut, debout et isolé au milieu d'un vaste enclos crénelé. Entre la rue Neuve-du-Temple et la rue Saint-Martin, c'était l'abbaye de Saint-Martin, au milieu de ses jardins, superbe église fortifiée, dont la ceinture de tours, dont la tiare de clochers, ne le cédaient en force et en splendeur qu'à Saint-Germain-des-Prés. Entre les deux rues Saint-Martin et Saint-Denis, se développait l'enclos de la Trinité. Enfin, entre la rue Saint-Denis et la rue Montorgueil, les Filles-Dieu. A côté, on distinguait les toits pourris et l'enceinte dépavée de la Cour des Miracles. C'était le seul anneau profane qui se mélât à cette dévote chaîne de couvents.

Enfin, le quatrième compartiment qui se dessinait de lui-même dans l'agglomération des toits de la rive droite, ce qui occupait l'angle occidental de la clôture et le bord de l'eau en aval, c'était un nouveau nœud de palais et d'hôtels serrés au pied du Louvre. Le Vieux-Louvre de Philippe-Auguste, cet édifice démesuré dont la grosse tour ralliait vingt-trois maîtresses tours autour d'elle, sans compter les tourelles, semblait de loin enchâssé dans les combles gothiques de l'hôtel d'Alençon et du Petit-Bourbon. Cette hydre de tours, gardienne géante de Paris, avec ses vingt-quatre têtes toujours dressées, avec ses croupes monstrueuses, plombées ou écaillées d'ardoises, et toutes ruisselantes de reflets métalliques, terminait d'une manière surprenante la configuration de la Ville au couchant.

Ainsi, un immense pâté, ce que les Romains appelaient

insula, de maisons bourgeoises, flanqué à droite et à gauche de deux blocs de palais, couronnés, l'un par le Louvre, l'autre par les Tournelles, bordé au nord d'une longue ceinture d'abbayes et d'enclos cultivés, le tout amalgamé et fondu au regard ; sur ces mille édifices dont les toits de tuiles et d'ardoises découpaient les uns sur les autres tant de chaînes bizarres, les clochers tatoués, gaufrés et guillochés des quarante-quatre églises de la rive droite ; des myriades de rues au travers ; pour limite, d'un côté, une clôture de hautes murailles à tours carrées (celle de l'Université était à tours rondes) ; de l'autre, la Seine coupée de ponts et charriant force bateaux ; voilà la Ville au quinzième siècle.

Au delà des murailles, quelques faubourgs se pressaient aux portes, mais moins nombreux et plus épars que ceux de l'Université. C'étaient, derrière la Bastille, vingt masures pelotonnées autour des curieuses sculptures de la Croix-Faubin et des arcs-boutants de l'abbaye Saint-Antoine-des-Champs ; puis Popincourt, perdu dans les blés ; puis la Courtille, joyeux village de cabarets ; le bourg Saint-Laurent avec son église dont le clocher, de loin, semblait s'ajouter aux tours pointues de la porte Saint-Martin ; le faubourg Saint-Denis avec le vaste enclos de Saint-Ladre ; hors de la porte Montmartre, la Grange-Batelière, ceinte de murailles blanches ; derrière elle, avec ses pentes de craie, Montmartre, qui avait alors presque autant d'églises que de moulins, et qui n'a gardé que les moulins, car la société ne demande plus maintenant que le pain du corps. Enfin, au delà du Louvre on voyait s'allonger dans les prés le faubourg Saint-Honoré, déjà fort considérable alors, et verdoyer la Petite-Bretagne, et se dérouler le Marché-aux-Pourceaux, au centre duquel s'arrondissait l'horrible fourneau à bouillir les faux monnayeurs. Entre la Courtille et Saint-Laurent, votre œil avait déjà remarqué, au couronnement d'une hauteur accroupie sur des plaines désertes, une espèce d'édifice qui ressemblait de loin à une colonnade en ruine debout sur un soubassement déchaussé. Ce n'était ni un Parthénon, ni un temple de Jupiter-Olympien; c'était Montfaucon.

Maintenant, si le dénombrement de tant d'édifices, quelque sommaire que nous l'ayons voulu faire, n'a pas pulvérisé, à mesure que nous la construisions, dans l'esprit du lecteur, l'image générale du vieux Paris, nous la résumerons en quelques mots. Au centre, l'île de la Cité, ressemblant par sa forme à une énorme tortue, et faisant sortir ses ponts écaillés de tuiles, comme des pattes, de dessous sa grise carapace de toits; à gauche, le trapéze monolithe, ferme, dense, hérissé, de l'Université; à droite, le vaste demi-cercle de la Ville, beaucoup plus mêlé de jardins et de monuments. Les trois blocs, Cité, Université, Ville, marbrés de rues sans nombre. Tout au travers, la Seine, « la nourricière Seine, » comme le dit le P. Du Breul, obstruée d'îles, de ponts et de bateaux. Tout autour une plaine immense, rapiécée de mille sortes de cultures, semée de beaux villages; à gauche, Issy, Vanvres, Vaugirard, Montrouge, Gentilly avec sa tour ronde et sa tour carrée, etc.; à droite, vingt autres, depuis Conflans jusqu'à la Ville-l'Evêque. A l'horizon, un ourlet de collines disposées en cercle comme le rebord du bassin. Enfin, au loin, à l'orient, Vincennes et ses sept tours quadrangulaires; au sud, Bicêtre et ses tourelles pointues; au septentrion, Saint-Denis et son aiguille; à l'occident, Saint-Cloud et son donjon. Voilà le Paris que voyaient du haut des tours de Notre-Dame les corbeaux qui vivaient en 1482.

C'est pourtant de cette ville que Voltaire a dit qu'*avant Louis XIV elle ne possédait que quatre beaux monuments :* le dôme de la Sorbonne, le Val-de-Grâce, le Louvre moderne, et je ne sais plus le quatrième, le Luxembourg peut-être. Heureusement Voltaire n'en a pas moins fait *Candide*, et n'en est pas moins, de tous les hommes qui se sont succédé dans la longue série de l'humanité, celui qui a le mieux eu le rire diabolique. Cela prouve d'ailleurs qu'on peut être un beau génie et ne rien comprendre à un art dont on n'est pas. Molière ne croyait-il pas faire beaucoup d'honneur à Raphaël et à Michel-Ange en les appelant : *ces Mignards de leur âge?*

Revenons à Paris et au quinzième siècle.

Ce n'était pas alors seulement une belle ville; c'était une ville homogène, un produit architectural et historique du moyen âge, une chronique de pierre. C'était une cité formée de deux couches seulement, la couche romane et la couche gothique, car la couche romaine avait disparu depuis longtemps, excepté aux Thermes de Julien, où elle perçait encore la croûte épaisse du moyen âge. Quant à la couche celtique, on n'en trouvait même plus d'échantillons en creusant des puits.

Cinquante ans plus tard, lorsque la renaissance vint mêler à cette unité si sévère et pourtant si variée le luxe éblouissant de ses fantaisies et de ses systèmes, ses débauches de pleins cintres romains, de colonnes grecques et de surbaissements gothiques, sa sculpture si tendre et si idéale, son goût particulier d'arabesques et d'acanthes, son paganisme architectural contemporain de Luther, Paris fut peut-être plus beau encore, quoique moins harmonieux à l'œil et à la pensée. Mais ce splendide moment dura peu, la renaissance ne fut pas impartiale; elle ne se contenta pas d'édifier, elle voulut jeter bas; il est vrai qu'elle avait besoin de place. Aussi le Paris gothique ne fut-il complet qu'une minute. On achevait à peine Saint-Jacques-de-la-Boucherie, qu'on commençait la démolition du Vieux-Louvre.

Depuis, la grande ville a été se déformant de jour en

jour. Le Paris gothique, sous lequel s'effaçait le Paris roman, s'est effacé à son tour; mais peut-on dire quel Paris l'a remplacé?

Il y a le Paris de Catherine de Médicis, aux Tuileries[1]; le Paris de Henri II, à l'Hôtel-de-Ville : deux édifices encore d'un grand goût; le Paris de Henri IV, à la place Royale : façades de briques à coins de pierre et à toits d'ardoise, des maisons tricolores; le Paris de Louis XIII, au Val-de-Grâce : une architecture écrasée et trapue, des voûtes en anse de panier, je ne sais quoi de ventru dans la colonne et de bossu dans le dôme; le Paris de Louis XIV, aux Invalides : grand, riche, doré et froid; le Paris de Louis XV, à Saint-Sulpice : des volutes, des nœuds de rubans, des nuages, des vermicelles et des chicorées, le tout en pierre; le Paris de Louis XVI, au Panthéon : Saint-Pierre de Rome mal copié (l'édifice s'est tassé gauchement, ce qui n'en a pas raccommodé les lignes); le Paris de la République, à l'École-de-Médecine : un pauvre goût grec et romain, qui ressemble au Colisée ou au Parthénon comme la constitution de l'an III aux lois de Minos; on l'appelle, en architecture, le *goût messidor;* le Paris de Napoléon, à la place Vendôme : celui-là est sublime, une colonne de bronze faite

1 Nous avons vu avec une douleur mêlée d'indignation qu'on songeait à agrandir, à refondre, à remanier, c'est-à-dire, à détruire cet admirable palais. Les architectes de nos jours ont la main trop lourde pour toucher à cette délicate œuvre de la renaissance. Nous espérons toujours qu'ils ne l'oseront pas. D'ailleurs, cette démolition des Tuileries maintenant ne serait pas seulement une voie de fait brutale dont rougirait un Vandale ivre, ce serait un acte de trahison. Les Tuileries ne sont plus simplement un chef-d'œuvre de l'art du seizième siècle, c'est une page de l'histoire du dix-neuvième siècle. Ce palais n'est plus au roi, mais au peuple. Laissons-le tel qu'il est. Notre révolution l'a marqué deux fois au front. Sur l'une de ses deux façades, il a les boulets du 10 août; sur l'autre, les boulets du 29 juillet. Il est saint.

Paris, 7 avril 1831.

Note de la cinquième édition.

avec des canons ; le Paris de la Restauration, à la Bourse .
une colonnade fort blanche supportant une frise fort lisse;
le tout est carré et a coûté vingt millions.

A chacun de ces monuments caractéristiques se rattache,
par une similitude de goût, de façon et d'attitude, une certaine quantité de maisons éparses dans divers quartiers, et
que l'œil du connaisseur distingue et date aisément. Quand
on sait voir, on retrouve l'esprit d'un siècle et la physionomie d'un roi jusque dans un marteau de porte.

Le Paris actuel n'a donc aucune physionomie générale.
C'est une collection d'échantillons de plusieurs siècles, et
les plus beaux ont disparu. La capitale ne s'accroît qu'en
maisons, et quelles maisons! Du train dont va Paris, il se
renouvellera tous les cinquante ans. Aussi la signification
historique de son architecture s'efface-t-elle tous les jours.
Les monuments y deviennent de plus en plus rares, et il
semble qu'on les voie s'engloutir peu à peu, noyés dans les
maisons. Nos pères avaient un Paris de pierre; nos fils auront un Paris de plâtre.

Quant aux monuments modernes du Paris neuf, nous
nous dispenserons volontiers d'en parler. Ce n'est pas que
nous ne les admirions comme il convient. La Sainte-Geneviève de M. Soufflot est certainement le plus beau gâteau
de Savoie qu'on ait jamais fait en pierre. Le palais de la
Légion-d'Honneur est aussi un morceau de pâtisserie fort
distingué. Le dôme de la halle au Blé est une casquette de
jockey anglais sur une grande échelle. Les tours Saint-
Sulpice sont deux grosses clarinettes, et c'est une forme
comme une autre; le télégraphe, tortu et grimaçant, fait
un aimable accident sur leur toiture. Saint-Roch a un portail qui n'est comparable, pour la magnificence, qu'à Saint-
Thomas-d'Aquin. Il a aussi un calvaire en ronde-bosse
dans une cave, et un soleil de bois doré. Ce sont là des
choses tout à fait merveilleuses. La lanterne du labyrinthe

du Jardin des Plantes est aussi fort ingénieuse. Quant au palais de la Bourse, qui est grec par sa colonnade, romain par le plein cintre de ses portes et fenêtres, de la renaissance par sa grande voûte surbaissée, c'est indubitablement un monument très-correct et très-pur : la preuve, c'est qu'il est couronné d'un attique comme on n'en voyait pas à Athènes, belle ligne droite gracieusement coupée çà et là par des tuyaux de poêle. Ajoutons que, s'il est de règle que l'architecture d'un édifice soit adaptée à sa destination de telle façon que cette destination se dénonce d'elle-même au seul aspect de l'édifice, on ne saurait trop s'émerveiller d'un monument qui peut être indifféremment un palais de rois, une chambre des communes, un hôtel-de-ville, un collége, un manége, une académie, un entrepôt, un tribunal, un musée, une caserne, un sépulcre, un temple, un théâtre. En attendant, c'est une Bourse. Un monument doit en outre être approprié au climat. Celui-ci est évidemment construit exprés pour notre ciel froid et pluvieux. Il a un toit presque plat comme en Orient, ce qui fait que l'hiver, quand il neige, on balaye le toit; et il est certain qu'un toit est fait pour être balayé. Quant à cette destination dont nous parlions tout à l'heure, il la remplit à merveille; il est Bourse en France comme il eût été temple en Grèce. Il est vrai que l'architecte a eu assez de peine à cacher le cadran de l'horloge, qui eût détruit la pureté des belles lignes de la façade; mais, en revanche, on a cette colonnade qui circule autour du monument, et sous laquelle, dans les grands jours de solennité religieuse, peut se développer majestueusement la théorie des agents de change et des courtiers de commerce.

Ce sont là sans aucun doute de très-superbes monuments. Joignons-y force belles rues, amusantes et variées, comme la rue de Rivoli, et je ne désespère pas que Paris, vu à vol de ballon, ne présente aux yeux cette richesse de lignes,

cette opulence de détails, cette diversité d'aspects, ce je ne
sais quoi de grandiose dans le simple et d'inattendu dans le
beau, qui caractérise un damier.

Toutefois, si admirable que vous semble le Paris d'à présent, refaites le Paris du quinzième siècle, reconstruisez-le
dans votre pensée; regardez le jour à travers cette haie
surprenante d'aiguilles, de tours et de clochers; répandez
au milieu de l'immense ville, déchirez à la pointe des îles,
plissez aux arches des ponts la Seine avec ses larges fla-
ques vertes et jaunes, plus changeante qu'une robe de serpent; détachez nettement sur un horizon d'azur le profil
gothique de ce vieux Paris; faites-en flotter le contour dans
une brume d'hiver qui s'accroche à ses innombrables cheminées; noyez-le dans une nuit profonde, et regardez le
jeu bizarre des ténèbres et des lumières dans ce sombre labyrinthe d'édifices; jetez-y un rayon de lune qui le dessine
vaguement et fasse sortir du brouillard les grandes têtes
des tours; ou reprenez cette noire silhouette, ravivez d'ombre les mille angles aigus des flèches et des pignons, et fai-
tes-la saillir, plus dentelée qu'une mâchoire de requin, sur
le ciel de cuivre du couchant. — Et puis, comparez.

Et, si vous voulez recevoir de la vieille ville une impression que la moderne ne saurait plus vous donner, montez,
un matin de grande fête. au soleil levant de Pâques ou de
la Pentecôte, montez sur quelque point élevé d'où vous do-
miniez la capitale entière, et assistez à l'éveil des carillons.
Voyez, à un signal parti du ciel, car c'est le soleil qui le
donne, ces mille églises tressaillir à la fois. Ce sont d'abord
des tintements épars, allant d'une église à l'autre, comme
lorsque des musiciens s'avertissent qu'on va commencer.
Puis, tout à coup, voyez, car il semble qu'en certains instants l'oreille aussi a sa vue, voyez s'élever au même moment de chaque clocher comme une colonne de bruit,
comme une fumée d'harmonie. D'abord, la vibration de

chaque cloche monte droite, pure, et pour ainsi dire isolée des autres, dans le ciel splendide du matin; puis, peu
à peu, en grossissant, elles se fondent, elles se mêlent, elles s'effacent l'une dans l'autre, elles s'amalgament dans
un magnifique concert. Ce n'est plus qu'une masse de vibrations sonores qui se dégage sans cesse des innombrables clochers, qui flotte, ondule, bondit, tourbillonne sur
la ville, et prolonge bien au delà de l'horizon le cercle assourdissant de ces oscillations. Cependant cette mer d'harmonie n'est point un chaos. Si grosse et si profonde qu'elle
soit, elle n'a point perdu sa transparence : vous y voyez
serpenter à part chaque groupe de notes qui s'échappe des
sonneries. Vous y pouvez suivre le dialogue, tour à tour
grave et criard, de la crécelle et du bourdon; vous y voyez
sauter les octaves d'un clocher à l'autre; vous les regardez
s'élancer ailées, légères et sifflantes, de la cloche d'argent,
tomber cassées et boiteuses de la cloche de bois; vous ad-
mirez au milieu d'elles la riche gamme qui descend et re-
monte sans cesse les sept cloches de Saint-Eustache ; vous
voyez courir tout au travers des notes claires et rapides qui
font trois ou quatre zigzags lumineux, et s'évanouissent
comme des éclairs. Là-bas, c'est l'abbaye Saint-Martin,
chanteuse aigre et fêlée ; ici, la voix sinistre et bourrue de
la Bastille; à l'autre bout, la grosse tour du Louvre avec sa
basse-taille. Le royal carillon du Palais jette sans relâche
de tous côtés des trilles resplendissantes, sur lesquelles
tombent à temps égaux les lourdes coupetées du beffroi de
Notre-Dame, qui les font étinceler comme l'enclume sous
le marteau. Par intervalles vous voyez passer des sons de
toute forme qui viennent de la triple volée de Saint-Germain-des-Prés. Puis encore, de temps en temps, cette masse
de bruits sublimes s'entr'ouvre et donne passage à la strette
de l'Ave-Maria, qui éclate et petille comme une aigrette
d'étoiles. Au-dessous, au plus profond du concert, vous

distinguez confusément le chant intérieur des églises qui
transpire à travers les pores vibrants de leurs voûtes. —
Certes, c'est là un opéra qui vaut la peine d'être écouté.
D'ordinaire, la rumeur qui s'échappe de Paris le jour, c'est
la ville qui parle; la nuit, c'est la ville qui respire : ici,
c'est la ville qui chante. Prêtez donc l'oreille à ce tutti des
clochers; répandez sur l'ensemble le murmure d'un demi-
million d'hommes, la plainte éternelle du fleuve, les souf-
fles infinis du vent, le quatuor grave et lointain des quatre forêts disposées sur les collines de l'horizon comme
d'immenses buffets d'orgue; éteignez-y, ainsi que dans une
demi-teinte, tout ce que le carillon central aurait de trop
rauque et de trop aigu, et dites si vous connaissez au
monde quelque chose de plus riche, de plus joyeux, de
plus doré, de plus éblouissant, que ce tumulte de cloches
et de sonneries; que cette fournaise de musique; que ces
dix mille voix d'airain chantant à la fois dans des flûtes de
pierre hautes de trois cents pieds; que cette cité qui n'est
plus qu'un orchestre; que cette symphonie qui fait le bruit
d'une tempête.

LIVRE QUATRIÈME

I

LES BONNES AMES.

Il y avait seize ans, à l'époque où se passe cette histoire, que, par un beau matin de dimanche de la Quasimodo, une créature vivante avait été déposée, après la messe, dans l'église de Notre-Dame, sur le bois de lit scellé dans le parvis, à main gauche, vis-à-vis ce *grand image* de saint Christophe, que la figure sculptée en pierre de messire Antoine des Essarts, chevalier, regardait à genoux depuis 1413, lorsqu'on s'est avisé de jeter bas et le saint et le fidèle. C'est sur ce bois de lit qu'il était d'usage d'exposer les enfants trouvés à la charité publique. Les prenait là qui voulait. Devant le bois de lit était un bassin de cuivre pour les aumônes.

L'espèce d'être vivant qui gisait sur cette planche le matin de la Quasimodo, en l'an du Seigneur 1467, paraissait exciter à un haut degré la curiosité du groupe assez considérable qui s'était amassé autour du bois de lit. Le groupe était formé en grande partie de personnes du beau sexe. Ce n'était presque que des vieilles femmes.

Au premier rang et les plus inclinées sur le lit, on en remarquait quatre qu'à leur cagoule grise, sorte de soutane, on devinait attachées à quelque confrérie dévote. Je ne vois point pourquoi l'histoire ne transmettrait pas à la postérité les noms de ces quatre discrètes et vénérables damoiselles. C'étaient Agnès-la-Herme, Jehanne de la Tarme, Henriette-la-Gaultière, Gauchère-la-Violette, toutes quatre veuves, toutes quatre bonnes-femmes de la chapelle Etienne-Haudry, sorties de leur maison, avec la permission de leur maîtresse, et conformément aux statuts de Pierre d'Ailly, pour venir entendre le sermon.

Du reste, si ces braves haudriettes observaient pour le moment les statuts de Pierre d'Ailly, elles violaient, certes, à cœur joie ceux de Michel de Brache et du cardinal de Pise, qui leur prescrivaient si inhumainement le silence.

— Qu'est-ce que c'est que cela, ma sœur? disait Agnès à Gauchère, en considérant la petite créature exposée qui glapissait et se tordait sur le lit de bois, effrayée de tant de regards.

— Qu'est-ce que nous allons devenir? disait Jehanne, si c'est comme cela qu'ils font les enfants à présent?

— Je ne me connais pas en enfants, reprenait Agnès, mais ce doit être un péché de regarder celui-ci.

— Ce n'est pas un enfant, Agnès.

— C'est un singe manqué, observait Gauchère.

— C'est un miracle, reprenait Henriette-la-Gaultière.

— Alors, remarquait Agnès, c'est le troisième depuis le dimanche du *Lœtare;* car il n'y a pas huit jours que nous avons eu le miracle du moqueur de pèlerins puni divinement par Notre-Dame d'Aubervilliers, et c'était le second miracle du mois.

— C'est un vrai monstre d'abomination que ce soi-disant enfant trouvé, reprenait Jehanne.

— Il braille à faire sourd un chantre, poursuivait Gauchère. — Tais-toi donc, petit hurleur!

— Dire que c'est monsieur de Reims qui envoie cette

énormité à monsieur de Paris! ajoutait la Gaultière en joignant les mains.

— J'imagine, disait Agnès-la-Herme, que c'est une bête, un animal, le produit d'un juif avec une truie ; quelque chose enfin qui n'est pas chrétien, et qu'il faut jeter à l'eau ou au feu.

— J'espère bien, reprenait la Gaultière, qu'il ne sera postulé par personne.

— Ah ! mon Dieu ! s'écriait Agnès, ces pauvres nourrices qui sont là dans le logis des enfants-trouvés qui fait le bas de la ruelle, en descendant à la rivière, tout à côté de monseigneur l'évêque ! si on allait leur apporter ce petit monstre à allaiter ! j'aimerais mieux donner à teter à un vampire.

— Est-elle innocente, cette pauvre la Herme ! reprenait Jehanne ; vous ne voyez pas, ma sœur, que ce petit monstre a au moins quatre ans, et qu'il aurait moins appétit de votre tetine que d'un tourne-broche.

En effet, ce n'était pas un nouveau-né que « ce petit monstre. » (Nous serions fort empêché nous-même de le qualifier autrement.) C'était une petite masse fort anguleuse et fort remuante, emprisonnée dans un sac de toile imprimé au chiffre de messire Guillaume Chartier, pour lors évêque de Paris, avec une tête qui sortait. Cette tête était chose assez difforme ; on n'y voyait qu'une forêt de cheveux roux, un œil, une bouche et des dents. L'œil pleurait, la bouche criait, et les dents ne paraissaient demander qu'à mordre. Le tout se débattait dans le sac, au grand ébahissement de la foule, qui grossissait et se renouvelait sans cesse à l'entour.

Dame Aloïse de Gondelaurier, une femme riche et noble qui tenait une jolie fille d'environ six ans à la main, et qui traînait un long voile à la corne d'or de sa coiffe, s'arrêta en passant devant le lit, et considéra un moment la malheureuse créature, pendant que sa charmante petite fille Fleur-de-Lys de Gondelaurier, toute vêtue de soie et de velours, épelait avec son joli doigt l'écriteau permanent accroché au bois de lit : ENFANTS-TROUVÉS.

— En vérité, dit la dame en se détournant avec dégoût, je croyais qu'on n'exposait ici que des enfants.

Elle tourna le dos, en jetant dans le bassin un florin d'argent qui retentit parmi les liards, et fit ouvrir de grands yeux aux pauvres bonnes-femmes de la chapelle Etienne-Haudry.

Un moment après, le grave et savant Robert Mistricolle, protonotaire du roi, passa avec un énorme missel sous un bras et sa femme sous l'autre (damoiselle Guillemette la Mairesse), ayant de la sorte à ses côtés ses deux régulateurs, spirituel et temporel.

— Enfant trouvé! dit-il après avoir examiné l'objet, trouvé apparemment sur le parapet du fleuve Phlégéto!

— On ne lui voit qu'un œil, observa damoiselle Guillemette; il a sur l'autre une verrue.

— Ce n'est pas une verrue, reprit maître Robert Mistricolle, c'est un œuf qui renferme un autre démon tout pareil, lequel porte un autre petit œuf qui contient un autre diable, et ainsi de suite.

— Comment savez-vous cela? demanda Guillemette la Mairesse.

— Je le sais pertinemment, répondit le protonotaire.

— Monsieur le protonotaire, demanda Gauchère, que pronostiquez-vous de ce prétendu enfant trouvé?

— Les plus grands malheurs, répondit Mistricolle.

— Ah! mon Dieu! dit une vieille dans l'auditoire, avec cela qu'il y a eu une considérable pestilence l'an passé et qu'on dit que les Anglais vont débarquer en compagnie à Harefleu.

— Cela empêchera peut-être la reine de venir à Paris au

mois de septembre, reprit une autre; la marchandise va déjà si mal!

— Je suis d'avis, s'écria Jehanne de la Tarme, qù'il vaudrait mieux, pour les manants de Paris, que ce petit magicien-là fût couché sur un fagot que sur une planche.

— Un beau fagot flambant! ajouta la vieille.

— Cela serait plus prudent, dit Mistricolle.

Depuis quelques moments un jeune prêtre écoutait le raisonnement des haudriettes et les sentences du protonotaire. C'était une figure sévère, un front large, un regard profond. Il écarta silencieusement la foule, examina le *petit magicien*, et étendit la main sur lui. Il était temps, car toutes les dévotes se léchaient déjà les barbes du *beau fagot flambant*.

— J'adopte cet enfant, dit le prêtre.

Il le prit dans sa soutane et l'emporta. L'assistance le suivit d'un œil effaré. Un moment après, il avait disparu par la Porte-Rouge, qui conduisait alors de l'église au cloître.

Quand la première surprise fut passée, Jehanne de la Tarme se pencha à l'oreille de la Gaultière.

— Je vous avais bien dit, ma sœur, que ce jeune clerc, monsieur Claude Frollo, est un sorcier.

II

CLAUDE FROLLO.

En effet, Claude Frollo n'était pas un personnage vulgaire.

Il appartenait à l'une de ces familles moyennes qu'on appelait indifféremment, dans le langage impertinent du siècle dernier, haute bourgeoisie ou petite noblesse. Cette famille avait hérité des frères Paclet le fief de Tirechappe, qui

relevait de l'évêque de Paris, et dont les vingt-une maisons
avaient été au treizième siècle l'objet de tant de plaidoiries
par-devant l'official. Comme possesseur de ce fief, Claude
Frollo était un des *sept vingt-un* seigneurs prétendant
censive dans Paris et ses faubourgs ; et l'on a pu voir longtemps son nom inscrit, en cette qualité, entre l'hôtel de
Tancarville, appartenant à maître François Le Rez, et le collége de Tours, dans le cartulaire déposé à Saint-Martin-des-
Champs.

Claude Frollo avait été destiné dès l'enfance par ses parents à l'état ecclésiastique. On lui avait appris à lire dans
du latin ; il avait été élevé à baisser les yeux et à parler
bas. Tout enfant, son père l'avait cloîtré au collége de Torchi en l'Université. C'est là qu'il avait grandi sur le missel
et le lexicon.

C'était d'ailleurs un enfant triste, grave, sérieux, qui étudiait ardemment et apprenait vite ; il ne jetait pas grand
cri dans les récréations, se mêlait peu aux bacchanales de
la rue du Fouarre, ne savait ce que c'était que *dare alapas
et capillos laniare*, et n'avait fait aucune figure dans cette
mutinerie de 1463, que les annalistes enregistrent gravement sous le titre de : « Sixième trouble de l'Université. »
Il lui arrivait rarement de railler les pauvres écoliers de
Montaigu pour les *cappettes* dont ils tiraient leur nom, ou
les boursiers du collége de Dormans pour leur tonsure rase
et leur surtout tri-parti de drap pers, bleu et violet, *azu-
rini coloris et bruni*, comme dit la charte du cardinal des
Quatre-Couronnes.

En revanche, il était assidu aux grandes et petites écoles
de la rue Saint-Jean-de-Beauvais. Le premier écolier que
l'abbé de Saint-Pierre-de-Val, au moment de commencer
sa lecture de droit canon, apercevait toujours collé vis-à-vis
de sa chaire à un pilier de l'école Saint-Vendregesile, c'é-
tait Claude Frollo, armé de son écritoire de corne, mâchant

sa plume, griffonnant sur son genou usé, et, l'hiver, souf-
flant dans ses doigts. Le premier auditeur que messire
Miles d'Islier, docteur en décret, voyait arriver chaque lundi
matin, tout essoufflé, à l'ouverture des portes de l'école du
Chef-Saint-Denis, c'était Claude Frollo. Aussi, à seize ans,
le jeune clerc eût pu tenir tête, en théologie mystique, à
un père de l'Eglise; en théologie canonique, à un père des
conciles; en théologie scolastique, à un docteur de Sorbonne.

La théologie dépassée, il s'était précipité dans le décret.
Du *Maître des Sentences*, il était tombé aux *Capitulaires
de Charlemagne;* et successivement il avait dévoré, dans
son appétit de science, décrétales sur décrétales, celles de
Théodore, évêque d'Hispale; celles de Bouchard, évêque de
Worms; celles d'Yves, évêque de Chartres; puis le décret
de Gratien, qui succéda aux Capitulaires de Charlemagne;
puis le recueil de Grégoire IX; puis l'épître *Super specula*
d'Honorius III. Il se fit claire, il se fit familière cette vaste
et tumultueuse période du droit civil et du droit canon en
lutte et en travail dans le chaos du moyen âge, période
que l'évêque Théodore ouvre en 618, et que ferme, en
1227, le pape Grégoire.

Le décret digéré, il se jeta sur la médecine, sur les arts
libéraux. Il étudia la science des herbes, la science des onguents; il devint expert aux fièvres et aux contusions, aux
navrures et aux aposthumes. Jacques d'Espars l'eût reçu
médecin physicien; Richard Hellain, médecin chirurgien.
Il parcourut également tous les degrés de la licence, maîtrise et doctorerie des arts. Il étudia les langues, le latin,
le grec, l'hébreu, triple sanctuaire alors bien peu fréquenté.
C'était une véritable fièvre d'acquérir et de thésauriser en
fait de science. A dix-huit ans, les quatre facultés y avaient
passé; il semblait au jeune homme que la vie avait un but
unique : savoir.

Ce fut vers cette époque environ que l'été excessif de 1466 fit éclater cette grande peste qui enleva plus de quarante mille créatures dans la vicomté de Paris, et entre autres, dit Jean de Troyes, « maître Arnoul, astrologien du roi, « qui étoit fort homme de bien, sage et plaisant. » Le bruit se répandit dans l'Université que la rue Tirechappe était en particulier dévastée par la maladie. C'est là que résidaient, au milieu de leur fief, les parents de Claude. Le jeune écolier courut fort alarmé à la maison paternelle. Quand il y entra, son père et sa mère étaient morts de la veille. Un tout jeune frère qu'il avait au maillot vivait encore et criait abandonné dans son berceau. C'était tout ce qu'il restait à Claude de sa famille; le jeune homme prit l'enfant sous son bras, et sortit pensif. Jusque-là, il n'avait vécu que dans la science; il commençait à vivre dans la vie.

Cette catastrophe fut une crise dans l'existence de Claude. Orphelin, aîné, chef de famille à dix-neuf ans, il se sentit rudement rappelé des rêveries de l'école aux réalités de ce monde. Alors, ému de pitié, il se prit de passion et de dévouement pour cet enfant, son frère; chose étrange et douce qu'une affection humaine, à lui qui n'avait encore aimé que des livres!

Cette affection se développa à un point singulier; dans une âme aussi neuve, ce fut comme un premier amour. Séparé depuis l'enfance de ses parents, qu'il avait à peine connus, cloîtré et comme muré dans ses livres, avide avant tout d'étudier et d'apprendre, exclusivement attentif jusqu'alors à son intelligence, qui se dilatait dans la science, à son imagination, qui grandissait dans les lettres, le pauvre écolier n'avait pas encore eu le temps de sentir la place de son cœur. Ce jeune frère, sans père ni mère, ce petit enfant qui lui tombait brusquement du ciel sur les bras, fit de lui un homme nouveau. Il s'aperçut qu'il y avait autre chose dans le monde que les spéculations de la Sorbonne

et les vers d'Homérus; que l'homme avait besoin d'affections; que la vie sans tendresse et sans amour n'était qu'un
rouage sec, criard et déchirant. Seulement il se figura, car
il était dans l'âge où les illusions ne sont encore rempla-
cées que par des illusions, que les affections de sang et de
famille étaient les seules nécessaires, et qu'un petit frère à
aimer suffisait pour remplir toute une existence.

Il se jeta donc dans l'amour de son petit Jehan avec la
passion d'un caractère déjà profond, ardent, concentré.
Cette pauvre frêle créature, jolie, blonde, rose et frisée, cet
orphelin sans autre appui qu'un orphelin, le remuait jusqu'au fond des entrailles; et, grave penseur qu'il était, il
se mit à réfléchir sur Jehan avec une miséricorde infinie. Il
en prit souci et soin comme de quelque chose de très-fra-
gile et de très-recommandé. Il fut à l'enfant plus qu'un
frère : il lui devint une mère.

Le petit Jehan avait perdu sa mère, qu'il tetait encore;
Claude le mit en nourrice. Outre le fief de Tirechappe, il
avait eu en héritage de son père le fief du Moulin, qui relevait de la tour carrée de Gentilly : c'était un moulin sur
une colline, près du château de Winchestre (Bicêtre). Il y
avait la meunière qui nourrissait un bel enfant; ce n'était
pas loin de l'Université. Claude lui porta lui-même son petit Jehan.

Dès lors, se sentant un fardeau à traîner, il prit la vie
très au sérieux. La pensée de son petit frère devint non-
seulement la récréation, mais encore le but de ses études.
Il résolut de se consacrer tout entier à un avenir dont il
répondait devant Dieu, et de n'avoir jamais d'autre épouse,
d'autre enfant, que le bonheur et la fortune de son frère. Il
se rattacha donc plus que jamais à sa vocation cléricale.
Son mérite, sa science, sa qualité de vassal immédiat de
l'évêque de Paris, lui ouvraient toutes grandes les portes
de l'Eglise. A vingt ans, par dispense spéciale du Saint-

Siége, il était prêtre, et desservait, comme le plus jeune des chapelains de Notre-Dame, l'autel qu'on appelle, à cause de la messe tardive qui s'y dit, *altare pigrorum*.

Là, plus que jamais plongé dans ses chers livres, qu'il ne quittait que pour courir une heure au fief du Moulin, ce mélange de savoir et d'austérité, si rare à son âge, l'avait rendu promptement le respect et l'admiration du cloître. Du cloître, sa réputation de savant avait été au peuple, où elle avait un peu tourné, chose fréquente alors, au renom de sorcier.

C'est au moment où il revenait, le jour de la Quasimodo, de dire sa messe des paresseux à leur autel, qui était à côté de la porte du chœur tendant à la nef, à droite, proche l'image de la Vierge, que son attention avait été éveillée par le groupe de vieilles glapissant autour du lit des enfants trouvés.

C'est alors qu'il s'était approché de la malheureuse petite créature si haïe et si menacée. Cette détresse, cette difformité, cet abandon, la pensée de son jeune frère, la chimère qui frappa tout à coup son esprit que, s'il mourait, son cher petit Jehan pourrait bien aussi, lui, être jeté misérablement sur la planche des enfants trouvés, tout cela lui était venu au cœur à la fois : une grande pitié s'était remuée en lui, et il avait emporté l'enfant.

Quand il tira cet enfant du sac, il le trouva bien difforme en effet. Le pauvre petit diable avait une verrue sur l'œil gauche, la tête dans les épaules, la colonne vertébrale arquée, le sternum proéminent, les jambes torses ; mais il paraissait vivace ; et, quoiqu'il fût impossible de savoir quelle langue il bégayait, son cri annonçait quelque force et quelque santé. La compassion de Claude s'accrut de cette laideur : et il fit vœu dans son cœur d'élever cet enfant pour l'amour de son frère, afin que, quelles que fussent dans l'avenir les fautes du petit Jehan, il eût par-devers lui cette charité faite à son intention. C'était une sorte de placement de bonnes œuvres qu'il effectuait sur la tête de son jeune frère, c'était une pacotille de bonnes actions qu'il voulait lui amasser d'avance, pour le cas où le petit drôle un jour se trouverait à court de cette monnaie, la seule qui soit reçue au péage du paradis.

Il baptisa son enfant adoptif, et le nomma *Quasimodo,* soit qu'il voulût marquer par là le jour où il l'avait trouvé, soit qu'il voulût caractériser par ce nom à quel point la pauvre petite créature était incomplète et à peine ébauchée. En effet, Quasimodo, borgne, bossu, cagneux, n'était guère qu'un *à peu près.*

III

IMMANIS PECORIS CUSTOS, IMMANIOR IPSE.

Or, en 1482, Quasimodo avait grandi. Il était devenu, depuis plusieurs années, sonneur de cloches de Notre-Dame, grâce à son père adoptif Claude Frollo, lequel était devenu archidiacre de Josas, grâce à son suzerain messire Louis de Beaumont, lequel était devenu évêque de Paris en 1472, à la mort de Guillaume Chartier, grâce à son patron Olivier le Daim, barbier du roi Louis XI par la grâce de Dieu.

Quasimodo était donc carillonneur de Notre-Dame.

Avec le temps, il s'était formé je ne sais quel lien intime qui unissait le sonneur à l'église. Séparé à jamais du monde par la double fatalité de sa naissance inconnue et de sa nature difforme, emprisonné dès l'enfance dans ce double cercle infranchissable, le pauvre malheureux s'était accoutumé à ne rien voir dans ce monde au delà des religieuses murailles qui l'avaient recueilli à leur ombre. Notre-Dame

avait été successivement pour lui, selon qu'il grandissait et
se développait, l'œuf, le nid, la maison, la patrie, l'univers.

Et il est sûr qu'il y avait une sorte d'harmonie mystérieuse et préexistante entre cette créature et cet édifice.
Lorsque, tout petit encore, il se traînait tortueusement et
par soubresauts sous les ténèbres de ses voûtes, il semblait,
avec sa face humaine et sa membrure bestiale, le reptile
naturel de cette dalle humide et sombre sur laquelle l'ombre des chapiteaux romans projetait tant de formes bizarres.

Plus tard, la première fois qu'il s'accrocha machinalement à la corde des tours, et qu'il s'y pendit, et qu'il mit
la cloche en branle, cela fit à Claude, son père adoptif, l'effet d'un enfant dont la langue se délie, et qui commence à
parler.

C'est ainsi que peu à peu, se développant toujours dans
le sens de la cathédrale, y vivant, y dormant, n'en sortant
presque jamais, en subissant à toute heure la pression mystérieuse, il arriva à lui ressembler, à s'y incruster, pour
ainsi dire, à en faire partie intégrante. Ses angles saillants
s'emboîtaient (qu'on nous passe cette figure) aux angles
rentrants de l'édifice, et il en semblait non-seulement l'ha-
bitant, mais encore le contenu naturel. On pourrait presque dire qu'il en avait pris la forme, comme le colimaçon
prend la forme de sa coquille. C'était sa demeure, son
trou, son enveloppe. Il y avait entre la vieille église et lui
une sympathie instinctive si profonde, tant d'affinités ma-
gnétiques, tant d'affinités matérielles, qu'il y adhérait en
quelque sorte comme la tortue à son écaille. La rugueuse
cathédrale était sa carapace.

Il est inutile d'avertir le lecteur de ne pas prendre au
pied de la lettre les figures que nous sommes obligé d'employer ici pour exprimer cet accouplement singulier, sy-
métrique, immédiat, presque cosubstantiel, d'un homme
et d'un édifice. Il est inutile de dire également à quel

point il s'était fait familière toute la cathédrale, dans une si longue et si intime cohabitation. Cette demeure lui était propre. Elle n'avait pas de profondeur que Quasimodo n'eût pénétrée, pas de hauteur qu'il n'eût escaladée. Il lui arrivait bien des fois de gravir la façade à plusieurs élévations et s'aidant seulement des aspérités de la sculpture. Les tours, sur la surface extérieure desquelles on le voyait souvent ramper comme un lézard qui glisse sur un mur à pic, ces deux géantes jumelles, si hautes, si menaçantes, si redoutables, n'avaient pour lui ni vertige, ni terreur, ni secousses d'étourdissement. A les voir si douces sous sa main, si faciles à escalader, on eût dit qu'il les avait apprivoisées. A force de sauter, de grimper, de s'ébattre au milieu des abîmes de la gigantesque cathédrale, il était devenu en quelque façon singe et chamois, comme l'enfant calabrois qui nage avant de marcher, et joue, tout petit, avec la mer.

Du reste, non-seulement son corps semblait s'être façonné selon la cathédrale, mais encore son esprit. Dans quel état était cette âme? Quel pli avait-elle contracté, quelle forme avait-elle prise sous cette enveloppe nouée, dans cette vie sauvage? c'est ce qu'il serait difficile de déterminer. Quasimodo était né borgne, bossu, boiteux. C'est à grande peine et à grande patience que Claude Frollo était parvenu à lui apprendre à parler. Mais une fatalité était attachée au pauvre enfant trouvé. Sonneur de Notre-Dame à quatorze ans, une nouvelle infirmité était venue le parfaire; les cloches lui avaient brisé le tympan : il était devenu sourd. La seule porte que la nature lui eût laissée toute grande ouverte sur le monde s'était brusquement fermée à jamais.

En se fermant, elle intercepta l'unique rayon de joie et de lumière qui pénétrât encore dans l'âme de Quasimodo. Cette âme tomba dans une nuit profonde. La mélancolie du misérable devint incurable et complète comme sa difformité. Ajoutons que sa surdité le rendit en quelque façon muet. Car, pour ne pas donner à rire aux autres, du moment où il se vit sourd, il se détermina résolument à un silence qu'il ne rompait guère que lorsqu'il était seul. Il lia volontairement cette langue que Claude Frollo avait eu tant de peine à délier. De là il advenait que, quand la nécessité le contraignait de parler, sa langue était engourdie, maladroite, et comme une porte dont les gonds sont rouillés.

Si maintenant nous essayions de pénétrer jusqu'à l'âme de Quasimodo à travers cette écorce épaisse et dure; si nous pouvions sonder les profondeurs de cette organisation mal faite; s'il nous était donné de regarder avec un flambeau derrière ces organes sans transparence, d'explorer l'intérieur ténébreux de cette créature opaque, d'en élucider les recoins obscurs, les culs-de-sac absurdes, et de jeter tout à coup une vive lumière sur la Psyché enchaînée au fond de cet antre, nous trouverions sans doute la malheureuse dans quelque attitude pauvre, rabougrie et rachitique, comme ces prisonniers des plombs de Venise qui vieillissaient ployés en deux dans une boîte de pierre trop basse et trop courte.

Il est certain que l'esprit s'atrophie dans un corps manqué. Quasimodo sentait à peine se mouvoir aveuglément au dedans de lui une âme faite à son image. Les impressions des objets subissaient une réfraction considérable avant d'arriver à sa pensée. Son cerveau était un milieu particulier : les idées qui le traversaient en sortaient toutes tordues. La réflexion qui provenait de cette réfraction était nécessairement divergente et déviée.

De là mille illusions d'optique, mille aberrations de jugement, mille écarts où divaguait sa pensée, tantôt folle, tantôt idiote.

Le premier effet de cette fatale organisation, c'était de troubler le regard qu'il jetait sur les choses. Il n'en recevait presque aucune perception immédiate. Le monde extérieur lui semblait beaucoup plus loin qu'à nous.

Le second effet de son malheur, c'était de le rendre méchant.

Il était méchant en effet, parce qu'il était sauvage; il était sauvage, parce qu'il était laid. Il y avait une logique dans sa nature comme dans la nôtre.

Sa force, si extraordinairement développée, était une cause de-plus de méchanceté. *Malus puer robustus*, dit Hobbes.

D'ailleurs, il faut lui rendre cette justice : la méchanceté n'était peut-être pas innée en lui. Dès ses premiers pas parmi les hommes, il s'était senti, puis il s'était vu conspué, flétri, repoussé. La parole humaine pour lui, c'était toujours une raillerie ou une malédiction. En grandissant, il n'avait trouvé que la haine autour de lui. Il l'avait prise. Il avait gagné la méchanceté générale. Il avait ramassé l'arme dont on l'avait blessé.

Après tout, il ne tournait qu'à regret sa face du côté des hommes; sa cathédrale lui suffisait. Elle était peuplée de figures de marbre, rois, saints, évêques, qui du moins ne lui éclataient pas de rire au nez et n'avaient pour lui qu'un regard tranquille et bienveillant. Les autres statues, celles des monstres et des démons, n'avaient pas de haine pour lui, Quasimodo : il leur ressemblait trop pour cela. Elles raillaient bien plutôt les autres hommes. Les saints étaient ses amis, et le bénissaient; les monstres étaient ses amis, et le gardaient. Aussi avait-il de longs épanchements avec eux. Aussi passait-il quelquefois des heures entières, accroupi devant une de ces statues, à causer solitairement avec elle. Si quelqu'un survenait, il s'enfuyait comme un amant surpris dans sa sérénade.

Et la cathédrale ne lui était pas seulement la société, mais encore l'univers, mais encore toute la nature. Il ne rêvait pas d'autres espaliers que les vitraux toujours en fleur, d'autre ombrage que celui de ces feuillages de pierre, qui s'épanouissent chargés d'oiseaux dans la touffe de chapiteaux saxons; d'autres montagnes que les tours colossales de l'église, d'autre océan que Paris, qui bruissait à leurs pieds.

Ce qu'il aimait avant tout dans l'édifice maternel, ce qui réveillait son âme, et lui faisait ouvrir ses pauvres ailes qu'il tenait si misérablement reployées dans sa caverne, ce qui le rendait parfois heureux, c'étaient les cloches. Il les aimait, les caressait, leur parlait, les comprenait. Depuis le carillon de l'aiguille de la croisée, jusqu'à la grosse cloche du portail, il les avait toutes en tendresse. Le clocher de la croisée, les deux tours, étaient pour lui comme trois grandes cages, dont les oiseaux, élevés par lui, ne chantaient que pour lui. C'étaient pourtant ces mêmes cloches qui l'avaient rendu sourd; mais les mères aiment souvent le mieux l'enfant qui les a fait le plus souffrir.

Il est vrai que leur voix était la seule qu'il pût entendre encore. A ce titre, la grosse cloche était sa bien-aimée. C'est elle qu'il préférait dans cette famille de filles bruyantes qui se trémoussait autour de lui, les jours de fête. Cette grande cloche s'appelait Marie. Elle était seule dans la tour méridionale avec sa sœur Jacqueline, cloche de moindre taille, enfermée dans une cage moins grande à côté de la sienne. Cette Jacqueline était ainsi nommée du nom de la femme de Jean Montagu, lequel l'avait donnée à l'église, ce qui ne l'avait pas empêché d'aller figurer sans tête à Montfaucon Dans la deuxième tour il y avait six autres cloches, et enfin les six plus petites habitaient le clocher sur la croisée avec la cloche de bois, qu'on ne sonnait que depuis l'après-dîner du jeudi absolut jusqu'au matin de la veille de Pâques. Quasimodo avait donc quinze cloches dans son sérail; mais la grosse Marie était la favorite.

On ne saurait se faire une idée de sa joie, les jours de grande volée. Au moment où l'archidiacre l'avait lâché et lui avait dit : Allez! il montait la vis du clocher plus vite qu'un autre ne l'eût descendue. Il entrait tout essouflé dans la chambre aérienne de la grosse cloche; il la considérait un moment avec recueillement et amour, puis il lui adressait doucement la parole; il la flattait de la main, comme un bon cheval qui va faire une longue course. Il la plaignait de la peine qu'elle allait avoir. Après ces premières caresses, il criait à ses aides, placés à l'étage inférieur de la tour, de commencer. Ceux-ci se pendaient aux câbles, le cabestan criait, et l'énorme capsule de métal s'ébranlait lentement. Quasimodo, palpitant, la suivait du regard. Le premier choc du battant et de la paroi d'airain faisait frissonner la charpente sur laquelle il était monté. Quasimodo vibrait avec la cloche. « Vah! » criait-il avec un éclat de rire insensé. Cependant le mouvement du bourdon s'accélérait, et, à mesure qu'il parcourait un angle plus ouvert, l'œil de Quasimodo s'ouvrait aussi de plus en plus, phosphorique et flamboyant. Enfin la grande volée commençait; toute la tour tremblait : charpentes, plombs, pierres de taille, tout grondait à la fois, depuis les pilotis de la fondation jusqu'aux trèfles du couronnement. Quasimodo alors bouillait à grosse écume; il allait, venait; il tremblait avec la tour de la tête aux pieds. La cloche déchaînée et furieuse présentait alternativement aux deux parois de la tour sa gueule de bronze, d'où s'échappait ce souffle de tempête qu'on entend à quatre lieues. Quasimodo se plaçait devant cette gueule ouverte; il s'accroupissait, se relevait avec les retours de la cloche, aspirait ce souffle renversant, regardait tour à tour la place profonde qui

16

•

fourmillait à deux cents pieds au-dessous de lui, et l'é-
norme langue de cuivre qui venait de seconde en seconde
lui hurler dans l'oreille. C'était la seule parole qu'il entendit, le seul son qui troublât pour lui le silence universel. Il s'y dilatait comme un oiseau au soleil. Tout à coup
la frénésie de la cloche le gagnait; son regard devenait
extraordinaire; il attendait le bourdon au passage, comme
l'araignée attend la mouche, et se jetait brusquement sur lui
à corps perdu. Alors, suspendu sur l'abîme, lancé dans le
balancement formidable de la cloche, il saisissait le monstre d'airain aux oreillettes, l'étreignait de ses deux genoux,
l'éperonnait de ses deux talons, et redoublait de tout le
choc et de tout le poids de son corps la furie de la volée.
Cependant la tour vacillait; lui, criait et grinçait des dents,
ses cheveux roux se hérissaient, sa poitrine faisait le bruit
d'un soufflet de forge, son œil jetait des flammes, la cloche monstrueuse hennissait toute haletante sous lui; et
alors ce n'était plus ni le bourdon de Notre-Dame, ni Quasimodo : c'était un rêve, un tourbillon, une tempête; le
vertige à cheval sur le bruit; un esprit cramponné à une
croupe volante; un étrange centaure moitié homme, moitié
cloche; une espèce d'Astolphe horrible, emporté sur un
prodigieux hippogriffe de bronze vivant.

La présence de cet être extraordinaire faisait circuler
dans toute la cathédrale je ne sais quel souffle de vie. Il
semblait qu'il s'échappât de lui, du moins au dire des su-
perstitions grossissantes de la foule, une émanation mystérieuse qui animait toutes les pierres de Notre-Dame et faisait palpiter les profondes entrailles de la vieille église. Il
suffisait qu'on le sût là pour que l'on crût voir vivre et remuer les mille statues des galeries et des portails. Et, de
fait, la cathédrale semblait une créature docile et obéis-
sante sous sa main; elle attendait sa volonté pour élever
sa grosse voix; elle était possédée et remplie de Quasimodo

comme d'un génie familier. On eût dit qu'il faisait respirer l'immense édifice. Il y était partout en effet : il se multipliait sur tous les points du monument. Tantôt on apercevait avec effroi au plus haut d'une des tours un nain bizarre qui grimpait, serpentait, rampait à quatre pattes, descendait en dehors sur l'abîme, sautelait de saillie en saillie, et allait fouiller dans le ventre de quelque gorgone sculptée : c'était Quasimodo dénichant des corbeaux. Tantôt on se heurtait dans un coin obscur de l'église à une sorte de chimère vivante, accroupie et renfrognée : c'était Quasimodo pensant. Tantôt on avisait sous un clocher une tête énorme et un paquet de membres désordonnés se balançant avec fureur au bout d'une corde : c'était Quasimodo sonnant les vêpres ou l'angelus. Souvent la nuit on voyait errer une forme hideuse sur la frêle balustrade découpée en dentelle qui couronne les tours et borde le pourtour de l'apside : c'était encore le bossu de Notre-Dame. « Alors, disaient les voisines, toute l'église prenait quelque chose de fantastique, de surnaturel, d'horrible : des yeux et des bouches s'y ouvraient çà et là ; on entendait aboyer les chiens, les guivres, les tarasques de pierre qui veillent jour et nuit le cou tendu et la gueule ouverte autour de la monstrueuse cathédrale. Et, si c'était une nuit de Noël, tandis que la grosse cloche, qui semblait râler, appelait les fidèles à la messe ardente de minuit, il y avait un tel air répandu sur la sombre façade qu'on eût dit que le grand portail dévorait la foule et que la rosace la regardait. Et tout cela venait de Quasimodo. L'Egypte l'eût pris pour le Dieu de ce temple ; le moyen âge l'en croyait le démon ; il en était l'âme.

A tel point que, pour ceux qui savent que Quasimodo a existé, Notre-Dame est aujourd'hui déserte, inanimée, morte. On sent qu'il y a quelque chose de disparu. Ce corps immense est vide ; c'est un squelette ; l'esprit l'a quitté, on en voit la place et voilà tout. C'est comme un crâne où il y a encore des trous pour les yeux; mais plus de regard.

IV

LE CHIEN ET SON MAÎTRE

Il y avait pourtant une créature humaine que Quasimodo exceptait de sa malice et de sa haine pour les autres, et qu'il aimait autant, plus peut-être, que sa cathédrale : c'était Claude Frollo.

La chose était simple. Claude Frollo l'avait recueilli, l'avait adopté, l'avait nourri, l'avait élevé. Tout petit, c'est dans les jambes de Claude Frollo qu'il avait coutume de se réfugier quand les chiens et les enfants aboyaient après lui. Claude Frollo lui avait appris à parler, à lire, à écrire. Claude Frollo enfin l'avait fait sonneur de cloches. Or, donner la grosse cloche en mariage à Quasimodo, c'était donner Juliette à Roméo.

Aussi la reconnaissance de Quasimodo était-elle profonde, passionnée, sans bornes; et, quoique le visage de son père adoptif fût souvent brumeux et sévère, quoique sa parole fût habituellement brève, dure, impérieuse, jamais cette reconnaissance ne s'était démentie un seul instant. L'archidiacre avait en Quasimodo l'esclave le plus soumis, le valet le plus docile, le dogue le plus vigilant. Quand le pauvre sonneur de cloches était devenu sourd, il s'était établi entre lui et Claude Frollo une langue de signes, mystérieuse et comprise d'eux seuls. De cette façon l'archidiacre était le seul être humain avec lequel Quasimodo eût conservé communication. Il n'était en rapport dans ce monde qu'avec deux choses . Notre-Dame et Claude Frollo.

Rien de comparable à l'empire de l'archidiacre sur le sonneur, à l'attachement du sonneur pour l'archidiacre. Il eût suffi d'un signe de Claude, et de l'idée de lui faire plaisir, pour que Quasimodo se précipitât du haut des tours de Notre-Dame. C'était une chose remarquable que toute cette force physique, arrivée chez Quasimodo à un développement si extraordinaire, et mise aveuglément par lui à la disposition d'un autre. Il y avait là sans doute dévouement filial, attachement domestique; il y avait aussi fascination d'un esprit par un autre esprit. C'était une pauvre, gauche et maladroite organisation qui se tenait la tête basse et les yeux suppliants devant une intelligence haute et profonde, puissante et supérieure. Enfin, et par-dessus tout, c'était reconnaissance. Reconnaissance tellement poussée à sa limite extrême, que nous ne saurions à quoi la comparer. Cette vertu n'est pas de celles dont les plus beaux exemples sont parmi les hommes. Nous dirons donc que Quasimodo aimait l'archidiacre comme jamais chien, jamais cheval, jamais éléphant n'a aimé son maître.

V

SUITE DE CLAUDE FROLLO.

En 1482, Quasimodo avait environ vingt ans. Claude Frollo environ trente-six. L'un avait grandi, l'autre avait vieilli.

Claude Frollo n'était plus le simple écolier du collége Torchi; le tendre protecteur d'un petit enfant; le jeune et rêveur philosophe qui savait beaucoup de choses et qui en ignorait beaucoup. C'était un prêtre austère, grave, morose; un chargé d'âmes; monsieur l'archidiacre de Josas,

16.

le second acolyte de l'évêque, ayant sur les bras les deux décanats de Montlhéry et de Châteaufort, et cent soixante-quatorze curés ruraux. C'était un personnage imposant et sombre, devant lequel tremblaient les enfants de chœur en aube et en jaquette, les machicos, les confrères de saint Augustin, les clercs matutinels de Notre-Dame, quand il passait lentement sous les hautes ogives du chœur, majestueux, pensif, les bras croisés, et la tête tellement ployée sur la poitrine qu'on ne voyait de sa face que son grand front chauve.

Dom Claude Frollo n'avait abandonné, du reste, ni la science ni l'éducation de son jeune frère, ces deux occupations de sa vie. Mais avec le temps il s'était mêlé quelque amertume à ces choses si douces. A la longue, dit Paul Diacre, le meilleur lard rancit. Le petit Jehan Frollo, surnommé *du Moulin* à cause du lieu où il avait été nourri, n'avait pas grandi dans la direction que Claude avait voulu lui imprimer. Le grand frère comptait sur un élève pieux, docile, docte, honorable. Or, le petit frère, comme ces jeunes arbres qui trompent l'effort du jardinier, et se tournent opiniâtrément du côté d'où leur vient l'air et le soleil, le petit frère ne croissait et ne multipliait, ne poussait de belles branches touffues et luxuriantes que du côté de la paresse, de l'ignorance et de la débauche. C'était un vrai diable, fort désordonné, ce qui faisait froncer le sourcil à dom Claude, mais fort drôle et fort subtil, ce qui faisait sourire le grand frère. Claude l'avait confié à ce même collége de Torchi où il avait passé ses premières années dans l'étude et le recueillement; et c'était une douleur pour lui que ce sanctuaire autrefois édifié du nom de Frollo en fût scandalisé aujourd'hui. Il en faisait quelquefois à Jehan de fort sévères et de fort longs sermons, que celui-ci essuyait intrépidement. Après tout, le jeune vaurien avait bon cœur, comme cela se voit dans toutes les comédies. Mais,

le sermon passé, il n'en reprenait pas moins tranquillement le cours de ses séditions et de ses énormités. Tantôt
c'était un *béjaune* (on appelait ainsi les nouveaux débarqués
à l'Université) qu'il avait houspillé pour sa bienvenue; tradition précieuse qui s'est soigneusement perpétuée jusqu'à
nos jours. Tantôt il avait donné le branle à une bande d'é-
coliers, lesquels s'étaient classiquement jetés sur un cabaret, *quasi classicò excitati*, puis avaient battu le tavernier
« avec bâtons offensifs, » et joyeusement pillé la taverne
jusqu'à effondrer les muids de vin dans la cave. Et puis,
c'était un beau rapport en latin que le sous-moniteur de
Torchi apportait piteusement à dom Claude avec cette dou-
loureuse émargination : *Rixa; prima causa vinum opti-
mum potatum.* Enfin on disait, horreur dans un enfant de
seize ans, que ses débordements allaient souventes fois jusqu'à la rue de Glatigny.

De tout cela Claude, contristé et découragé dans ses affections humaines, s'était jeté avec plus d'emportement
dans les bras de la science, cette sœur qui du moins ne
vous rit pas au nez, et vous paye toujours, bien qu'en monnaie quelquefois un peu creuse, les soins qu'on lui a ren-
dus. Il devint donc de plus en plus savant, et en même
temps, par une conséquence naturelle, de plus en plus rigide comme prêtre, de plus en plus triste comme homme.
Il y a, pour chacun de nous, de certains parallélismes entre notre intelligence, nos mœurs et notre caractère, qui
se développent sans discontinuité, et ne se rompent qu'aux
grandes perturbations de la vie.

Comme Claude Frollo avait parcouru dès sa jeunesse le
cercle presque entier des connaissances humaines, positi-
ves, extérieures et licites, force lui fut, à moins de s'arrêter *ubi defuit orbis*, force lui fut d'aller plus loin et de
chercher d'autres aliments à l'activité insatiable de son intelligence. L'antique symbole du serpent qui se mord la

queue convient surtout à la science. Il paraît que Claude
Frollo l'avait éprouvé. Plusieurs personnes graves affirmaient qu'après avoir épuisé le *fas* du savoir humain, il
avait osé pénétrer dans le *nefas*. Il avait, disait-on, goûté
successivement toutes les pommes de l'arbre de l'intelligence, et, faim ou dégoût, il avait fini par mordre au fruit
défendu. Il avait pris place tour à tour, comme nos lec-.
teurs l'ont vu, aux conférences des théologiens en Sorbonne, aux assemblées des artiens à l'image Sainte-Hilaire,
aux disputes des décrétistes à l'image Saint-Martin, aux
congrégations des médecins au bénitier de Notre-Dame, *ad
cupam Nostræ-Dominæ.* Tous les mets permis et approu-
vés que ces quatre grandes cuisines appelées les quatre facultés pouvaient élaborer et servir à une intelligence, il les
avait dévorés, et la satiété lui en était venue avant que sa
faim fût apaisée. Alors il avait creusé plus avant, plus bas,
dessous toute cette science finie, matérielle, limitée; il
avait risqué peut-être son âme, et s'était assis dans la caverne à cette table mystérieuse des alchimistes, des astro-
logues, des hermétiques, dont Averroès, Guillaume de Paris
et Nicolas Flamel tiennent le bout dans le moyen âge, et
qui se prolonge dans l'Orient, aux clartés du chandelier à
sept branches, jusqu'à Salomon, Pythagore et Zoroastre.

C'était du moins ce que l'on supposait, à tort ou à raison.

Il est certain que l'archidiacre visitait souvent le cimetière des Saints-Innocents, où son père et sa mère avaient
été enterrés, il est vrai, avec les autres victimes de la peste
de 1466; mais qu'il paraissait beaucoup moins dévot à la
croix de leur fosse qu'aux figures étranges dont était chargé
le tombeau de Nicolas Flamel et de Claude Pernelle, construit tout à côté!

Il est certain qu'on l'avait vu souvent longer la rue des
Lombards, et entrer furtivement dans une petite maison qui
faisait le coin de la rue des Écrivains et de la rue Mari-

vaulx. C'était la maison que Nicolas Flamel avait bâtie, où il
était mort vers 1417, et qui, toujours déserte depuis lors,
commençait déjà à tomber en ruine, tant les hermétiques
et les souffleurs de tous les pays en avaient usé les murs,
rien qu'en y gravant leurs noms. Quelques voisins même
affirmaient avoir vu une fois, par un soupirail, l'archidiacre
Claude creusant, remuant et bêchant la terre dans ces
deux caves, dont les jambes étrières avaient été barbouil-
lées de vers et d'hiéroglyphes sans nombre par Nicolas Flamel lui-même. On supposait que Flamel avait enfoui la
pierre philosophale dans ces caves ; et les alchimistes, pendant deux siècles, depuis Magistri jusqu'au père Pacifique,
n'ont cessé d'en tourmenter le sol que lorsque la maison,
si cruellement fouillée et retournée, a fini par s'en aller en
poussière sous leurs pieds.

Il est certain encore que l'archidiacre s'était épris d'une
passion singulière pour le portail symbolique de Notre-
Dame, cette page de grimoire écrite en pierre par l'évêque
Guillaume de Paris, lequel a sans doute été damné pour
avoir attaché un si infernal frontispice au saint poëme que
chante éternellement le reste de l'édifice. L'archidiacre
Claude passait aussi pour avoir approfondi le colosse de
Saint-Christophe, et cette longue statue énigmatique qui se
dressait alors à l'entrée du parvis, et que le peuple appelait
dans ses dérisions *Monsieur Legris*. Mais, ce que tout le
monde avait pu remarquer, c'était les interminables heures
qu'il employait souvent, assis sur le parapet du parvis, à
contempler les sculptures du portail, examinant tantôt les
vierges folles avec leurs lampes renversées, tantôt les vierges sages avec leurs lampes droites ; d'autres fois, calculant
l'angle du regard de ce corbeau qui tient au portail de
gauche et qui regarde dans l'église un point mystérieux où
est certainement cachée la pierre philosophale, si elle n'est
pas dans la cave de Nicolas Flamel. C'était, disons-le en

passant, une destinée singulière pour l'église Notre-Dame à
cette époque que d'être ainsi aimée à deux degrés diffé-
rents, et avec tant de dévotion, par deux êtres aussi dis-
semblables que Claude et Quasimodo. Aimée par l'un, sorte
de demi-homme instinctif et sauvage, pour sa beauté, pour
sa stature, pour les harmonies qui se dégagent de son magnifique ensemble; aimée par l'autre, imagination savante
et passionnée, pour sa signification, pour son mythe, pour
le sens qu'elle renferme, pour le symbole épars sous les
sculptures de sa façade comme le premier texte sous le second dans un palimpseste, en un mot, pour l'énigme
qu'elle propose éternellement à l'intelligence.

Il est certain enfin que l'archidiacre s'était accommodé,
dans celle des deux tours qui regarde sur la Grève, tout à
côté de la cage aux cloches, une petite cellule fort secrète
où nul n'entrait, pas même l'évêque, disait-on, sans son
congé. Cette cellule avait été jadis pratiquée, presque au
sommet de la tour, parmi les nids de corbeaux, par l'é-
vêque Hugo de Besançon [1], qui y avait maléficié dans son
temps. Ce que renfermait cette cellule, nul ne le savait;
mais on avait vu souvent, des grèves du Terrain, la nuit,
à une petite lucarne qu'elle avait sur le derrière de la
tour, paraître, disparaître et reparaître à intervalles
courts et égaux, une clarté rouge intermittente, bizarre,
qui semblait suivre les aspirations haletantes d'un soufflet, et venir plutôt d'une flamme que d'une lumière.
Dans l'ombre, à cette hauteur, cela faisait un effet singulier; et les bonnes femmes disaient : Voilà l'archidiacre qui souffle! l'enfer pétille là-haut.

Il n'y avait pas dans tout cela, après tout, grandes preuves de sorcellerie, mais c'était bien toujours autant de fumée qu'il en fallait pour supposer du feu; et l'archidiacre

---

1. *Hugo II de Bisuncio,* 1326-1332.

avait un renom assez formidable. Nous devons dire pourtant que les sciences d'Égypte, que la nécromancie, que la magie, même la plus blanche et la plus innocente, n'avaient pas d'ennemi plus acharné, pas de dénonciateur plus impitoyable par-devant messieurs de l'officialité de Notre-Dame. Que ce fût sincère horreur ou jeu joué du larron qui crie *au voleur!* cela n'empêchait pas l'archidiacre d'être considéré par les doctes têtes du chapitre comme une âme aventurée dans le vestibule de l'enfer, perdue dans les antres de la cabale, tâtonnant dans les ténèbres des sciences occultes. Le peuple ne s'y méprenait pas non plus : chez quiconque avait un peu de sagacité, Quasimodo passait pour le démon, Claude Frollo pour le sorcier. Il était évident que le sonneur devait servir l'archidiacre pendant un temps donné, au bout duquel il emporterait son âme en guise de payement. Aussi l'archidiacre était-il, malgré l'austérité excessive de sa vie, en mauvaise odeur parmi les bonnes âmes; et il n'y avait pas nez de dévote si inexpérimentée qui ne le flairât magicien.

Et si, en vieillissant, il s'était formé des abimes dans sa science, il s'en était aussi formé dans son cœur. C'est du moins ce qu'on était fondé à croire en examinant cette figure, sur laquelle on ne voyait reluire son âme qu'à travers un sombre nuage. D'où lui venait ce large front chauve, cette tête toujours penchée, cette poitrine toujours soulevée de soupirs? Quelle secrète pensée faisait sourire sa bouche avec tant d'amertume au même moment où ses sourcils froncés se rapprochaient comme deux taureaux qui vont lutter? Pourquoi son reste de cheveux étaient-ils déjà gris? Quel était ce feu intérieur qui éclatait parfois dans son regard, au point que son œil ressemblait à un trou percé dans la paroi d'une fournaise?

Ces symptômes d'une violente préoccupation morale avaient surtout acquis un haut degré d'intensité à l'époque

où se passe cette histoire. Plus d'une fois un enfant de
chœur s'était enfui effrayé de le trouver seul dans l'église,
tant son regard était étrange et éclatant. Plus d'une fois,
dans le chœur, à l'heure des offices, son voisin de stalle
l'avait entendu mêler au plain-chant *ad omnem tonum*
des parenthèses inintelligibles. Plus d'une fois la buandière
du Terrain, chargée de « laver le chapitre, » avait observé,
non sans effroi, des marques d'ongles et de doigts crispés
dans le surplis de monsieur l'archidiacre de Josas.

D'ailleurs il redoublait de sévérité et n'avait jamais été
plus exemplaire. Par état comme par caractère, il s'était
toujours tenu éloigné des femmes ; il semblait les haïr plus
que jamais. Le seul frémissement d'une cotte-hardie de soie
faisait tomber son capuchon sur ses yeux. Il était sur ce
point tellement jaloux d'austérité et de réserve, que lorsque la dame de Beaujeu, fille du roi, vint, au mois de dé-
cembre 1481, visiter le cloître de Notre-Dame, il s'opposa
gravement à son entrée, rappelant à l'évêque le statut du
Livre Noir, daté de la vigile Saint-Barthélemy 1334, qui
interdit l'accès du cloître à toute femme « quelconque,
« vieille ou jeune, maîtresse ou chambrière. » Sur quoi
l'évêque avait été contraint de lui citer l'ordonnance du
légat Odot, qui excepte certaines grandes dames, *aliquæ
magnates mulieres, quæ sine scandalo evitari non pos-
sunt.* Et encore l'archidiacre protesta-t-il, objectant que
l'ordonnance du légat, laquelle remontait à 1207, était antérieure de cent vingt-sept ans au Livre Noir, et par conséquent abrogée de fait par lui. Et il avait refusé de parai-
tre devant la princesse.

On remarquait en outre que son horreur pour les égyptiennes et les zingari semblait redoubler depuis quelque
temps. Il avait sollicité de l'évêque un édit qui fit expresse
défense aux bohémiennes de venir danser et tambouriner
sur la place du Parvis ; et il compulsait depuis le même

temps les archives moisies de l'official, afin de réunir les cas de sorciers et de sorcières condamnés au feu ou à la corde pour complicité de maléfices avec des boucs, des truies ou des chèvres.

VI

IMPOPULARITÉ.

L'archidiacre et le sonneur, nous l'avons déjà dit, étaient médiocrement aimés du gros et menu peuple des environs de la cathédrale. Quand Claude et Quasimodo sortaient ensemble, ce qui arrivait maintes fois, et qu'on les voyait traverser de compagnie, le valet suivant le maître, les rues fraîches, étroites et sombres du pâté Notre-Dame, plus d'une mauvaise parole, plus d'un fredon ironique, plus d'un quolibet insultant, les harcelaient au passage, à moins que Claude Frollo, ce qui arrivait rarement, ne marchât la tête droite et levée, montrant son front sévère et presque auguste aux goguenards interdits.

Tous deux étaient dans leur quartier comme les « poëtes » dont parle Regnier,

> Toutes sortes de gens vont après les poëtes,
> Comme après les hiboux vont criant les fauvettes.

Tantôt c'était un marmot sournois qui risquait sa peau et ses os pour avoir le plaisir ineffable d'enfoncer une épingle dans la bosse de Quasimodo. Tantôt une belle jeune fille, gaillarde et plus effrontée qu'il n'aurait fallu, frôlait la robe noire du prêtre, en lui chantant sous le nez la chanson sardonique : *Niche, niche, le diable est pris.* Quel-

quefois un groupe squalide de vieilles, échelonné et accroupi dans l'ombre sur les degrés d'un porche, bougon-
nait avec bruit au passage de l'archidiacre et du carillonneur, et leur jetait en maugréant cette encourageante bienvenue : « Hum ! en voici un qui a l'âme faite comme l'autre
« a le corps ! » Ou bien c'était une bande d'écoliers et de
pousse-cailloux jouant aux merelles qui se levait en masse
et les saluait classiquement de quelque huée en latin :
Eia! eia! Claudius cum claudo!

Mais, le plus souvent, l'injure passait inaperçue du prêtre et du sonneur. Pour entendre toutes ces gracieuses choses, Quasimodo était trop sourd et Claude trop rêveur.

LIVRE CINQUIÈME

I

ABBAS BEATI MARTINI.

La renommée de dom Claude s'était étendue au loin. Elle lui valut, à peu près vers l'époque où il refusa de voir madame de Beaujeu, une visite dont il garda longtemps le souvenir.

C'était un soir. Il venait de se retirer après l'office dans sa cellule canonicale du cloître Notre-Dame. Celle-ci, hormis peut-être quelques fioles de verre, reléguées dans un coin, et pleines d'une poudre assez équivoque, qui ressemblait fort à de la poudre de projection, n'offrait rien d'étrange ni de mystérieux. Il y avait bien çà et là quelques inscriptions sur le mur, mais c'était de pures sentences de science ou de piété extraites des bons auteurs. L'archidiacre venait de s'asseoir à la clarté d'un trois-becs de cuivre devant un vaste bahut chargé de manuscrits. Il avait appuyé son coude sur le livre tout grand ouvert d'Honorius d'Autun, *de Prædestinatione et libero Arbitrio*, et il feuilletait avec une réflexion profonde un in-folio imprimé qu'il venait d'apporter, le seul produit de la presse que renfermât sa cellule. Au milieu de sa rêverie, on frappa à sa porte. — Qui est là? cria le savant du ton gracieux d'un dogue affamé qu'on dérange de son os. Une voix répondit du dehors : — Votre ami Jacques Coictier. — Il alla ouvrir.

C'était en effet le médecin du roi; un personnage d'une cinquantaine d'années, dont la physionomie dure n'était corrigée que par un regard rusé. Un autre homme l'accompagnait. Tous deux portaient une longue robe couleur ardoise fourrée de petit gris, ceinturonnée et fermée, avec le bonnet de même étoffe et de même couleur. Leurs mains disparaissaient sous leurs manches, leurs pieds sous leurs robes, leurs yeux sous leurs bonnets.

— Dieu me soit en aide, messieurs! dit l'archidiacre en les introduisant, je ne m'attendais pas à si honorable visite à pareille heure. Et, tout en parlant de cette façon courtoise, il promenait du médecin à son compagnon un regard inquiet et scrutateur.

— Il n'est jamais trop tard pour venir visiter un savant aussi considérable que dom Claude Frollo de Tirechappe, répondit le docteur Coictier, dont l'accent franc-comtois faisait traîner toutes ses phrases avec la majesté d'une robe à queue.

Alors commença entre le médecin et l'archidiacre un de ces prologues congratulateurs qui précédaient à cette époque, selon l'usage, toutes conversations entre savants, et qui ne les empêchaient pas de se détester le plus cordialement du monde. Au reste, il en est encore de même aujourd'hui, toute bouche de savant qui complimente un autre savant est un vase de fiel emmiellé.

Les félicitations de Claude Frollo à Jacques Coictier avaient trait surtout aux nombreux avantages temporels que le digne médecin avait su extraire, dans le cours de sa carrière si enviée, de chaque maladie du roi, opération d'une alchimie meilleure et plus certaine que la poursuite de la pierre philosophale.

— En vérité, monsieur le docteur Coictier, j'ai eu grande joie d'apprendre l'évêché de votre neveu, mon révérend seigneur Pierre Versé. N'est-il pas évêque d'Amiens?

— Oui, monsieur l'archidiacre; c'est une grâce et miséricorde de Dieu.

— Savez-vous que vous aviez bien grande mine le jour de Noël, à la tête de votre compagnie de la chambre des comptes, monsieur le président!

— Vice-président, dom Claude. Hélas! rien de plus.

— Où en est votre superbe maison de la rue Saint-André-des-Arcs? C'est un Louvre. J'aime fort l'abricotier qui est sculpté sur la porte avec ce jeu de mots qui est plaisant : A L'ABRI-COTIER.

— Hélas! maître Claude, toute cette maçonnerie me coûte gros. A mesure que la maison s'édifie, je me ruine.

— Ho! n'avez-vous pas vos revenus de la geôle et du bailliage du Palais et la rente de toutes les maisons, étaux, loges, échoppes de la clôture? C'est traire une belle mamelle.

— Ma châtellenie de Poissy ne m'a rien rapporté cette année.

— Mais vos péages de Triel, de Saint-James, de Saint-Germain-en-Laye, sont toujours bons.

— Six-vingts livres, pas même parisis.

— Vous avez votre office de conseiller du roi. C'est fixe, cela.

— Oui, confrère Claude; mais cette maudite seigneurie de Poligny, dont on fait bruit, ne me vaut pas soixante écus d'or, bon an mal an.

Il y avait dans les compliments que dom Claude adressait à Jacques Coictier cet accent sardonique, aigre et sourdement railleur, ce sourire triste et cruel d'un homme supérieur et malheureux qui joue un moment par distraction avec l'épaisse prospérité d'un homme vulgaire. L'autre ne s'en apercevait pas.

— Sur mon âme, dit enfin Claude en lui serrant la main, je suis aise de vous voir en si grande santé.

— Merci, maître Claude.

— A propos! s'écria dom Claude, comment va votre royal malade?

— Il ne paye pas assez son médecin, répondit le docteur en jetant un regard de côté à son compagnon.

— Vous trouvez, compère Coictier? dit le compagnon.

Cette parole, prononcée du ton de la surprise et du reproche, ramena sur ce personnage inconnu l'attention de l'archidiacre, qui, à vrai dire, ne s'en était pas complétement détournée un seul moment depuis que cet étranger avait franchi le seuil de la cellule. Il avait même fallu les mille raisons qu'il avait de ménager le docteur Jacques Coictier, le tout-puissant médecin du roi Louis XI, pour qu'il le reçût ainsi accompagné. Aussi sa mine n'eut-elle rien de bien cordial quand Jacques Coictier lui dit :

— A propos, dom Claude, je vous amène un confrère, qui vous a voulu voir sur votre renommée.

— Monsieur est de la science? demanda l'archidiacre en fixant sur le compagnon de Coictier son œil pénétrant. Il ne trouva pas sous les sourcils de l'inconnu un regard moins perçant et moins défiant que le sien. C'était, autant que la faible clarté de la lampe permettait d'en juger, un vieillard d'environ soixante ans, et de moyenne taille, qui paraissait assez malade et cassé. Son profil, quoique d'une ligne très-bourgeoise, avait quelque chose de puissant et de sévère; sa prunelle étincelait sous une arcade sourcilière très-profonde, comme une lumière au fond d'un antre; et, sous le bonnet rabattu qui lui tombait sur le nez, on sentait tourner les larges plans d'un front de génie.

Il se chargea de répondre lui-même à la question de l'archidiacre : — Révérend maître, dit-il d'un ton grave, votre renom est venu jusqu'à moi, et j'ai voulu vous consulter.

Je ne suis qu'un pauvre gentilhomme de province, qui ôte ses souliers avant d'entrer chez les savants. Il faut que vous sachiez mon nom. Je m'appelle le compère Tourangeau.

— Singulier nom pour un gentilhomme! pensa l'archidiacre. Cependant il se sentait devant quelque chose de fort et de sérieux. L'instinct de sa haute intelligence lui en faisait deviner une non moins haute sous le bonnet fourré du compère Tourangeau, et, en considérant cette large figure, le rictus ironique que la présence de Jacques Coictier avait fait éclore sur son visage morose s'évanouit peu à peu, comme le crépuscule à un horizon de nuit. Il s'était rassis morne et silencieux sur son grand fauteuil, son coude avait repris sa place accoutumée sur la table, et son front sur sa main. Après quelques moments de méditation, il fit signe aux deux visiteurs de s'asseoir, et adressa la parole au compère Tourangeau.

— Vous venez me consulter, maître, et sur quelle science?

— Révérend, répondit le compère Tourangeau, je suis malade, très-malade. On vous dit grand esculape, et je suis venu vous demander un conseil de médecine.

— Médecine! dit l'archidiacre en hochant la tête. Il sembla se recueillir un instant, et reprit : — Compère Tourangeau, puisque c'est votre nom, tournez la tête. Vous trouverez ma réponse tout écrite sur le mur.

Le compère Tourangeau obéit, et lut au-dessus de sa tête cette inscription gravée sur la muraille : — *La médecine est fille des songes.* — JAMBLIQUE. —

Cependant le docteur Jacques Coictier avait entendu la question de son compagnon avec un dépit que la réponse de dom Claude avait redoublé. Il se pencha à l'oreille du compère Tourangeau, et lui dit, assez bas pour ne pas être entendu de l'archidiacre : — Je vous avais prévenu que c'était un fou. Vous l'avez voulu voir!

— C'est qu'il se pourrait fort bien qu'il eût raison, ce

fou, docteur Jacques! répondit le compère du même ton
et avec un sourire amer.

— Comme il vous plaira, répliqua Coictier sèchement.
Puis, s'adressant à l'archidiacre : — Vous êtes preste en
besogne, dom Claude, et vous n'êtes guère plus empêché
d'Hippocratès qu'un singe d'une noisette. La médecine un
songe! Je doute que les pharmacopoles et les maîtres-myr-
rhes se tinssent de vous lapider s'ils étaient là. Donc vous
niez l'influence des philtres sur le sang, des onguents sur
la chair! Vous niez cette éternelle pharmacie de fleurs et
de métaux qu'on appelle le monde, faite exprès pour cet
éternel malade qu'on appelle l'homme!

— Je ne nie, dit froidement dom Claude, ni la pharmacie, ni le malade. Je nie le médecin.

— Donc il n'est pas vrai, reprit Coictier avec chaleur,
que la goutte soit une dartre en dedans, qu'on guérisse une
plaie d'artillerie par l'application d'une souris rôtie, qu'un
jeune sang convenablement infusé rende la jeunesse à de
vieilles veines; il n'est pas vrai que deux et deux font quatre, et que l'emprostathonos succède à l'opistathonos?

L'archidiacre répondit sans s'émouvoir : — Il y a certaines choses dont je pense d'une certaine façon.

Coictier devint rouge de colère.

— Là, là, mon bon Coictier, ne nous fâchons pas, dit
le compère Tourangeau. Monsieur l'archidiacre est notre
ami.

Coictier se calma en grommelant à demi-voix : — Après
tout, c'est un fou!

— Pasquedieu, maître Claude, reprit le compère Tourangeau après un silence, vous me gênez fort. J'avais deux
consultations à requérir de vous, l'une touchant ma santé,
l'autre touchant mon étoile.

— Monsieur, repartit l'archidiacre, si c'est là votre pensée, vous auriez aussi bien fait de ne pas vous essouffler

aux degrés de mon escalier. Je ne crois pas à la médecine; je ne crois pas à l'astrologie.

— En vérité? dit le compère avec surprise.

Coictier riait d'un rire forcé. — Vous voyez bien qu'il est fou, dit-il tout bas au compère Tourangeau. Il ne croit pas à l'astrologie!

— Le moyen d'imaginer, poursuivit dom Claude, que chaque rayon d'étoile est un fil qui tient à la tête d'un homme!

— Et à quoi croyez-vous donc? s'écria le compère Tourangeau.

L'archidiacre resta un moment indécis, puis il laissa échapper un sombre sourire qui semblait démentir sa réponse : — *Credo in Deum.*

— *Dominum nostrum*, ajouta le compère Tourangeau avec un signe de croix.

— *Amen*, dit Coictier.

— Révérend maître, reprit le compère, je suis charmé dans l'âme de vous voir en si bonne religion. Mais, grand savant que vous êtes, l'êtes-vous donc à ce point de ne plus croire à la science?

— Non, dit l'archidiacre en saisissant le bras du compère Tourangeau, et un éclair d'enthousiasme se ralluma dans sa terne prunelle; non, je ne nie pas la science. Je n'ai pas rampé si longtemps à plat ventre et les ongles dans la terre à travers les innombrables embranchements de la caverne, sans apercevoir, au loin devant moi, au bout de l'obscure galerie, une lumière, une flamme, quelque chose, le reflet sans doute de l'éblouissant laboratoire central où les patients et les sages ont surpris Dieu.

— Et enfin, interrompit le Tourangeau, quelle chose tenez-vous vraie et certaine?

— L'alchimie.

Coictier se récria : — Pardieu, dom Claude, l'alchimie

a sa raison sans doute, mais pourquoi blasphémer la médecine et l'astrologie?

— Néant, votre science de l'homme! néant, votre science
du ciel! dit l'archidiacre avec empire.

— C'est mener grand train Epidaurus et la Chaldée, répliqua le médecin en ricanant.

— Ecoutez, messire Jacques. Ceci est dit de bonne foi.
Je ne suis pas médecin du roi et Sa Majesté ne m'a pas
donné le jardin Dédalus pour y observer les constellations.
— Ne vous fâchez pas et écoutez-moi. — Quelle vérité
avez-vous tirée, je ne dis pas de la médecine, qui est chose
par trop folle, mais de l'astrologie? Citez-moi les vertus du
boustrophédon vertical, les trouvailles du nombre ziruph
et celles du nombre zephirod.

— Nierez-vous, dit Coictier, la force sympathique de la
clavicule et que la cabalistique en dérive?

— Erreur, messire Jacques! aucune de vos formules n'a-
boutit à la réalité; tandis que l'alchimie a ses découvertes.
Contesterez-vous des résultats comme ceux-ci? La glace
enfermée sous terre pendant mille ans se transforme en
cristal de roche. — Le plomb est l'aïeul de tous les métaux.
— Car l'or n'est pas un métal, l'or est la lumière. — Il ne
faut au plomb que quatre périodes de deux cents ans chacune pour passer successivement de l'état de plomb à l'é-
tat d'arsenic rouge, de l'arsenic rouge à l'étain, de l'étain
à l'argent. — Sont-ce là des faits? Mais croire à la clavicule, à la ligne pleine et aux étoiles, c'est aussi ridicule
que de croire, avec les habitants du Grand-Cathay, que le
loriot se change en taupe et les grains de blé en poissons
du genre cyprin!

— J'ai étudié l'hermétique, s'écria Coictier, et j'affirme...
Le fougueux archidiacre ne le laissa pas achever.

— Et moi j'ai étudié la médecine, l'astrologie et l'hermétique. Ici seulement est la vérité (en parlant ainsi il

avait pris sur le bahut une fiole pleine de cette poudre dont nous avons parlé plus haut), ici seulement est la lumière! Hippocratès, c'est un rêve; Urania, c'est un rêve; Hermès, c'est une pensée. L'or, c'est le soleil; faire de l'or, c'est être Dieu. Voilà l'unique science. J'ai sondé la médecine et l'astrologie, vous dis-je! néant, néant. Le corps humain, ténèbres! les astres, ténèbres.

Et il retomba sur son fauteuil dans une attitude puissante et inspirée. Le compère Tourangeau l'observait en silence. Coictier s'efforçait de ricaner, haussait imperceptiblement les épaules, et répétait à voix basse : Un fou!

— Et, dit tout à coup le Tourangeau, le but myrifique, l'avez-vous touché? avez-vous fait de l'or?

— Si j'en avais fait, répondit l'archidiacre en articulant lentement ses paroles comme un homme qui réfléchit, le roi de France s'appellerait Claude et non Louis.

Le compère fronça le sourcil.

— Qu'est-ce que je dis là? reprit dom Claude avec un sourire de dédain. Que me ferait le trône de France quand je pourrais rebâtir l'empire d'Orient!

— A la bonne heure! dit le compère.

— Oh! le pauvre fou! murmura Coictier.

— L'archidiacre poursuivit, paraissant ne plus répondre qu'à ses pensées.—Mais, non, je rampe encore; je m'écorche la face et les genoux aux cailloux de la voie souterraine. J'entrevois, je ne contemple pas! je ne lis pas, j'épèle!

— Et quand vous saurez lire, demanda le compère, ferez-vous de l'or?

— Qui en doute? dit l'archidiacre.

— En ce cas, Notre-Dame sait que j'ai grande nécessité d'argent, et je voudrais bien apprendre à lire dans vos livres. Dites-moi, révérend maître, votre science est-elle pas ennemie ou déplaisante à Notre-Dame?

A cette question du compère, dom Claude se contenta de

répondre avec une tranquille hauteur : — De qui suis-je archidiacre?

— Cela est vrai, mon maître. Eh bien! vous plairait-il m'initier? Faites-moi épeler avec vous.

Claude prit l'attitude majestueuse et pontificale d'un Samuel.

— Vieillard, il faut de plus longues années qu'il ne vous en reste pour entreprendre ce voyage à travers les choses mystérieuses. Votre tête est bien grise! On ne sort de la caverne qu'avec des cheveux blancs, mais on n'y entre qu'avec des cheveux noirs. La science sait bien toute seule creuser, flétrir et dessécher les faces humaines; elle n'a pas besoin que la vieillesse lui apporte des visages tout ridés. Si cependant l'envie vous possède de vous mettre en discipline à votre âge, et de déchiffrer l'alphabet redoutable des sages, venez à moi, c'est bien, j'essayerai. Je ne vous dirai pas, à vous pauvre vieux, d'aller visiter les chambres sépulcrales des pyramides dont parle l'ancien Hérodotus, ni la tour de brique de Babylone, ni l'immense sanctuaire de marbre blanc du temple indien d'Eklinga. Je n'ai pas vu plus que vous les maçonneries chaldéennes construites suivant la forme sacrée du Sikra, ni le temple de Salomon, qui est détruit, ni les portes de pierre du sépulcre des rois d'Israël qui sont brisées. Nous nous contenterons des fragments du livre d'Hermès que nous avons ici. Je vous expliquerai la statue de saint Christophe, le symbole du semeur, et celui des deux anges qui sont au portail de la Sainte-Chapelle, et dont l'un a sa main dans un vase et l'autre dans une nuée...

Ici, Jacques Coictier, que les répliques fougueuses de l'archidiacre avaient désarçonné, se remit en selle, et l'interrompit du ton triomphant d'un savant qui en redresse un autre : — *Erras, amice Claudi*. Le symbole n'est pas le nombre. Vous prenez Orpheus pour Hermès.

— C'est vous qui errez, répliqua gravement l'archidia-cre. Dedalus, c'est le soubassement; Orpheus, c'est la muraille; Hermès, c'est l'édifice, c'est le tout.—Vous viendrez quand vous voudrez, poursuivit-il en se tournant vers le Tourangeau, je vous montrerai les parcelles d'or restées au fond du creuset de Nicolas Flamel, et vous les comparerez à l'or de Guillaume de Paris. Je vous apprendrai les vertus secrètes du mot grec *peristera*. Mais, avant tout, je vous ferai lire l'une après l'autre les lettres de marbre de l'alphabet, les pages de granit du livre. Nous irons du portail de l'évêque Guillaume et de Saint-Jean-le-Rond à la Sainte-Chapelle, puis à la maison de Nicolas Flamel, rue Marivaulx, à son tombeau, qui est aux Saints-Innocents, à ses deux hôpitaux, rue de Montmorency. Je vous ferai lire les hiéroglyphes dont sont couverts les quatre gros chenets de fer du portail de l'hôpital Saint-Gervais et de la rue de la Ferronnerie. Nous épèlerons encore ensemble les façades de Saint-Côme, de Sainte-Geneviève-des-Ardents, de Saint-Martin, de Saint-Jacques-de-la-Boucherie...

Il y avait déjà longtemps que le Tourangeau, si intelligent que fût son regard, paraissait ne plus comprendre dom Claude. Il l'interrompit : — Pasquedieu! qu'est-ce que c'est donc que vos livres?

— En voici un, dit l'archidiacre.

Et, ouvrant la fenêtre de la cellule, il désigna du doigt l'immense église de Notre-Dame, qui, découpant sur un ciel étoilé la silhouette noire de ses deux tours, de ses côtes de pierre et de sa croupe monstrueuse, semblait un énorme sphinx à deux têtes assis au milieu de la ville.

L'archidiacre considéra quelque temps en silence le gigantesque édifice, puis, étendant avec un soupir sa main droite vers le livre imprimé qui était ouvert sur sa table et sa main gauche vers Notre-Dame, et promenant un triste regard du livre à l'église : — Hélas! dit-il, ceci tuera cela.

Coictier, qui s'était approché du livre avec empressement, ne put s'empêcher de s'écrier : — Hé mais! qu'y
a-t-il donc de si redoutable en ceci : Glossa in epistolas
D. Pauli. *Norimbergæ, Antonius Koburger, 1474?* Ce
n'est nouveau. C'est un livre de Pierre Lombard, le maître
des sentences. Est-ce parce qu'il est imprimé?

—Vous l'avez dit, répondit Claude, qui semblait absorbé
dans une profonde méditation et se tenait debout, appuyant
son index reployé sur l'in-folio sorti des presses fameuses
de Nuremberg. Puis il ajouta ces paroles mystérieuses :
Hélas! hélas! les petites choses viennent à bout des grandes; une dent triomphe d'une masse. Le rat du Nil tue
le crocodile, l'espadon tue la baleine, le livre tuera l'é-
difice!

Le couvre-feu du cloître sonna au moment où le docteur
Jacques répétait tout bas à son compagnon son éternel refrain : *Il est fou.* — A quoi le compagnon répondit cette
fois : — Je crois que oui.

C'était l'heure où aucun étranger ne pouvait rester dans
le cloître. Les deux visiteurs se retirèrent. — Maître, dit le
compère Tourangeau en prenant congé de l'archidiacre,
j'aime les savants et les grands esprits, et je vous tiens en
estime singulière. Venez demain au palais des Tournelles,
et demandez l'abbé de Saint-Martin-de-Tours.

L'archidiacre rentra chez lui stupéfait, comprenant enfin
quel personnage c'était que le compère Tourangeau, et se
rappelant ce passage du cartulaire de Saint-Martin-de-
Tours : *Abbas beati Martini,* scilicet rex franciæ, *est ca-
nonicus de consuetudine et habet parvam præbendam
quam habet sanctus Venantius et debet sedere in sede the-
saurarii.*

On affirmait que depuis cette époque l'archidiacre avait
de fréquentes conférences avec Louis XI, quand Sa Majesté
venait à Paris, et que le crédit de dom Claude faisait om-

bre à Olivier-le-Daim et à Jacques Coictier, lequel, selon
sa manière, en rudoyait fort le roi.

II

CECI TUERÀ CELA.

Nos lectrices nous pardonneront de nous arrêter un
moment pour chercher quelle pouvait être la pensée qui
se dérobait sous ces paroles énigmatiques de l'archidiacre :
Ceci tuera cela. Le livre tuera l'édifice.

A notre sens, cette pensée avait deux faces. C'était d'a-
bord une pensée de prêtre. C'était l'effroi du sacerdoce devant un agent nouveau, l'imprimerie. C'était l'épouvante
et l'éblouissement de l'homme du sanctuaire devant la
presse lumineuse de Guttemberg. C'était la chaire et le
manuscrit, la parole parlée et la parole écrite, s'alarmant
de la parole imprimée; quelque chose de pareil à la stupeur d'un passereau qui verrait l'ange Légion ouvrir ses
six millions d'ailes. C'était le cri du prophète qui entend
déjà bruire et fourmiller l'humanité émancipée, qui voit
dans l'avenir l'intelligence saper la foi, l'opinion détrôner
la croyance, le monde secouer Rome. Pronostic du philosophe qui voit la pensée humaine, volatilisée par la presse,
s'évaporer du récipient théocratique. Terreur du soldat
qui examine le bélier d'airain et qui dit : La tour croulera.
Cela signifiait qu'une puissance allait succéder à une autre
puissance. Cela voulait dire : La presse tuera l'église.

Mais sous cette pensée, la première et la plus simple
sans doute, il y en avait à notre avis une autre, plus
neuve, un corollaire de la première, moins facile à apercevoir et plus facile à contester, une vue tout aussi philo-

sophique, non plus du prêtre seulement, mais du savant et de l'artiste. C'était pressentiment que la pensée humaine en changeant de forme allait changer de mode d'expression, que l'idée capitale de chaque génération ne s'écrirait plus avec la même matière et de la même façon ; que le livre de pierre, si solide et si durable, allait faire place au livre de papier, plus solide et plus durable encore. Sous ce rapport, la vague formule de l'archidiacre avait un second sens ; elle signifiait qu'un art allait détrôner un autre art. Elle voulait dire : L'imprimerie tuera l'architecture.

En effet, depuis l'origine des choses jusqu'au quinzième siècle de l'ère chrétienne inclusivement, l'architecture est le grand-livre de l'humanité, l'expression principale de l'homme à ses divers états de développement, soit comme force, soit comme intelligence.

Quand la mémoire des premières races se sentit surchargée, quand le bagage des souvenirs du genre humain devint si lourd et si confus, que la parole, nue et volante, risqua d'en perdre en chemin, on les transcrivit sur le sol de la façon la plus visible, la plus durable et la plus naturelle à la fois. On scella chaque tradition sous un monument.

Les premiers monuments furent de simples quartiers de roche *que le fer n'avait pas touchés*, dit Moïse. L'architecture commença comme toute écriture. Elle fut d'abord alphabet. On plantait une pierre debout, et c'était une lettre, et chaque lettre était un hiéroglyphe, et sur chaque hiéroglyphe reposait un groupe d'idées comme le chapiteau sur la colonne. Ainsi firent les premières races, partout, au même moment, sur la surface du monde entier. On retrouve la *pierre levée* des Celtes dans la Sibérie d'Asie, dans les pampas d'Amérique.

Plus tard on fit des mots. On superposa la pierre à la

pierre, on accoupla ces syllabes de granit, le verbe essaya
quelques combinaisons. Le dolmen et le cromlech celtes,
le tumulus étrusque, le galgal hébreu, sont des mots. Quelques-uns, le tumulus surtout, sont des noms propres.
Quelquefois même, quand on avait beaucoup de pierre et
une vaste plage, on écrivait une phrase. L'immense entassement de Karnac est déjà une formule tout entière.

Enfin on fit des livres. Les traditions avaient enfanté
des symboles, sous lesquels elles disparaissaient comme le
tronc de l'arbre sous son feuillage; tous ces symboles,
auxquels l'humanité avait foi, allaient croissant, se multi-
pliant, se croisant, se compliquant de plus en plus; les
premiers monuments ne suffisaient plus à les contenir; ils
en étaient débordés de toutes parts; à peine ces monuments exprimaient-ils encore la tradition primitive, comme
eux simple, nue et gisante sur le sol. Le symbole avait besoin de s'épanouir dans l'édifice. L'architecture alors se
développa avec la pensée humaine; elle devint géante à
mille têtes et à mille bras, et fixa sous une forme éternelle,
visible, palpable, tout ce symbolisme flottant. Tandis que
Dédale qui est la force mesurait, tandis qu'Orphée qui est
l'intelligence chantait, le pilier qui est une lettre, l'arcade qui est une syllabe, la pyramide qui est un mot, mis
en mouvement à la fois par une loi de géométrie et par
une loi de poésie, se groupaient, se combinaient, s'amal-
gamaient, descendaient, montaient, se juxtaposaient, sur
le sol, s'étageaient dans le ciel, jusqu'à ce qu'ils eussent
écrit, sous la dictée de l'idée générale d'une époque, ces
livres merveilleux qui étaient aussi de merveilleux édifices : la pagode d'Ekiinga, le Rhamseïon d'Egypte, le temple de Salomon.

L'idée mère, le verbe, n'était pas seulement au fond de
tous ces édifices, mais encore dans la forme. Le temple de
Salomon, par exemple, n'était point simplement la reliure

18.

du livre saint, il était le livre saint lui-même. Sur chacune de ses enceintes concentriques les prêtres pouvaient lire le verbe traduit et manifesté aux yeux, et ils suivaient ainsi ses transformations de sanctuaire en sanctuaire jusqu'à ce qu'ils le saisissent dans son dernier tabernacle sous sa forme la plus concrète, qui était encore de l'architecture : l'arche. Ainsi le verbe était enfermé dans l'édifice, mais son image était sur son enveloppe comme la figure humaine sur le cercueil d'une momie.

Et non-seulement la forme des édifices, mais encore l'emplacement qu'ils se choisissaient révélait la pensée qu'ils représentaient. Selon que le symbole à exprimer était gracieux ou sombre, la Grèce couronnait ses montagnes d'un temple harmonieux à l'œil, l'Inde éventrait les siennes pour y ciseler ces difformes pagodes souterraines portées par de gigantesques rangées d'éléphants de granit.

Ainsi, durant les six mille premières années du monde, depuis la pagode la plus immémoriale de l'Indoustan jusqu'à la cathédrale de Cologne, l'architecture a été la grande écriture du genre humain. Et cela est tellement vrai, que non-seulement tout symbole religieux, mais encore toute pensée humaine, a sa page dans ce livre immense et son monument.

Toute civilisation commence par la théocratie et finit par la démocratie. Cette loi de la liberté succédant à l'unité est écrite dans l'architecture. Car, insistons sur ce point, il ne faut pas croire que la maçonnerie ne soit puissante qu'à édifier le temple, qu'à exprimer le mythe et le symbolisme sacerdotal, qu'à transcrire en hiéroglyphes sur ces pages de pierre les tables mystérieuses de la loi. S'il en était ainsi, comme il arrive dans toute société humaine un moment où le symptôme sacré s'use et s'oblitère sous la libre pensée, où l'homme se dérobe au prêtre, où l'excroissance des philosophies et des systèmes ronge la face de la religion, l'architecture ne pourrait reproduire ce nouvel état de l'esprit humain, ses feuillets, chargés au recto, seraient vides au verso, son œuvre serait tronquée, son livre serait incomplet. Mais, non.

Prenons pour exemple le moyen âge, où nous voyons plus clair parce qu'il est plus près de nous. Durant sa première période, tandis que la théocratie organise l'Europe, tandis que le Vatican rallie et reclasse autour de lui les éléments d'une Rome faite avec la Rome qui gît écroulée autour du Capitole, tandis que le christianisme s'en va recherchant dans les décombres de la civilisation antérieure tous les étages de la société et rebâtit avec ses ruines un nouvel univers hiérarchique dont le sacerdoce est la clef de voûte, on entend sourdre d'abord dans ce chaos, puis on voit peu à peu sous le souffle du christianisme, sous la main des barbares, surgir des déblais des architectures mortes, grecque et romaine, cette mystérieuse architecture romane, sœur des maçonneries théocratiques de l'Egypte et de l'Inde, emblème inaltérable du catholicisme pur, immuable hiéroglyphe de l'unité papale. Toute la pensée d'alors est écrite en effet dans ce sombre style roman. On y sent partout l'autorité, l'unité, l'impénétrable, l'absolu, Grégoire VII; partout le prêtre, jamais l'homme; partout la caste, jamais le peuple. Mais les croisades arrivent. C'est un grand mouvement populaire; et tout grand mouvement populaire, quels qu'en soient la cause et le but, dégage toujours de son dernier précipité l'esprit de liberté. Des nouveautés vont se faire jour. Voici que s'ouvre la période orageuse des Jacqueries, des Pragueries et des Ligues. L'autorité s'ébranle, l'unité se bifurque. La féodalité demande à partager avec la théocratie, en attendant le peuple qui surviendra inévitablement, et qui se fera, comme toujours, la part du lion : *quia nominor leo*. La seigneurie perce donc sous le sacerdoce, la commune sous la seigneurie. La face de l'Europe

est changée. Eh bien! la face de l'architecture est changée
aussi. Comme la civilisation, elle a tourné la page, et l'esprit nouveau des temps la trouve prête à écrire sous sa dictée. Elle est revenue des croisades avec l'ogive, comme
les nations avec la liberté. Alors, tandis que Rome se démembre peu à peu, l'architecture romane meurt. L'hiéroglyphe déserte la cathédrale et s'en va blasonner le donjon
pour faire un prestige à la féodalité. La cathédrale elle-
même, cet édifice autrefois si dogmatique, envahie désormais par la bourgeoisie, par la commune, par la liberté,
échappe au prêtre et tombe au pouvoir de l'artiste. L'artiste
la bâtit à sa guise. Adieu le mystère, le mythe, la loi.
Voici la fantaisie et le caprice. Pourvu que le prêtre ait sa
basilique et son autel, il n'a rien à dire. Les quatre murs
sont à l'artiste. Le livre architectural n'appartient plus au
sacerdoce, à la religion, à Rome; il est à l'imagination, à
la poésie, au peuple. De là les transformations rapides et
innombrables de cette architecture qui n'a que trois siècles, si frappantes après l'immobilité stagnante de l'architecture romane qui en a six ou sept. L'art cependant marche à pas de géant. Le génie et l'originalité populaire font
la besogne que faisaient les évêques. Chaque race écrit en
passant sa ligne sur le livre; elle rature les vieux hiéroglyphes romans sur le frontispice des cathédrales, et c'est tout
au plus si l'on voit encore le dogme percer çà et là sous le
nouveau symbole qu'elle y dépose. La draperie populaire
laisse à peine deviner l'ossement religieux. On ne saurait
se faire une idée des licences que prennent alors les architectes, même envers l'église. Ce sont des chapiteaux trico-
tés de moines et de nonnes honteusement accouplés, comme
à la Salle-des-Cheminées du Palais de Justice à Paris. C'est
l'aventure de Noë sculptée *en toutes lettres*, comme sous le
grand portail de Bourges. C'est un moine bachique à oreilles d'âne et le verre en main, riant au nez de toute une

communauté, comme sur le lavabo de l'abbaye de Bocherville. Il existe à cette époque, pour la pensée écrite en
pierre, un privilége tout à fait comparable à notre liberté
actuelle de la presse. C'est la liberté de l'architecture.

Cette liberté va très-loin. Quelquefois un portail, une façade, une église tout entière présente un sens symbolique
absolument étranger au culte, ou même hostile à l'église.
Dès le treizième siècle, Guillaume de Paris, Nicolas Flamel
au quinzième, ont écrit de ces pages séditieuses. Saint-Jacques-de-la-Boucherie était toute une église d'opposition.

La pensée alors n'était libre que de cette façon; aussi ne
s'écrivait-elle tout entière que sur ces livres qu'on appelait
édifices. Sans cette forme édifice, elle se serait vu brûler
en place publique par la main du bourreau sous la forme
manuscrite, si elle avait été assez imprudente pour s'y risquer. Ainsi, n'ayant que cette voie pour se faire jour, elle
s'y précipitait de toutes parts. De là l'immense quantité
de cathédrales qui ont couvert l'Europe, nombre si prodigieux, qu'on y croit à peine, même après l'avoir vérifié.
Toutes les forces matérielles, toutes les forces intellec-
tuelles de la société, convergeaient au même point : l'architecture. De cette manière, sous prétexte de bâtir des églises
à Dieu, l'art se développait dans des proportions magnifiques.

Alors, quiconque naissait poëte se faisait architecte. Le
génie épars dans les masses, comprimé de toutes parts sous
la féodalité comme sous un *testudo* de bouclier d'airain,
ne trouvant issue que du côté de l'architecture, débouchait
par cet art, et ses Iliades prenaient la forme de cathédrales. Tous les autres arts obéissaient et se mettaient en
discipline sous l'architecture. C'étaient les ouvriers du grand
œuvre. L'architecte, le poëte, le maître, totalisait en sa
personne la sculpture qui lui ciselait ses façades, la peinture qui lui enluminait ses vitraux, la musique qui mettait
sa cloche en branle et soufflait dans ses orgues. Il n'y avait

pas jusqu'à la pauvre poésie proprement dite, celle qui s'obstinait à végéter dans les manuscrits, qui ne fût obligée, pour être quelque chose, de venir s'encadrer dans l'édifice sous la forme d'hymne ou de *prose;* le même rôle, après tout, qu'avaient joué les tragédies d'Eschyle dans les fêtes sacerdotales de la Grèce, la Genèse dans le temple de Salomon.

Ainsi, jusqu'à Guttemberg, l'architecture est l'écriture principale, l'écriture universelle. Ce livre granitique commencé par l'Orient, continué par l'antiquité grecque et romaine, le moyen âge en a écrit la dernière page. Du reste, ce phénomène d'une architecture de peuple succédant à une architecture de caste que nous venons d'observer dans le moyen âge, se reproduit avec tout mouvement analogue dans l'intelligence humaine aux autres grandes époques de l'histoire. Ainsi, pour n'énoncer ici que sommairement une loi qui demanderait à être développée en des volumes, dans le haut Orient, berceau des temps primitifs, après l'architecture hindoue, l'architecture phénicienne, cette cette mère opulente de l'architecture arabe; dans l'antiquité, après l'architecture égyptienne, dont le style étrusque et les monuments cyclopéens ne sont qu'une variété; l'architecture grecque, dont le style romain n'est qu'un prolongement surchargé du dôme carthaginois; dans les temps modernes, après l'architecture romane, l'architecture gothique. Et, en dédoublant ces trois séries, on retrouvera, sur les trois sœurs aînées, l'architecture hindoue, l'architecture égyptienne, l'architecture romane, le même symbole : c'est-à-dire la théocratie, la caste, l'unité, le dogme, le mythe, Dieu; et, pour les trois sœurs cadettes, l'architecture phénicienne, l'architecture grecque, l'architecture gothique, quelle que soit du reste la diversité de forme inhérente à leur nature, la même signification aussi : c'est-à-dire la liberté, le peuple, l'homme.

Qu'il s'appelle bramine, mage ou pape, dans les maçonneries hindoue, égyptienne ou romane, on sent toujours le
prêtre, rien que le prêtre. Il n'en est pas de même dans
les architectures de peuple. Elles sont plus riches et moins
saintes. Dans la phénicienne, on sent le marchand; dans
la grecque, le républicain; dans la gothique, le bourgeois.

Les caractères généraux de toute architecture théocratique sont l'immutabilité, l'horreur du progrès, la conservation des lignes traditionnelles, la consécration des types
primitifs, le pli constant de toutes les formes de l'homme
et de la nature aux caprices incompréhensibles du symbole. Ce sont des livres ténébreux que les initiés seuls
savent déchiffrer. Du reste, toute forme, toute difformité
même y a un sens, qui la fait inviolable. Ne demandez pas
aux maçonneries hindoue, égyptienne, romane, qu'elles
réforment leur dessin ou améliorent leur statuaire. Tout
perfectionnement leur est impiété. Dans ces architectures,
il semble que la roideur du dogme se soit répandue sur la
pierre comme une seconde pétrification. — Les caractères
généraux des maçonneries populaires au contraire sont la
variété, le progrès, l'originalité, l'opulence, le mouvement
perpétuel. Elles sont déjà assez détachées de la religion
pour songer à leur beauté, pour la soigner, pour corriger
sans relâche leur parure de statues ou d'arabesques. Elles
sont du siècle. Elles ont quelque chose d'humain qu'elles
mêlent sans cesse au symbole divin sous lequel elles se pro.
duisent encore. De là des édifices pénétrables à toute âme,
à toute intelligence, à toute imagination, symboliques encore, mais faciles à comprendre comme la nature. Entre
l'architecture théocratique et celle-ci, il y a la différence
d'une langue sacrée à une langue vulgaire, de l'hiéroglyphe à l'art, de Salomon à Phidias.

Si l'on résume ce que nous avons indiqué jusqu'ici très-
sommairement, en négligeant mille preuves et aussi mille

objections de détail, on est amené à ceci : que l'architecture a été jusqu'au quinzième siècle le registre principal de l'humanité; que dans cet intervalle il n'est pas apparu dans le monde une pensée un peu compliquée qui ne se soit faite édifice; que toute idée populaire comme toute loi religieuse a eu ses monuments; que le genre humain enfin n'a rien pensé d'important qui ne l'ait écrit en pierre. Et pourquoi? c'est que toute pensée, soit religieuse, soit philosophique, est intéressée à se perpétuer; c'est que l'idée qui a remué une génération veut en remuer d'autres, et laisser trace. Or, quelle immortalité précaire que celle du manuscrit! Qu'un édifice est un livre bien autrement solide, durable et résistant! Pour détruire la parole écrite il suffit d'une torche et d'un Turc. Pour démolir la parole construite, il faut une révolution sociale, une révolution terrestre. Les barbares ont passé sur le Colisée, le déluge peut-être sur les Pyramides.

Au quinzième siècle tout change.

La pensée humaine découvre un moyen de se perpétuer non-seulement plus durable et plus résistant que l'architecture; mais encore plus simple et plus facile. L'architecture est détrônée. Aux lettres de pierre d'Orphée vont succéder les lettres de plomb de Guttemberg.

Le livre va tuer l'édifice.

L'invention de l'imprimerie est le plus grand événement de l'histoire. C'est la révolution-mère. C'est le mode d'expression de l'humanité qui se renouvelle totalement, c'est la pensée humaine qui dépouille une forme et qui en revêt une autre, c'est le complet et définitif changement de peau de ce serpent symbolique qui, depuis Adam, représente l'intelligence.

Sous la forme imprimerie, la pensée est plus impérissable que jamais; elle est volatile, insaisissable, indestructible. Elle se mêle à l'air. Du temps de l'architecture elle se faisait montagne et s'emparait puissamment d'un siècle et d'un lieu. Maintenant elle se fait troupe d'oiseaux, s'éparpille aux quatre vents, et occupe à la fois tous les points de l'air et de l'espace.

Nous le répétons, qui ne voit que de cette façon elle est bien plus indélébile? De solide qu'elle était elle devient vivace. Elle passe de la durée à l'immortalité. On peut démolir une masse, comment extirper l'ubiquité? Vienne un déluge, la montagne aura disparu depuis longtemps sous les flots, que les oiseaux voleront encore; et qu'une seule arche flotte à la surface du cataclysme, ils s'y poseront, surnageront avec elle, assisteront avec elle à la décrue des eaux, et le nouveau monde qui sortira de ce chaos verra en s'éveillant planer au-dessus de lui, ailée et vivante, la pensée du monde englouti.

Et, quand on observe que ce mode d'expression est non-seulement le plus conservateur, mais encore le plus simple, le plus commode, le plus praticable à tous, lorsqu'on songe qu'il ne traîne pas un gros bagage et ne remue pas un lourd attirail, quand on compare la pensée obligée pour se traduire en un édifice de mettre en mouvement quatre ou cinq autres arts et des tonnes d'or, toute une montagne de pierres, toute une forêt de charpentes, tout un peuple d'ouvriers, quand on la compare à la pensée qui se fait livre; et à qui il suffit d'un peu de papier, d'un peu d'encre et d'une plume, comment s'étonner que l'intelligence humaine ait quitté l'architecture pour l'imprimerie? Coupez brusquement le lit primitif d'un fleuve d'un canal creusé au-dessous de son niveau, le fleuve désertera son lit.

Ainsi voyez comme à partir de la découverte de l'imprimerie l'architecture se dessèche peu à peu, s'atrophie et se dénude. Comme on sent que l'eau baisse, que la sève s'en va, que la pensée des temps et des peuples se retire d'elle! Le refroidissement est à peu près insensible au quinzième

siècle, la presse est trop débile encore, et soutire tout au
plus à la puissante architecture une surabondance de vie.
Mais, dès le seizième siècle, la maladie de l'architecture est
visible; elle n'exprime déjà plus essentiellement la société;
elle se fait misérablement art classique; de gauloise, d'européenne, d'indigène, elle devient grecque et romaine; de
vraie et de moderne, pseudo-antique. C'est cette décadence
qu'on appelle la renaissance. Décadence magnifique pourtant, car le vieux génie gothique, ce soleil qui se couche
derrière la gigantesque presse de Mayence, pénètre encore
quelque temps de ses derniers rayons tout cet entassement
hybride d'arcades lati ies et de colonnades corinthiennes.

C'est ce soleil couchant que nous prenons pour une au-
rore.

Cependant, du moment où l'architecture n'est plus qu'un
art comme un autre, dès qu'elle n'est plus l'art total, l'art
souverain, l'art tyran, elle n'a plus la force de retenir les
autres arts. Ils s'émancipent donc, brisent le joug de l'architecte, et s'en vont chacun de leur côté. Chacun d'eux
gagne à ce divorce. L'isolement grandit tout. La sculpture
devient statuaire, l'imagerie devient peinture, le canon
devient musique. On dirait un empire qui se démembre à
la mort de son Alexandre et dont les provinces se font
royaumes.

De là Raphaël, Michel-Ange, Jean Goujon, Palestrina,
ces splendeurs de l'éblouissant seizième siècle.

En même temps que les arts, la pensée s'émancipe de
tous côtés. Les hérésiarques du moyen âge avaient déjà fait
de larges entailles au catholicisme. Le seizième siècle brise
l'unité religieuse. Avant l'imprimerie la réforme n'eût été
qu'un schisme, l'imprimerie la fait révolution. Otez la
presse, l'hérésie est énervée. Que ce soit fatal ou providen-
tiel, Guttemberg est le précurseur de Luther.

Cependant, quand le soleil du moyen âge est tout à fait

couché, quand le génie gothique s'est à jamais éteint à l'horizon de l'art, l'architecture va se ternissant, se déco-lorant, s'effaçant de plus en plus. Le livre imprimé, ce ver rongeur de l'édifice, la suce et la dévore. Elle se dépouille, elle s'effeuille, elle maigrit à vue d'œil. Elle est mesquine, elle est pauvre, elle est nulle. Elle n'exprime plus rien, pas même le souvenir de l'art d'un autre temps. Réduite à elle-même, abandonnée des autres arts parce que la pensée hu-maine l'abandonne, elle appelle des manœuvres à défaut d'artistes. La vitre remplace le vitrail. Le tailleur de pierre succède au sculpteur. Adieu toute séve, toute originalité, toute vie, toute intelligence. Elle se traîne, lamentable mendiante d'atelier, de copie en copie. Michel-Ange, qui, dès le seizième siècle, la sentait sans doute mourir, avait eu une dernière idée, une idée de désespoir. Ce Titan de l'art avait entassé le Panthéon sur le Parthénon, et fait Saint-Pierre-de-Rome. Grande œuvre qui méritait de res-ter unique, dernière originalité de l'architecture, signature d'un artiste géant au bas du colossal registre de pierre qui se fermait. Michel-Ange mort, que fait cette misérable ar-chitecture qui se survivait à elle-même à l'état de spectre et d'ombre? Elle prend Saint-Pierre-de-Rome, et le calque, et le parodie. C'est une manie, c'est une pitié. Chaque siècle a son Saint-Pierre-de-Rome; au dix-septième siècle le Val-de-Grâce, au dix-huitième Sainte-Geneviève. Chaque pays a son Saint-Pierre-de-Rome. Londres a le sien. Péters-bourg a le sien. Paris en a deux ou trois. Testament insi-gnifiant, dernier radotage d'un grand art décrépit qui re-tombe en enfance avant de mourir.

Si, au lieu de monuments caractéristiques comme ceux dont nous venons de parler, nous examinons l'aspect gé-néral de l'art du seizième au dix-huitième siècle, nous re-marquons les mêmes phénomènes de décroissance et d'é-tisie. A partir de François II, la forme architecturale de

l'édifice s'efface de plus en plus et laisse saillir la forme
géométrique, comme la charpente osseuse d'un malade
amaigri. Les belles lignes de l'art font place aux froides et
inexorables lignes du géomètre. Un édifice n'est plus un
édifice, c'est un polyèdre. L'architecture cependant se
tourmente pour cacher cette nudité. Voici le fronton grec
qui s'inscrit dans le fronton romain et réciproquement.
C'est toujours le Panthéon dans le Parthénon, Saint-Pierre-
de-Rome. Voici les maisons de brique de Henri IV à coins
de pierre; la Place-Royale, la Place-Dauphine. Voici les
églises de Louis XIII, lourdes, trapues, surbaissées, ramas-
sées, chargées d'un dôme comme d'une bosse. Voici l'architecture mazarine, le mauvais pasticcio italien des Qua-
tre-Nations. Voici les palais de Louis XIV, longues casernes
à courtisans, roides, glaciales, ennuyeuses. Voici enfin
Louis XV, avec les chicorées et les vermicelles et toutes
les verrues et tous les fungus qui défigurent cette vieille
architecture caduque, édentée et coquette. De François II
à Louis XV le mal a cru en progression géométrique. L'art
n'a plus que la peau sur les os. Il agonise misérablement.

Cependant que devient l'imprimerie? Toute cette vie
qui s'en va de l'architecture vient chez elle. A mesure que
l'architecture baisse, l'imprimerie s'enfle et grossit. Ce
capital de forces que la pensée humaine dépensait en édifices, elle le dépense désormais en livres. Aussi dès le seizième siècle la presse, grandie au niveau de l'architecture
décroissante, lutte avec elle et la tue. Au dix-septième elle
est déjà assez souveraine, assez triomphante, assez assise
dans sa victoire pour donner au monde la fête d'un grand
siècle littéraire. Au dix-huitième, longtemps reposée à la
cour de Louis XIV, elle ressaisit la vieille épée de Luther,
en arme Voltaire, et court, tumultueuse, à l'attaque de
cette ancienne Europe dont elle a déjà tué l'expression architecturale. Au moment où le dix-huitième siècle s'a-

chève, elle a tout détruit. Au dix-neuvième elle va reconstruire.

Or, nous le demandons maintenant, lequel des deux
arts représente réellement depuis trois siècles la pensée
humaine? Lequel la traduit? Lequel exprime, non pas seulement ses manies littéraires et scolastiques, mais son
vaste, profond, universel mouvement? Lequel se superpose constamment, sans rupture et sans lacune, au genre
humain qui marche, monstre à mille pieds? L'architecture
ou l'imprimerie?

L'imprimerie. Qu'on ne s'y trompe pas, l'architecture
est morte, morte sans retour, tuée par le livre imprimé,
tuée parce qu'elle dure moins, tuée parce qu'elle coûte
plus cher. Toute cathédrale est un milliard. Qu'on se représente maintenant quelle mise de fonds il faudrait pour
récrire le livre architectural; pour faire fourmiller de nouveau sur le sol des milliers d'édifices; pour revenir à ces
époques où la foule des monuments était telle, qu'au dire
d'un témoin oculaire « on eût dit que le monde en se se-
« couant avait rejeté ses vieux habillements pour se cou-
« vrir d'un blanc vêtement d'églises. » *Erat enim ut si
mundus, ipse excutiendo semet, rejecta vetustate, can-
didam ecclesiarum vestem indueret.* (GLABER RADULPHUS.)

Un livre est sitôt fait, coûte si peu, et peut aller si loin!
Comment s'étonner que toute la pensée humaine s'écoule
par cette pente? Ce n'est pas à dire que l'architecture
n'aura pas encore çà et là un beau monument, un chef-
d'œuvre isolé. On pourra bien encore avoir de temps en
temps, sous le règne de l'imprimerie, une colonne faite,
je suppose, par toute une armée, avec des canons amalgamés, comme on avait, sous le règne de l'architecture,
des iliades et des romanceros, des Mahabâhrata et des Nibelungen, faits par tout un peuple avec des rapsodies
amoncelées et fondues. Le grand accident d'un architecte

19.

de génie pourra survenir au vingtième siècle, comme celui de Dante au treizième. Mais l'architecture ne sera plus
l'art social, l'art collectif, l'art dominant. Le grand poëme,
le grand édifice, la grande œuvre de l'humanité ne se bâ-
tira plus, elle s'imprimera.

Et désormais, si l'architecture se relève accidentelle-
ment, elle ne sera plus maîtresse. Elle subira la loi de la
littérature qui la recevait d'elle autrefois. Les positions
respectives des deux arts seront interverties. Il est certain
que dans l'époque architecturale les poëmes, rares, il est
vrai, ressemblent aux monuments. Dans l'Inde, Vyasa est
touffu, étrange, impénétrable comme une pagode. Dans
l'orient égyptien, la poésie a, comme les édifices, la grandeur et la tranquillité des lignes; dans la Grèce antique,
la beauté, la sérénité, le calme; dans l'Europe chrétienne,
la majesté catholique, la naïveté populaire, la riche et
luxuriante végétation d'une époque de renouvellement. La
Bible ressemble aux Pyramides, l'Iliade au Parthénon, Homère à Phidias. Dante au treizième siècle, c'est la dernière église romane; Shakspeare au seizième, la dernière
cathédrale gothique.

Ainsi, pour résumer ce que nous avons dit jusqu'ici
d'une façon nécessairement incomplète et tronquée, le
genre humain a deux livres, deux registres, deux testa-
ments, la maçonnerie et l'imprimerie, la Bible de pierre
et la Bible de papier. Sans doute, quand on contemple ces
deux Bibles, si largement ouvertes dans les siècles, il est
permis de regretter la majesté visible de l'écriture de granit, ces gigantesques alphabets formulés en colonnades,
en pilones, en obélisques, ces espèces de montagnes humaines qui couvrent le monde et le passé depuis la pyramide jusqu'au clocher de Chéops à Strasbourg. Il faut re-
lire le passé sur ces pages de marbre. Il faut admirer et re-
feuilleter sans cesse le livre écrit par l'architecture; mais

il ne faut pas nier la grandeur de l'édifice qu'élève à son tour l'imprimerie.

Cet édifice est colossal. Je ne sais quel faiseur de statistique a calculé qu'on superposant l'un à l'autre tous les volumes sortis de la presse depuis Guttemberg on comblerait l'intervalle de la terre à la lune; mais ce n'est pas de cette sorte de grandeur que nous voulons parler. Cependant, quand on cherche à recueillir dans sa pensée une image totale de l'ensemble des produits de l'imprimerie jusqu'à nos jours, cet ensemble ne nous apparaît-il pas comme une immense construction, appuyée sur le monde entier, à laquelle l'humanité travaille sans relâche, et dont la tête monstrueuse se perd dans les brumes profondes de l'avenir? C'est la fourmilière des intelligences. C'est la ruche où toutes les imaginations, ces abeilles dorées, arrivent avec leur miel. L'édifice a mille étages. Çà et là, on voit déboucher sur ses rampes les cavernes ténébreuses de la science qui s'entrecoupent dans ses entrailles. Partout sur sa surface l'art fait luxurier à l'œil ses arabesques, ses rosaces et ses dentelles. Là chaque œuvre individuelle, si capricieuse et si isolée qu'elle semble, a sa place et sa saillie. L'harmonie résulte du tout. Depuis la cathédrale de Shakspeare jusqu'à la mosquée de Byron, mille clochetons s'encombrent pêle-mêle sur cette métropole de la pensée universelle. A sa base on a récrit quelques anciens titres de l'humanité que l'architecture n'avait pas enregistrés. A gauche de l'entrée on a scellé le vieux bas-relief en marbre blanc d'Homère, à droite la Bible polyglotte dresse ses sept têtes. L'hydre du romancero se hérisse plus loin, et quelques autres formes hybrides, les Védas et les Nibelungen. Du reste, le prodigieux édifice demeure toujours inachevé. La presse, cette machine géante qui pompe sans relâche toute la séve intellectuelle de la société, vomit incessamment de nouveaux matériaux pour son œuvre. Le

genre humain tout entier est sur l'échafaudage. Chaque
esprit est maçon. Le plus humble bouche son trou ou met
sa pierre. Rétif de la Bretonne apporte sa hottée de plâ-
tras. Tous les jours une nouvelle assise s'élève. Indépendamment du versement original et individuel de chaque
écrivain, il y a des contingents collectifs. Le dix-huitième
siècle donne l'*Encyclopédie*, la Révolution donne le *Moni-
teur*. Certes, c'est là aussi une construction qui grandit et
s'amoncelle en spirales sans fin ; là aussi il y a confusion
des langues, activité incessante, labeur infatigable, concours acharné de l'humanité tout entière, refuge promis à
l'intelligence contre un nouveau déluge, contre une sub-
mersion de barbares. C'est la seconde tour de Babel du
genre humain.

LIVRE SIXIÈME

I

COUP D'ŒIL IMPARTIAL SUR L'ANCIENNE MAGISTRATURE.

C'était un fort heureux personnage, en l'an de grâce 1482, que noble homme Robert d'Estouteville, chevalier, sieur de Beyne, baron d'Ivry et Saint-Andry en la Marche, conseiller et chambellan du roi, et garde de la prévôté de Paris. Il y avait déjà près de dix-sept ans qu'il avait reçu du roi, le 7 novembre 1465, l'année de la comète[1], cette belle charge de prévôt de Paris, qui était réputée plutôt seigneurie qu'office : *Dignitas*, dit Joannes Lœmnœus, *quæ cum non exiguâ potestate politiam concernente, atque prærogativis multis et juribus conjuncta est.* La chose était merveilleuse en 82 qu'un gentilhomme ayant commission du roi et dont les lettres d'institution remontaient à l'époque du mariage de la fille naturelle de Louis XI avec monsieur le bâtard de Bourbon. Le même jour où Robert d'Estouteville avait remplacé Jacques de Villiers dans la prévôté de Paris, maître Jehan Dauvet remplaçait messire Hélye de Thorrettes dans la première

---

[1] Cette comète, contre laquelle le pape Calixte, oncle de Borgia, ordonna des prières publiques, est la même qui reparaîtra en 1835.

présidence de la cour de parlement, Jehan Jouvenel des
Ursins supplantait Pierre de Morvilliers dans l'office de
chancelier de France, Regnault des Dormans désappointait
Pierre Puy de la charge de maitre des requêtes ordinaire
de l'hôtel du roi. Or, sur combien de têtes la présidence,
la chancellerie et la maîtrise s'étaient-elles promenées depuis que Robert d'Estouteville avait la prévôté de Paris?
Elle lui avait été *baillée en garde*, disaient les lettres pa-
tentes ; et certes il la gardait bien. Il s'y était cramponné,
il s'y était incorporé, il s'y était identifié si bien, qu'il
avait échappé à cette furie de changement qui possédait
Louis XI, roi défiant, taquin et travailleur, qui tenait à
entretenir, par des institutions et des révocations fréquentes, l'élasticité de son pouvoir. Il y a plus : le brave
chevalier avait obtenu pour son fils la survivance de sa
charge, et il y avait déjà deux ans que le nom de noble
homme Jacques d'Estouteville, écuyer, figurait à côté du
sien en tête du registre de l'ordinaire de la prévôté de Pa
ris. Rare, certes, et insigne faveur! Il est vrai que Robert
d'Estouteville était un bon soldat, qu'il avait loyalement
levé le pennon contre la *ligue du bien public*, et qu'il
avait offert à la reine un très-merveilleux cerf en confitu-
res, le jour de son entrée à Paris en 14... Il avait de plus
la bonne amitié de messire Tristan l'Ermite, prévôt des
maréchaux de l'hôtel du roi. C'était donc une très-douce
et plaisante existence que celle de messire Robert. D'abord,
de fort bons gages, auxquels se rattachaient et pendaient
comme des grappes de plus à sa vigne, les revenus des
greffes civil et criminel de la prévôté, plus les revenus ci-
vils et criminels des auditoires d'Embas du Châtelet, sans
compter quelque petit péage au pont de Mante et de Cor-
beil, et les profits du tru sur l'esgrins de Paris, sur les
mouleurs de bûches et les mesureurs de sel. Ajoutez à cela
le plaisir d'étaler dans les chevauchées de la ville, et de

faire ressortir sur les robes mi-parties rouge et tanné des
échevins et des quarteniers son bel habit de guerre, que
vous pouvez encore admirer aujourd'hui sculpté sur son
tombeau, à l'abbaye de Valmont en Normandie, et son mo-
rion tout bosselé à Montlhéry. Et puis, n'était-ce rien que
d'avoir toute suprématie sur les sergents de la douzaine,
le concierge et guette du Châtelet, les deux auditeurs du
Châtelet, *auditores Castelleti*, les seize commissaires des
seize quartiers, le geôlier du Châtelet, les quatre sergents
fieffés, les cent vingt sergents à cheval, les cent vingt sergents à verge, le chevalier du guet avec son guet, son sous-
guet, son contre-guet et son arrière-guet? N'était-ce rien
que d'exercer haute et basse justice, droit de tourner, de
pendre et de traîner, sans compter la menue juridiction en
premier ressort (*in primâ instantiâ*, comme disent les
chartes) sur cette vicomté de Paris, si glorieusement apa-
nagée de sept nobles bailliages? Peut-on rien imaginer de
plus suave que de rendre arrêts et jugements, comme faisait quotidiennement messire Robert d'Estouteville, dans
le Grand-Châtelet, sous les ogives larges et écrasées de
Philippe-Auguste, et d'aller, comme il avait coutume chaque soir, en cette charmante maison sise rue Galilée, dans
le pourpris du Palais-Royal, qu'il tenait du chef de sa
femme, madame Ambroise de Loré, se reposer de la fatigue
d'avoir envoyé quelque pauvre diable passer la nuit de son
côté dans cette « petite logette de la rue de l'Escorcherie,
« en laquelle les prévôts et échevins de Paris soulaient faire
« leur prison; contenant icelle onze pieds de long, sept
« pieds et quatre pouces de lez et onze pieds de haut [1]? »

Et non-seulement messire Robert d'Estouteville avait sa
justice particulière de prévôt et vicomte de Paris; mais
encore il avait part, coup d'œil et coup de dent dans la

[1] Comptes du domaine, 1383.

grande justice du roi. Il n'y avait pas de tête un peu haute
qui ne lui eût passé par les mains avant d'échoir au bourreau. C'est lui qui avait été querir à la Bastille Saint-Antoine, pour le mener aux Halles, M. de Nemours; pour le
mener en Grève, M. de Saint-Pol, lequel rechignait et se
récriait, à la grande joie de monsieur le prévôt, qui n'aimait pas monsieur le connétable.

En voilà, certes, plus qu'il n'en fallait pour faire une vie
heureuse et illustre, et pour mériter un jour une page notable dans cette intéressante histoire des prévôts de Paris,
où l'on apprend que Oudard de Villeneuve avait une maison
rue des Boucheries, que Guillaume de Hangest acheta la
grande et petite Savoie, que Guillaume Thiboust donna aux
religieuses de Sainte-Geneviève ses maisons de la rue Clopin, que Hugues Aubriot demeurait à l'hôtel du Porc-Epic,
et autres faits domestiques.

Toutefois, avec tant de motifs de prendre la vie en patience et en joie, messire Robert d'Estouteville s'était
éveillé, le matin du 7 janvier 1482, fort bourru et de mas-
sacrante humeur. D'où venait cette humeur? c'est ce qu'il
n'aurait pu dire lui-même. Etait-ce que le ciel était gris?
que la boucle de son vieux ceinturon de Montlhéry était
mal serrée, et sanglait trop militairement son embonpoint
de prévôt? qu'il avait vu passer dans la rue sous sa fenêtre
des ribauds lui faisant nargue, allant quatre de bande,
pourpoint sans chemise, chapeau sans fond, bissac et bou-
teille au côté? Etait-ce pressentiment vague des trois cent
soixante-dix livres seize sols huit deniers que le futur roi
Charles VIII devait, l'année suivante, retrancher des revenus de la prévôté? le lecteur peut choisir; quant à nous,
nous inclinerions à croire tout simplement qu'il était de
mauvaise humeur parce qu'il était de mauvaise humeur.

D'ailleurs, c'était un lendemain de fête, jour d'ennui
pour tout le monde, et surtout pour le magistrat chargé de

balayer toutes les ordures, au propre et au figuré, que fait
une fête à Paris. Et puis, il devait tenir séance au Grand-
Châtelet. Or nous avons remarqué que les juges s'arran-
gent, en général, de manière que leur jour d'audience soit
aussi leur jour d'humeur, afin d'avoir toujours quelqu'un
sur qui s'en décharger commodément, de par le roi, la loi
et justice.

Cependant l'audience avait commencé sans lui. Ses lieu-
tenants, au civil, au criminel et au particulier, faisaient sa
besogne, selon l'usage ; et, dès huit heures du matin, quelques dizaines de bourgeois et de bourgeoises, entassés et
foulés dans un coin obscur de l'auditoire d'Embas du Châtelet, entre une forte barrière de chêne et le mur, assis-
taient avec béatitude au spectacle varié et réjouissant de la
justice civile et criminelle, rendue par maître Florian Barbedienne, auditeur au Châtelet, lieutenant de M. le prévôt,
un peu pêle-mêle et tout à fait au hasard.

La salle était petite, basse, voûtée. Une table fleurdelisée était au fond, avec un grand fauteuil de bois de chêne
sculpté, qui était au prévôt et vide, et un escabeau à gauche
pour l'auditeur, maître Florian. Au-dessous se tenait le
greffier, griffonnant. En face était le peuple ; et devant la
porte, et devant la table, force sergents de la prévôté, en
hoquetons de camelot violet à croix blanches. Deux sergents
du Parloir-aux-Bourgeois, vêtus de leurs jaquettes de la
Toussaint, mi-parties rouge et bleu, faisaient sentinelle
devant une porte basse fermée, qu'on apercevait au fond
derrière la table. Une seule fenêtre ogive, étroitement en-
caissée dans l'épaisse muraille, éclairait d'un rayon blême
de janvier deux grotesques figures : le capricieux démon
de pierre sculpté en cul-de-lampe dans la clef de la voûte, et
le juge assis au fond de la salle sur les fleurs-de-lis.

En effet, figurez-vous à la table prévôtale, entre deux
liasses de procès, accroupi sur ses coudes, le pied sur la

queue de sa robe de drap brun plain, la face dans sa four-
rure d'agneau blanc, dont ses sourcils semblaient détachés,
rouge, revêche, clignant de l'œil, portant avec majesté la
graisse de ses joues, lesquelles se rejoignaient sous son
menton, maître Florian Barbedienne, auditeur au Châtelet.

Or, l'auditeur était sourd : léger défaut pour un auditeur.
Maître Florian n'en jugeait pas moins sans appel et très-
congrûment. Il est certain qu'il suffit qu'un juge ait l'air
d'écouter; et le vénérable auditeur remplissait d'autant
mieux cette condition, la seule essentielle en bonne justice, que son attention ne pouvait être distraite par aucun
bruit.

De reste, il avait dans l'auditoire un impitoyable con-
trôleur de ses faits et gestes dans la personne de notre ami
Jehan Frollo du Moulin, ce petit écolier d'hier, ce *piéton*
qu'on était toujours sûr de rencontrer partout dans Paris,
excepté devant la chaire des professeurs.

— Tiens, disait-il tout bas à son compagnon Robin Poussepain, qui ricanait à côté de lui, tandis qu'il commentait les
scènes qui se déroulaient sous leurs yeux, voilà Jehanne-
ton de Buisson. La belle fille du Cagnard-au-Marché-neuf!
— Sur mon âme, il la condamne, le vieux! il n'a donc pas
plus d'yeux que d'oreilles. Quinze sols quatre deniers parisis, pour avoir porté deux patenôtres! C'est un peu cher.
Lex duri carminis. — Qu'est celui-là! Robin Chief-de-
Ville, haubergier! — Pour avoir été passé et reçu maître
audit métier! — C'est son denier d'entrée. — Eh! deux
gentilshommes parmi ces marauds! Aiglet de Soins, Hutin
de Mailly. Deux écuyers, *corpus Christi!* Ah! ils ont joué
aux dés. Quand verrai-je ici notre recteur? Cent livres parisis d'amende envers le roi! Le Barbedienne frappe comme
un sourd, — qu'il est! Je veux être mon frère l'archidiacre,
si cela m'empêche de jouer; de jouer le jour, de jouer la

nuit, de vivre au jeu, de mourir au jeu, et de jouer mon âme après ma chemise! — Sainte Vierge! que de filles l'une après l'autre, mes brebis! Ambroise Lécuyère, Isabeau-la-Paynette! Berarde Gironin. Je les connais toutes, par Dieu! à l'amende! à l'amende! Voilà qui vous apprendra à porter des ceintures dorées! dix sols parisis, coquettes! — Oh! le vieux museau de juge, sourd et imbécile! Oh! Florian le lourdaud! Oh! Barbedienne le butor! le voilà à table! il mange du plaideur, il mange du procès, il mange, il mâche, il se gave, il s'emplit. Amendes, épaves, taxes, frais, loyaux coûts, salaires, dommages et intérêts, gehenne, prison et geôle et ceps avec dépens, lui sont camichons de Noël et massepains de la Saint-Jean! Regarde-le, le porc! — Allons, bon! encore une femme amoureuse! Thibaud-la-Thibaude, ni plus, ni moins! — Pour être sortie de la rue Glatigny! — Quel est ce fils? Gieffroy Mabonne, gendarme cranequinier à main. Il a maugréé le nom du Père. — A l'amende la Thibaude! à l'amende le Gieffroy! à l'amende tous les deux! Le vieux sourd! Il a dû brouiller les deux affaires! Dix contre un qu'il fait payer le juron à la fille et l'amour au gendarme! — Attention, Robin Poussepain! Que vont-ils introduire? Voilà bien des sergents! par Jupiter! tous les lévriers de la meute y sont. Ce doit être la grosse pièce de la chasse. Un sanglier. — C'en est un, Robain, c'en est un. — Et un beau encore! — *Hercle!* c'est notre prince d'hier, notre pape des fous, notre sonneur de cloches, notre borgne, notre bossu, notre grimace! C'est Quasimodo!...

Ce n'était rien moins.

C'était Quasimodo, sanglé, cerclé, ficelé, garrotté et sous bonne garde. L'escouade de sergents qui l'environnait était assistée du chevalier du guet en personne, portant brodées les armes de France sur la poitrine et les armes de la ville sur le dos. Il n'y avait rien du reste dans Quasimodo, à part sa difformité, qui pût justifier cet appareil de hallebardes et d'arquebusés; il était sombre, silencieux et tranquille. A peine son œil unique jetait-il de temps à autre sur les liens qui le chargeaient un regard sournois et colère.

Il promena ce même regard autour de lui, mais si éteint et si endormi, que les femmes ne se le montraient du doigt que pour en rire.

Cependant maître Florian, l'auditeur, feuilleta avec attention le dossier de la plainte dressée contre Quasimodo, que lui présenta le greffier, et, ce coup d'œil jeté, parut se recueillir un instant. Grâce à cette précaution qu'il avait toujours soin de prendre au moment de procéder à un interrogatoire, il savait d'avance les noms, qualités, délits du prévenu, faisait des répliques prévues à des réponses prévues, et parvenait à se tirer de toutes les sinuosités de l'interrogatoire sans trop laisser deviner sa surdité. Le dossier du procès était pour lui le chien de l'aveugle. S'il arrivait par hasard que son infirmité se trahît çà et là par quelque apostrophe incohérente ou quelque question inintelligible, cela passait pour profondeur parmi les uns, et pour imbécillité parmi les autres. Dans les deux cas, l'honneur de la magistrature ne recevait aucune atteinte; car il vaut encore mieux qu'un juge soit réputé imbécile ou profond que sourd. Il mettait donc grand soin à dissimuler sa surdité aux yeux de tous, et il y réussissait d'ordinaire si bien qu'il était arrivé à se faire illusion à lui-même, ce qui est du reste plus facile qu'on ne le croit. Tous les bossus vont tête haute, tous les bègues pérorent, tous les sourds parlent bas. Quant à lui, il se croyait tout au plus l'oreille un peu rebelle. C'était la seule concession qu'il fît sur ce point à l'opinion publique dans ses moments de franchise et d'examen de conscience.

Ayant donc bien ruminé l'affaire de Quasimodo, il renversa sa tête en arrière et ferma les yeux à demi, pour plus de majesté et d'impartialité, si bien qu'il était tout à la fois en ce moment sourd et aveugle. Double condition sans laquelle il n'est pas de juge parfait. C'est dans cette magistrale attitude qu'il commença l'interrogatoire.

— Votre nom?

— Or, voici un cas qui n'avait été « prévu par la loi, » celui où un sourd aurait à interroger un sourd.

Quasimodo, que rien n'avertissait de la question à lui adressée, continua de regarder le juge fixement et ne répondit pas. Le juge, sourd et que rien n'avertissait de la surdité de l'accusé, crut qu'il avait répondu, comme faisaient en général tous les accusés, et poursuivit avec son aplomb mécanique et stupide.

— C'est bien : votre âge?

Quasimodo ne répondit pas davantage à cette question. Le juge la crut satisfaite, et continua :

— Maintenant, votre état?

Toujours même silence. L'auditoire cependant commençait à chuchoter et à s'entre-regarder.

— Il suffit, reprit l'imperturbable auditeur quand il supposa que l'accusé avait consommé sa troisième réponse. Vous êtes accusé par-devant nous : *primo*, de trouble nocturne; *secundo*, de voie de fait déshonnête sur la personne d'une femme folle, *in præjudicium meretricis; tertio*, de rébellion et déloyauté envers les archers de l'ordonnance du roi, notre sire. Expliquez-vous sur tous ces points. — Greffier, avez-vous écrit ce que l'accusé a dit jusqu'ici?

A cette question malencontreuse, un éclat de rire s'éleva, du greffe à l'auditoire, si violent, si fou, si contagieux, si universel, que force fut bien aux deux sourds de s'en apercevoir. Quasimodo se retourna en haussant sa bosse avec dédain, tandis que maître Florian, étonné comme lui, et supposant que le rire des spectateurs avait été provoqué par quelque réplique irrévérente de l'accusé, ren-

20.

due visible pour lui par ce haussement d'épaules, l'apostropha avec indignation :

— Vous avez fait là, drôle, une réponse qui mériterait la hart! savez-vous à qui vous parlez?

Cette sortie n'était pas propre à arrêter l'explosion de la gaieté générale. Elle parut à tous si hétéroclite et si cornue, que le fou rire gagna jusqu'aux sergents du Parloir-aux-Bourgeois, espèce de valets de pique chez qui la stupidité était d'uniforme. Quasimodo seul conserva son sérieux, par la bonne raison qu'il ne comprenait rien à ce qui se passait autour de lui. Le juge, de plus en plus irrité, crut devoir continuer sur le même ton, espérant par là frapper l'accusé d'une terreur qui réagirait sur l'auditoire et le ramènerait au respect.

— C'est donc à dire, maître pervers et rapinier que vous êtes, que vous vous permettez de manquer à l'auditeur du Châtelet, au magistrat commis à la police populaire de Paris: chargé de faire rechercher des crimes, délits et mauvais trains; de contrôler tous métiers et interdire le monopole; d'entretenir les pavés; d'empêcher les regratiers de poulailles, volailles et sauvagines; de faire mesurer la bûche et autres sortes de bois; de purger la ville des boues et l'air des maladies contagieuses; de vaquer continuellement au fait du public, en un mot, sans gages ni espérances de salaire! Savez-vous que je m'appelle Florian Barbedienne, propre lieutenant de monsieur le prévôt, et de plus commissaire, enquesteur, contrerolleur et examinateur avec égal pouvoir en prévôté, bailliage, conservation et présidial!

Il n'y a pas de raison pour qu'un sourd qui parle à un sourd s'arrête. Dieu sait où et quand aurait pris terre maître Florian, ainsi lancé à toutes rames dans la haute éloquence, si la porte basse du fond ne s'était ouverte tout à coup et n'avait donné passage à monsieur le prévôt en personne.

A son entrée, maître Florian ne resta pas court : mais, faisant un demi-tour sur ses talons et pointant brusquement sur le prévôt la harangue dont il foudroyait Quasimodo le moment d'auparavant : — Monseigneur, dit-il, je requiers telle peine qu'il vous plaira contre l'accusé ci-présent, pour grave et mirifique manquement à la justice

Et il se rassit tout essoufflé, essuyant de grosses gouttes de sueur qui tombaient de son front et trempaient comme larmes les parchemins étalés devant lui. Messire Robert d'Estouteville fronça le sourcil, et fit à Quasimodo un geste d'attention tellement impérieux et significatif, que le sourd en comprit quelque chose.

Le prévôt lui adressa la parole avec sévérité :—Qu'est-ce que tu as donc fait pour être ici, maraud ?

Le pauvre diable, supposant que le prévôt lui demandait son nom, rompit le silence qu'il gardait habituellement, et répondit avec une voix rauque et gutturale : — Quasimodo.

La réponse coïncidait si peu avec la question, que le fou rire recommença à circuler, et que messire Robert s'écria rouge de colère : — Te railles-tu aussi de moi, drôle fieffé '

— Sonneur de cloches à Notre-Dame, répondit Quasimodo, croyant qu'il s'agissait d'expliquer au juge qui il était.

— Sonneur de cloches ! reprit le prévôt qui s'était éveillé le matin d'assez mauvaise humeur, comme nous l'avons dit, pour que sa fureur n'eût pas besoin d'être attisée par de si étranges réponses. Sonneur de cloches ! je te ferai faire sur le dos un carillon de houssines par les carrefours de Paris. Entends-tu, maraud ?

— Si c'est mon âge que vous voulez savoir, dit Quasimodo, je crois que j'aurai vingt ans à la Saint-Martin.

Pour le coup c'était trop fort ; le prévôt n'y put tenir.

— Ah ! tu nargues la prévôté, misérable ! Messieurs les

sergents à verge, vous me mènerez ce drôle au pilori de
la Grève, vous le battrez et vous le tournerez une heure.
Il me le payera, tête-Dieu ! et je veux qu'il soit fait un cri
du présent jugement, avec assistance de quatre trompettes
jurés dans les sept châtellenies de la vicomté de Paris.

Le greffier se mit à rédiger incontinent le jugement.

— Ventre-Dieu! que voilà qui est bien jugé ! s'écria de
son coin le petit écolier Jehan Frollo du Moulin.

Le prévôt se retourna et fixa de nouveau sur Quasimodo
ses yeux étincelants. — Je crois que le drôle a dit *ventre-
Dieu!* Greffier, ajoutez douze deniers parisis d'amende
pour jurement, et que la fabrique de Saint-Eustache en
aura la moitié. J'ai une dévotion particulière à saint Eustache.

En quelques minutes le jugement fut dressé. La teneur
en était simple et brève. La coutume de la prévôté et vicomté de Paris n'avait pas encore été travaillée par le président Thibaud Baillet et par Roger Barmne, l'avocat du roi;
elle n'était pas obstruée alors par cette haute futaie de chi-
canes et de procédures que les deux jurisconsultes y plan-
tèrent au commencement du seizième siècle. Tout y était
clair, expéditif, explicite. On y cheminait droit au but, et
l'on apercevait tout de suite au bout de chaque sentier,
sans broussailles et sans détour, la roue, le gibet ou le pilori. On savait du moins où l'on allait.

Le greffier présenta la sentence au prévôt, qui y apposa
son sceau et sortit pour continuer sa tournée dans les auditoires, avec une disposition d'esprit qui dut peupler, ce
jour-là, toutes les geôles de Paris. Jehan Frollo et Robin
Poussepain riaient sous cape. Quasimodo regardait le tout
d'un air indifférent et étonné.

Cependant le greffier, au moment où maître Florian
Barbedienne lisait à son tour le jugement pour le signer,
se sentit ému de pitié pour le pauvre diable de condamné,

et, dans l'espoir d'obtenir quelque diminution de peine, il s'approcha le plus près qu'il put de l'oreille de l'auditeur, et lui dit en lui montrant Quasimodo :— Cet homme est sourd.

Il espérait que cette communauté d'infirmité éveillerait l'intérêt de maître Florian en faveur du condamné. Mais d'abord, nous avons déjà observé que maître Florian ne se souciait pas qu'on s'aperçût de sa surdité. Ensuite, il avait l'oreille si dure, qu'il n'entendit pas un mot de ce que lui dit le greffier; pourtant il voulut avoir l'air d'entendre, et répondit :— Ah! ah! c'est différent; je ne savais pas cela. Une heure de pilori de plus, en ce cas.

Et il signa la sentence ainsi modifiée.

— C'est bien fait, dit Robin Poussepain, qui gardait une dent à Quasimodo; cela lui apprendra à rudoyer les gens.

II

LE TROU AUX RATS.

Que le lecteur nous permette de le ramener à la place de Grève, que nous avons quittée hier avec Gringoire pour suivre la Esmeralda.

Il est dix heures du matin; tout y sent le lendemain de fête. Le pavé est couvert de débris; rubans, chiffons, plumes de panaches, gouttes de cire des flambeaux, miettes de la ripaille publique. Bon nombre de bourgeois *flânent*, comme nous disons, çà et là, remuant du pied les tisons éteints du feu de joie, s'extasiant devant la Maison-aux-Piliers, au souvenir des belles tentures de la veille, et regardant aujourd'hui les clous, dernier plaisir. Les vendeurs de cidre et de cervoise roulent leur barrique à travers les

groupes. Quelques passants affairés vont et viennent. Les
marchands causent et s'appellent du seuil des boutiques.
La fête, les ambassadeurs, Coppenole, le pape des fous,
sont dans toutes les bouches; c'est à qui glosera le mieux
et rira le plus. Et cependant quatre sergents à cheval, qui
viennent de se poster aux quatre côtés du pilori, ont déjà
concentré autour d'eux une bonne portion du *populaire*
épars sur la place, qui se condamne à l'immobilité et à
l'ennui, dans l'espoir d'une petite exécution.

Si maintenant le lecteur, après avoir contemplé cette
scène vive et criarde qui se joue sur tous les points de la
place, porte ses regards vers cette antique maison demi-
gothique, demi-romane, de la Tour-Roland, qui fait le
coin du quai au couchant, il pourra remarquer à l'angle
de la façade un gros bréviaire public à riches enluminures,
garanti de la pluie par un petit auvent, et des voleurs par
un grillage qui permet toutefois de le feuilleter. A côté
de ce bréviaire est une étroite lucarne ogive, fermée de
deux barreaux de fer en croix, donnant sur la place; seule
ouverture qui laisse arriver un peu d'air et de jour à une
petite cellule sans porte pratiquée au rez-de-chaussée dans
l'épaisseur du mur de la vieille maison, et pleine d'une
paix d'autant plus profonde, d'un silence d'autant plus
morne, qu'une place publique, la plus populeuse et la
plus bruyante de Paris, fourmille et glapit alentour.

Cette cellule était célèbre dans Paris depuis près de trois
siècles que madame Rolande de la Tour-Roland, en deuil
de son père, mort à la croisade, l'avait fait creuser dans la
muraille de sa propre maison pour s'y enfermer à jamais,
ne gardant de son palais que ce logis, dont la porte était
murée et la lucarne ouverte, hiver comme été, donnant
tout le reste aux pauvres et à Dieu. La désolée damoiselle
avait en effet attendu vingt ans la mort dans cette tombe
anticipée, priant nuit et jour pour l'âme de son père, dor-

mant dans la cendre, sans même avoir une pierre pour
oreiller, vêtue d'un sac noir, et ne vivant que de ce que la
pitié des passants déposait de pain et d'eau sur le rebord
de sa lucarne, recevant ainsi la charité après l'avoir faite.
A sa mort, au moment de passer dans l'autre sépulcre, elle
avait légué à perpétuité celui-ci aux femmes affligées, mères, veuves ou filles, qui auraient beaucoup à prier pour
autrui ou pour elles, et qui voudraient s'enterrer vives
dans une grande douleur ou dans une grande pénitence.
Les pauvres de son temps lui avaient fait de belles funé-
railles de larmes et de bénédictions ; mais, à leur grand
regret, la pieuse fille n'avait pu être canonisée sainte, faute
de protections. Ceux d'entre eux qui étaient un peu impies
avaient espéré que la chose se ferait en paradis plus aisément qu'à Rome, et avaient tout bonnement prié Dieu
pour la défunte à défaut du pape. La plupart s'étaient con-
tentés de tenir la mémoire de Rolande pour sacrée, et de
faire reliques de ses haillons. La ville, de son côté, avait
fondé, à l'intention de la damoiselle, un bréviaire public
qu'on avait scellé près de la lucarne de la cellule, afin
que les passants s'y arrêtassent de temps à autre, ne fût-ce
que pour prier, que la prière fît songer à l'aumône, et que
les pauvres recluses, héritières du caveau de madame Rolande, n'y mourussent pas tout à fait de faim et d'oubli.

Ce n'était pas du reste chose très-rare dans les villes du
moyen âge que cette espèce de tombeaux. On rencontrait
souvent, dans la rue la plus fréquentée, dans le marché le
plus bariolé et le plus assourdissant, tout au beau milieu,
sous les pieds des chevaux, sous la roue des charrettes en
quelque sorte, une cave, un puits, un cabanon muré et
grillé au fond duquel priait jour et nuit un être humain,
volontairement dévoué à quelque lamentation éternelle, à
quelque grande expiation. Et toutes les réflexions qu'éveillerait en nous aujourd'hui cet étrange spectacle ; cette

horrible cellule, sorte d'anneau intermédiaire de la maison et de la tombe, du cimetière et de la cité; ce vivant
retranché de la communauté humaine et compté désormais
chez les morts; cette lampe consumant sa dernière goutte
d'huile dans l'ombre; ce reste de vie vacillant dans une
fosse; ce souffle, cette voix, cette prière éternelle dans une
boîte de pierre; cette face à jamais tournée vers l'autre
monde, cet œil déjà illuminé d'un autre soleil; cette
oreille collée aux parois de la tombe; cette âme prison-
nière dans ce corps, ce corps prisonnier dans ce cachot, et
sous cette double enveloppe de chair et de granit le bourdonnement de cette âme en peine; rien de tout cela n'était
perçu par la foule. La piété peu raisonneuse et peu subtile
de ce temps-là ne voyait pas tant de facettes à un acte de
religion. Elle prenait la chose en bloc, et honorait, véné-
rait, sanctifiait au besoin le sacrifice, mais n'en analysait
pas les souffrances et s'en apitoyait médiocrement. Elle apportait de temps en temps quelque pitance au misérable
pénitent, regardait par le trou s'il vivait encore, ignorait
son nom, savait à peine depuis combien d'années il avait
commencé à mourir, et à l'étranger qui les questionnait
sur le squelette vivant qui pourrissait dans cette cave, les
voisins répondaient simplement, si c'était un homme :
— « C'est le reclus; » si c'était une femme : — « C'est la
recluse. »

On voyait tout ainsi alors, sans métaphysique, sans exagération, sans verre grossissant, à l'œil nu. Le microscope
n'avait pas encore été inventé, ni pour les choses de la
matière, ni pour les choses de l'esprit.

D'ailleurs, bien qu'on s'en émerveillât peu, les exemples
de cette espèce de claustration au sein des villes étaient,
en vérité, fréquents, comme nous le disions tout à l'heure.
Il y avait dans Paris assez bon nombre de ces cellules à
prier Dieu et à faire pénitence; elles étaient presque toutes

occupées. Il est vrai que le clergé ne se souciait pas de les laisser vides, ce qui impliquait tiédeur dans les croyants, et qu'on y mettait des lépreux quand on n'avait pas de pénitents. Outre la logette de la Grève, il y en avait une à Montfaucon, une au Charnier des Innocents; une autre je ne sais plus où, au logis Clichon, je crois; d'autres encore à beaucoup d'endroits où l'on en retrouve la place dans les traditions, à défaut des monuments. L'Université avait aussi les siennes. Sur la montagne Sainte-Geneviève, une espèce de Job du moyen âge chanta pendant trente ans les sept psaumes de la pénitence sur un fumier au fond d'une citerne, recommençant quand il avait fini, psalmodiant plus haut la nuit, *magna voce per umbras*, et aujourd'hui l'antiquaire croit entendre sa voix en entrant dans la rue du *Puits-qui-parle*.

Pour nous en tenir à la loge de la Tour-Roland, nous devons dire qu'elle n'avait jamais chômé de recluses. Depuis la mort de madame Rolande, elle avait été rarement une année ou deux vacante. Maintes femmes étaient venues y pleurer jusqu'à la mort des parents, des amants, des fautes. La malice parisienne, qui se mêle de tout, même des choses qui la regardent le moins, prétendait qu'on y avait vu peu de veuves.

Selon la mode de l'époque, une légende latine, inscrite sur le mur, indiquait au passant lettré la destination pieuse de cette cellule. L'usage s'est conservé jusqu'au milieu du seizième siècle d'expliquer un édifice par une brève devise écrite au-dessus de la porte. Ainsi on lit encore en France, au-dessus du guichet de la prison de la maison seigneuriale de Tourville : *Sileto et spera*; en Irlande, sous l'écusson qui surmonte la grande porte du château de Fortescue : *Forte scutum, salus ducum*; en Angleterre, sur l'entrée principale du manoir hospitalier des comtes Cowper : *Tuum est*. C'est qu'alors tout édifice était une pensée.

Comme il n'y avait pas de porte à la cellule murée de la Tour-Roland, on avait gravé en grosses lettres romanes, au-dessus de la fenêtre, ces deux mots :

.TU, ORA.

Ce qui fait que le peuple, dont le bon sens ne voit pas tant de finesse dans les choses, et traduit volontiers *Ludovico Magno* par *Porte Saint-Denis,* avait donné à cette cavité noire, sombre et humide, le nom de *Trou-aux-Rats.* Explication moins sublime peut-être que l'autre, mais en revanche plus pittoresque.

III

HISTOIRE D'UNE GALETTE AU LEVAIN DE MAÏS.

A l'époque où se passe cette histoire, la cellule de la Tour-Roland était occupée. Si le lecteur désire savoir par qui, il n'a qu'à écouter la conversation de trois braves commères qui, au moment où nous avons arrêté son attention sur le Trou-aux-Rats, se dirigeaient précisément du même côté, en remontant du Châtelet vers la Grève, le long de l'eau.

Deux de ces femmes étaient vêtues en bonnes bourgeoises de Paris. Leur fine gorgerette blanche, leur jupe de tiretaine rayée, rouge et bleue; leurs chausses de tricot blanc, à coins brodés en couleur, bien tirées sur la jambe; leurs souliers carrés de cuir fauve à semelles noires, et surtout leur coiffure, cette espèce de corne de clinquant surchargé de rubans et de dentelles que les Champenoises portent encore, concurremment avec les grenadiers de la garde impériale russe, annonçaient qu'elles appartenaient

à cette classe de riches marchandes qui tient le milieu entre ce que les laquais appellent *une femme* et ce qu'ils
appellent *une dame*. Elles ne portaient ni bagues, ni croix
d'or, et il était aisé de voir que ce n'était pas chez elles
pauvreté, mais tout ingénument peur de l'amende. Leur
compagne était attifée à peu près de la même manière,
mais il y avait dans sa mise et dans sa tournure ce je ne
sais quoi qui sent la femme de notaire de province. On
voyait, à la manière dont sa ceinture lui remontait au-dessus des hanches, qu'elle n'était pas depuis longtemps à
Paris. Ajoutez à cela une gorgerette plissée, des nœuds de
rubans sur les souliers, que les raies de la jupe étaient
dans la largeur et non dans la longueur, et mille autres
énormités dont s'indignait le bon goût.

Les deux premières marchaient de ce pas particulier aux
Parisiennes qui font voir Paris à des provinciales. La provinciale tenait à sa main un gros garçon qui tenait à la
sienne une grosse galette.

Nous sommes fâché d'avoir à ajouter que, vu la rigueur
de la saison, il faisait de sa langue son mouchoir.

L'enfant se faisait traîner, *non passibus æquis*, comme
dit Virgile, et trébuchait à chaque moment, au grand ré-
cri de sa mère. Il est vrai qu'il regardait plus la galette
que le pavé. Sans doute quelque grave motif l'empêchait
d'y mordre (à la galette), car il se contentait de la considérer tendrement. Mais la mère eût dû se charger de la
galette. Il y avait cruauté à faire un Tantale du gros joufflu.

Cependant les trois damoiselles (car le nom de *dames*
était réservé alors aux femmes nobles) parlaient à la fois.

— Dépêchons-nous, damoiselle Mahiette, disait la plus
jeune des trois, qui était aussi la plus grosse, à la provinciale. J'ai grand'peur que nous n'arrivions trop tard; on
nous disait, au Châtelet, qu'on allait le mener tout de suite
au pilori.

— Ah! bah! que dites-vous donc là, damoiselle Oudarde Musnier? reprenait l'autre Parisienne. Il restera deux heures au pilori. Nous avons le temps. — Avez-vous jamais vu pilorier, ma chère Mahiette?

— Oui, dit la provinciale, à Reims.

— Ah! bah! qu'est-ce que c'est que ça, votre pilori de Reims? une méchante cage où l'on ne tourne que des paysans. Voilà grand'chose!

— Que des paysans! dit Mahiette, au Marché-aux-Draps! à Reims! Nous y avons vu de fort beaux criminels, et qui avaient tué père et mère! Des paysans! pour qui nous prenez-vous, Gervaise?

Il est certain que la provinciale était sur le point de se fâcher, pour l'honneur de son pilori. Heureusement la discrète damoiselle Oudarde Musnier détourna à temps la conversation.

— A propos, damoiselle Mahiette, que dites-vous de nos ambassadeurs flamands? en avez-vous d'aussi beaux à Reims?

— J'avoue, répondit Mahiette, qu'il n'y a que Paris pour voir des Flamands comme ceux-là.

— Avez-vous vu dans l'ambassade ce grand ambassadeur qui est chaussetier? demanda Oudarde.

— Oui, dit Mahiette. Il a l'air d'un Saturne.

— Et ce gros dont la figure ressemble à un ventre nu? reprit Gervaise. Et ce petit qui a de petits yeux bordés d'une paupière rouge, ébarbillonnée et déchiquetée comme une tête de chardon.

— Ce sont leurs chevaux qui sont beaux à voir, dit Oudarde, vêtus comme ils sont à la mode de leur pays!

— Ah! ma chère, interrompit la provinciale Mahiette, prenant à son tour un air de supériorité, qu'est-ce que vous diriez donc si vous aviez vu, en 61, au sacre de Reims, il y a dix-huit ans, les chevaux des princes et de la compagnie du roi? Des houssures et caparaçons de toutes sortes, les uns de drap de Damas, de fin drap d'or, fourrés de martres zibelines; les autres, de velours, fourrés de pennes d'hermine; les autres, tout chargés d'orfévrerie et de grosses campanes d'or et d'argent! et la finance que cela avait coûté! et les beaux enfants pages qui étaient dessus!

— Cela n'empêche pas, répliqua sèchement damoiselle Oudarde, que les Flamands ont de fort beaux chevaux, et qu'ils ont fait hier un souper superbe chez monsieur le prévôt des marchands, à l'Hôtel-de-Ville, où on leur a servi des dragées, de l'hypocras, des épices et autres singularités.

— Que dites-vous là, ma voisine! s'écria Gervaise. C'est chez monsieur le cardinal, au Petit-Bourbon, que les Flamands ont soupé.

— Non pas; à l'Hôtel-de-Ville.

— Si fait; au Petit-Bourbon.

— C'est si bien à l'Hôtel-de-Ville, reprit Oudarde avec aigreur, que le docteur Scourable leur a fait une harangue en latin, dont ils sont demeurés fort satisfaits. C'est mon mari, qui est libraire-juré, qui me l'a dit.

— C'est si bien au Petit-Bourbon, répondit Gervaise non moins vivement, que voici ce que leur a présenté le procureur de monsieur le cardinal : douze doubles quarts d'hypocras blanc, clairet et vermeil; vingt-quatre layettes de massepain double de Lyon doré; autant de torches de deux livres pièce; et six demi-queues de vin de Beaune, blanc et clairet, le meilleur qu'on ait pu trouver. J'espère que cela est positif. Je le tiens de mon mari, qui est cinquantenier au Parloir-aux-Bourgeois, et qui faisait ce matin la comparaison des ambassadeurs flamands avec ceux du Prete-Jan et de l'empereur de Trébizonde, qui sont venus de Mésopotamie à Paris, sous le dernier roi, et qui avaient des anneaux aux oreilles.

— Il est si vrai qu'ils ont soupé à l'Hôtel-de-Ville, répliqua Oudarde, peu émue de cet étalage, qu'on n'a jamais vu un tel triomphe de viandes et de dragées.

— Je vous dis, moi, qu'ils ont été servis par le Sec, sergent de la ville, à l'Hôtel du Petit-Bourbon, et que c'est là ce qui vous trompe.

— A l'Hôtel-de-Ville, vous dis-je!

— Au Petit-Bourbon, ma chère! si bien qu'on avait illuminé en verres magiques le mot *Espérance* qui est écrit sur le grand portail.

— A l'Hôtel-de-Ville! à l'Hôtel-de-Ville! Même que Husson-le-Voir jouait de la flûte!

— Je vous dis que non!

— Je vous dis que si!

— Je vous dis que non!

La bonne grosse Oudarde se préparait à répliquer, et la querelle en fût peut-être venue aux coiffes, si Mahiette ne se fût écriée tout à coup : —Voyez donc ces gens qui sont attroupés là-bas au bout du pont! Il y a au milieu d'eux quelque chose qu'ils regardent.

— En vérité, dit Gervaise, j'entends tambouriner. Je crois que c'est la petite Smeralda qui fait ses momeries avec sa chèvre. Eh vite, Mahiette! doublez le pas, et traînez votre garçon. Vous êtes venue ici pour visiter les curiosités de Paris. Vous avez vu hier les Flamands; il faut voir aujourd'hui l'égyptienne.

— L'égyptienne! dit Mahiette en rebroussant brusquement chemin, et en serrant avec force le bras de son fils. Dieu m'en garde! elle me volerait mon enfant! — Viens, Eustache!

Et elle se mit à courir sur le quai vers la Grève, jusqu'à ce qu'elle eût laissé le pont bien loin derrière elle. Cependant, l'enfant, qu'elle traînait, tomba sur les genoux : elle s'arrêta essoufflée. Oudarde et Gervaise la rejoignirent.

— Cette égyptienne vous voler votre enfant! dit Gervaise. Vous avez là une singulière fantaisie.

Mahiette hochait la tête d'un air pensif.

— Ce qui est singulier, observa Oudarde, c'est que la sachette a la même idée des égyptiennes.

— Qu'est-ce que c'est que la sachette? dit Mahiette.

— Hé? dit Oudarde, sœur Gudule.

— Qu'est-ce que c'est, reprit Mahiette, que sœur Gudule?

— Vous êtes bien de votre Reims, de ne pas savoir cela! répondit Oudarde. C'est la recluse du Trou-aux-Rats.

— Comment! demanda Mahiette, cette pauvre femme à qui nous portons cette galette?

Oudarde fit un signe de tête affirmatif.

— Précisément. Vous allez la voir tout à l'heure à sa lucarne sur la Grève. Elle a le même regard que vous sur ces vagabonds d'Egypte qui tambourinent et disent la bonne aventure au public. On ne sait pas d'où lui vient cette horreur des zingari et des égyptiens. Mais vous, Mahiette, pourquoi donc vous sauvez-vous ainsi, rien qu'à les voir?

— Oh! dit Mahiette en saisissant entre ses deux mains la tête ronde de son enfant, je ne veux pas qu'il m'arrive ce qui est arrivé à Paquette-la-Chantefleurie.

— Ah! voilà une histoire que vous allez nous conter, ma bonne Mahiette, dit Gervaise en lui prenant le bras.

— Je veux bien, répondit Mahiette; mais il faut que vous soyez bien de votre Paris, pour ne pas savoir cela! Je vous dirai donc, — mais il n'est pas besoin de nous arrêter pour conter la chose, — que Paquette-la-Chantefleurie était une jolie fille de dix-huit ans quand j'en étais une aussi, c'est-à-dire il y a dix-huit ans, et que c'est sa faute si elle n'est pas aujourd'hui comme moi, une bonne grosse fraîche mère de trente-six ans, avec un homme et un garçon. Au reste, dès l'âge de quatorze ans, il n'était plus temps! — C'était donc la fille de Guybertaut, menestrel de bateaux à Reims, le

même qui avait joué devant le roi Charles VII, à son sacre,
quand il descendit notre rivière de Vesle depuis Sillery jusqu'à Muison; que même madame la Pucelle était dans le
bateau. Le vieux père mourut que Paquette était encore
tout enfant; elle n'avait donc plus que sa mère, sœur de
monsieur Matthieu Pradon, maître dinandinier et chau-
dronnier, à Paris, rue Parin-Garlin, lequel est mort l'an
passé. Vous voyez qu'elle était de famille. La mère était une
bonne femme, par malheur, et n'apprit rien à Paquette
qu'un peu de doreloterie et de bimbeloterie qui n'empêchait pas la petite de devenir fort grande et de rester fort
pauvre. Elles demeuraient toutes deux à Reims, le long de la
rivière, rue de Folle-Peine. Notez ceci; je crois que c'est ce
qui porta malheur à Paquette. En 61, l'année du sacre de
notre roi Louis onzième que Dieu garde, Paquette était si
gaie et si jolie, qu'on ne l'appelait partout que la Chantefleurie. — Pauvre fille! — Elle avait de jolies dents, elle
aimait à rire pour les faire voir. Or, fille qui aime à rire
s'achemine à pleurer; les belles dents perdent les beaux
yeux. C'était donc la Chantefleurie. Elle et sa mère gagnaient
durement leur vie; elles étaient bien déchues depuis la
mort du ménétrier; leur doreloterie ne leur rapportait
guère plus de six deniers par semaine, ce qui ne fait pas
tout à fait deux liards-à-l'aigle. Où était le temps que le
père Guybertaut gagnait douze sols parisis dans un seul sacre avec une chanson? Un hiver, — c'était en cette même
année 61, — que les deux femmes n'avaient ni bûches ni
fagots, et qu'il faisait très-froid, cela donna de si belles couleurs à la Chantefleurie, que les hommes l'appelaient : Paquette! que plusieurs l'appelèrent Paquerette! et qu'elle
se perdit. — Eustache! que je te voie mordre dans la galette! — Nous vîmes tout de suite qu'elle était perdue, un
dimanche qu'elle vint à l'église avec une croix d'or au cou.
— A quatorze ans! Voyez-vous cela? — Ce fut d'abord le

jeune vicomte de Cormontreuil, qui a son clocher à trois
quarts de lieue de Reims; puis messire Henri de Triancourt,
chevaucheur du roi; puis, moins que cela, Chiart de Beau-
lion, sergent d'armes; puis, en descendant toujours, Guery
Aubergeon, valet tranchant du roi; puis, Macé de Frépus,
barbier de monsieur le dauphin; puis, Thevenin-le-Moine,
queux-le-roi; puis, toujours ainsi de moins jeune en moins
noble, elle tomba à Guillaume Racine, menestrel de vielle,
et à Thierry-de-Mer, lanternier. Alors, pauvre Chantefleurie! elle fut toute à tous; elle était arrivée au dernier sou
de sa pièce d'or. Que vous dirai-je, mesdamoiselles? Au
sacre, dans la même année 61, c'est elle qui fit le lit du
roi des ribauds! — Dans la même année!

Mahiette soupira, et essuya une larme qui roulait dans ses
yeux.

— Voilà une histoire qui n'est pas très-extraordinaire,
dit Gervaise, et je ne vois pas en tout cela d'égyptiens ni
d'enfants.

— Patience! reprit Mahiette; d'enfant, vous allez en
voir un. — En 66, il y aura seize ans ce mois-ci à la Sainte-
Paule, Paquette accoucha d'une petite fille. La malheureuse!
elle eut une grande joie; elle désirait un enfant depuis
longtemps. Sa mère, bonne femme qui n'avait jamais su
que fermer les yeux, sa mère était morte. Paquette n'avait
plus rien à aimer au monde, plus rien qui l'aimât. Depuis
cinq ans qu'elle avait failli, c'était une pauvre créature que
la Chantefleurie. Elle était seule, seule dans cette vie, mon-
trée au doigt, criée par les rues, battue des sergents, mo-
quée des petits garçons en guenilles. Et puis, les vingt ans
étaient venus; et vingt ans, c'est la vieillesse pour les femmes amoureuses. La folie commençait à ne pas lui rapporter plus que la doreloterie autrefois: pour une ride qui
venait, un écu s'en allait; l'hiver lui redevenait dur, le
bois se faisait derechef rare dans son cendrier et le pain

dans sa huche. Elle ne pouvait plus travailler, parce qu'en
devenant voluptueuse elle était devenue paresseuse, et elle
souffrait beaucoup plus, parce qu'en devenant paresseuse
elle était devenue voluptueuse. C'est du moins comme cela
que monsieur le curé de Saint-Remy explique pourquoi ces
femmes-là ont plus froid et plus faim que d'autres pau-
vresses quand elles sont vieilles.

— Oui, observa Gervaise; mais les égyptiens?

— Un moment donc, Gervaise! dit Oudarde, dont l'attention était moins impatiente. Qu'est-ce qu'il y aurait à
la fin, si tout était au commencement? Continuez, Mahiette,
je vous prie. Cette pauvre Chantefleurie!

Mahiette poursuivit.

— Elle était donc bien triste, bien misérable, et creu-
sait ses joues avec ses larmes. Mais dans sa honte, dans sa
folie et dans son abandon, il lui semblait qu'elle serait
moins honteuse, moins folle et moins abandonnée, s'il y
avait quelque chose au monde ou quelqu'un qu'elle pût aimer ou qui pût l'aimer. Il fallait que ce fût un enfant,
parce qu'un enfant seul pouvait être assez innocent pour
cela. — Elle avait reconnu ceci après avoir essayé d'aimer
un voleur, le seul homme qui pût vouloir d'elle; mais au
bout de peu de temps, elle s'était aperçue que le voleur la
méprisait. — A ces femmes d'amour, il faut un amant ou
un enfant pour leur remplir le cœur. Autrement elles sont
bien malheureuses. Ne pouvant avoir d'amant, elle se tourna
tout au désir d'un enfant, et, comme elle n'avait pas cessé
d'être pieuse, elle en fit son éternelle prière au bon Dieu.
Le bon Dieu eut donc pitié d'elle, et lui donna une petite
fille. Sa joie, je ne vous en parle pas; ce fut une furie de
larmes, de caresses et de baisers. Elle allaita elle-même son
enfant, lui fit des langes avec sa couverture, la seule qu'elle
eût sur son lit, et ne sentit plus ni le froid ni la faim. Elle
en redevint belle. Vieille fille fait jeune mère. La galante

rie reprit; on revint voir la Chantefleurie, elle retrouva
chalands pour sa marchandise, et de toutes ces horreurs elle
fit des layettes, béguins et baverolles, des brassières de
dentelles et des petits bonnets de satin, sans même songer
à se racheter une couverture. — Monsieur Eustache, je
vous ai déjà dit de ne pas manger la galette. — Il est sûr
que la petite Agnès, — c'était le nom de l'enfant : nom de
baptême; car de nom de famille, il y a longtemps que la
Chantefleurie n'en avait plus; — il est certain que cette
petite était plus emmaillotée de rubans et de broderies
qu'une dauphine du Dauphiné! — Elle avait entre autres
une paire de petits souliers que le roi Louis XI n'en a certainement pas eu de pareils! Sa mère les lui avait cousus
et brodés elle-même, elle y avait mis toutes ses finesses de
dorelotière et toutes les passequilles d'une robe de bonne
Vierge. — C'étaient bien les deux plus mignons souliers
roses qu'on pût voir. Ils étaient longs tout au plus comme
mon pouce, et il fallait en voir sortir les petits pieds de
l'enfant pour croire qu'ils avaient pu y entrer. Il est vrai
que ces petits pieds étaient si petits, si jolis, si roses! plus
roses que le satin des souliers! — Quand vous aurez des
enfants, Oudarde, vous saurez que rien n'est plus joli que
ces petits pieds et ces petites mains-là.

— Je ne demande pas mieux, dit Oudarde en soupirant,
mais j'attends que ce soit le bon plaisir de M. Andry Musnier.

— Au reste, reprit Mahiette, l'enfant de Paquette n'avait
pas que les pieds de jolis. Je l'ai vue quand elle n'avait que
quatre mois; c'était un amour! Elle avait les yeux plus
grands que la bouche, et les plus charmants fins cheveux
noirs, qui frisaient déjà. Cela aurait fait une fière brune, à
seize ans! Sa mère en devenait de plus en plus folle tous
les jours. Elle la caressait, la baisait, la chatouillait, la lavait, l'attifait, la mangeait! Elle en perdait la tête; elle

en remerciait Dieu. Ses jolis pieds roses surtout, c'était un
ébahissement sans fin, c'était un délire de joie! elle y avait
toujours les lèvres collées, et ne pouvait revenir de leur
petitesse. Elle les mettait dans les petits souliers, les reti-
rait, les admirait, s'en émerveillait, regardait le jour au
travers, s'apitoyait de les essayer à la marche de son lit, et
eût volontiers passé sa vie à genoux, à chausser et à dé-
chausser ces pieds-là comme ceux d'un Enfant-Jésus.

— Le conte est bel et bon, dit à demi-voix la Gervaise;
mais où est l'Egypte dans tout cela?

— Voici, répliqua Mahiette. Il arriva un jour à Reims
des espèces de cavaliers fort singuliers. C'étaient des gueux
et des truands qui cheminaient dans le pays, conduits par
leur duc et par leurs comtes. Ils étaient basanés, avaient
les cheveux tout frisés, et des anneaux d'argent aux oreilles.
Les femmes étaient encore plus laides que les hommes. Elles
avaient le visage plus noir et toujours découvert, un méchant roquet sur le corps, un vieux drap tissu de cordes
lié sur l'épaule, et la chevelure en queue de cheval. Les
enfants qui se vautraient dans leurs jambes auraient fait
peur à des singes. Une bande d'excommuniés. Tout cela
venait en droite ligne de la Basse-Egypte à Reims par la
Pologne. Le pape les avait confessés, à ce qu'on disait, et
leur avait donné pour pénitence d'aller sept ans de suite
dans le monde, sans coucher dans des lits; aussi ils s'appelaient penanciers et puaient. Il paraît qu'ils avaient été
autrefois Sarrasins, ce qui fait qu'ils croyaient à Jupiter,
et qu'ils réclamaient dix livres tournois de tous archevêques,
évêques et abbés crossés et mitrés. C'est une bulle du pape
qui leur valait cela. Ils venaient à Reims dire la bonne
aventure au nom du roi d'Alger et de l'empereur d'Allemagne. Vous pensez bien qu'il n'en fallut pas davantage
pour qu'on leur interdît l'entrée de la ville. Alors toute
la bande campa de bonne grâce près la porte de Braine,

sur cette butte où il y a un moulin, à côté des trous des anciennes crayères. Et ce fut dans Reims à qui les irait voir. Ils vous regardaient dans la main et vous disaient des prophéties merveilleuses; ils étaient de force à prédire à Judas qu'il serait pape. Il courait cependant sur eux de méchants bruits d'enfants volés, de bourses coupées et de chair humaine mangée. Les gens sages disaient aux fous : N'y allez pas, et y allaient de leur côté en cachette. C'était donc un emportement. Le fait est qu'ils disaient des choses à étonner un cardinal. Les mères faisaient grand triomphe de leurs enfants depuis que les égyptiennes leur avaient lu dans la main toutes sortes de miracles écrits en païen et en turc. L'une avait un empereur, l'autre un pape, l'autre un capitaine. La pauvre Chantefleurie fut prise de curiosité; elle voulut savoir ce qu'elle avait, et si sa jolie petite Agnès ne serait pas un jour impératrice d'Arménie ou d'autre chose. Elle la porta donc aux égyptiens; et les égyptiennes d'admirer l'enfant, de la caresser, de la baiser avec leurs bouches noires, et de s'émerveiller sur sa petite main, hélas! à la grande joie de la mère. Elles firent fête surtout aux jolis pieds et aux jolis souliers. L'enfant n'avait pas encore un an. Elle bégayait déjà, riait à sa mère comme une petite folle, était grasse et toute ronde, et avait mille charmants petits gestes des anges du paradis. Elle fut très-effarouchée des égyptiennes, et pleura. Mais la mère la baisa plus fort et s'en alla ravie de la bonne aventure que les devineresses avaient dite à son Agnès. Ce devait être une beauté, une vertu, une reine. Elle retourna donc dans son galetas de la rue Folle-Peine, toute fière d'y rapporter une reine. Le lendemain elle profita d'un moment où l'enfant dormait sur son lit (car elle la couchait toujours avec elle), laissa tout doucement la porte entr'ouverte, et courut raconter à une voisine de la rue de la Séchesserie qu'il viendrait un jour où sa fille Agnès serait

servie à table par le roi d'Angleterre et l'archiduc d'Ethio-
pie, et cent autres surprises. A son retour, n'entendant pas
de cris en montant son escalier, elle se dit : Bon ! l'enfant
dort toujours. Elle trouva sa porte plus grande ouverte
qu'elle ne l'avait laissée, elle entra pourtant, la pauvre
mère, et courut au lit... — L'enfant n'y était plus, la place
était vide. Il n'y avait plus rien de l'enfant, sinon un de
ses jolis petits souliers. Elle s'élança hors de la chambre,
se jeta au bas de l'escalier, et se mit à battre les murailles
avec sa tête, en criant : — Mon enfant ! qui a mon enfant ?
qui m'a pris mon enfant ? — La rue était déserte, la maison
isolée ; personne ne put lui rien dire. Elle alla par la ville,
elle fureta toutes les rues, courut çà et là la journée entière,
folle, égarée, terrible, flairant aux portes et aux fenêtres,
comme une bête farouche qui a perdu ses petits. Elle était
haletante, échevelée, effrayante à voir, et elle avait dans
les yeux un feu qui séchait ses larmes. Elle arrêtait les
passants et criait : — Ma fille ! ma fille ! ma jolie petite
fille ! celui qui me rendra ma fille, je serai sa servante, la
servante de son chien, et il me mangera le cœur s'il veut.
— Elle rencontra M. le curé de Saint-Remy, et lui dit :
Monsieur le curé, je labourerai la terre avec mes ongles,
mais rendez-moi mon enfant ! — C'était déchirant, Oudarde ; et j'ai vu un homme bien dur, maître Ponce-Lacabre,
le procureur, qui pleurait. — Ah ! la pauvre mère ! — Le
soir, elle rentra chez elle. Pendant son absence, une voisine
avait vu deux égyptiennes y monter en cachette avec un
paquet dans leurs bras, puis redescendre après avoir re-
fermé la porte, et s'enfuir en hâte. Depuis leur départ, on
entendait chez Paquette des espèces de cris d'enfant. La
mère rit aux éclats, monta l'escalier comme avec des ailes,
enfonça sa porte comme avec un canon d'artillerie, et
entra... — Une chose affreuse, Oudarde ! Au lieu de sa
gentille petite Agnès, si vermeille et si fraîche, qui était

un don du bon Dieu, une façon de petit monstre, hideux, boiteux, borgne, contrefait, se trainait en piaillant sur le carreau. Elle cacha ses yeux avec horreur. — Oh! dit-elle, est-ce que les sorcières auraient métamorphosé ma fille en cet animal effroyab'e? — On se hâta d'emporter le petit pied-bot; il l'aurait rendu folle. C'était un monstrueux enfant de quelque égyptienne donnée au diable. Il paraissait avoir quatre ans environ, et parlait une langue qui n'était point une langue humaine; c'était des mots qui ne sont pas possibles. — La Chantefleurie s'était jetée sur le petit soulier, tout ce qui lui restait de tout ce qu'elle avait aimé. Elle y demeura si longtemps immobile, muette, sans souffle, qu'on crut qu'elle y était morte. Tout à coup elle trembla de tout son corps, couvrit sa relique de baisers furieux, et se dégorgea en sanglots comme si son cœur venait de crever. Je vous assure que nous pleurions toutes aussi. Elle disait : Oh! ma petite fille, ma jolie petite fille! où es-tu? et cela vous tordait les entrailles. Je pleure encore d'y songer. Nos enfants, voyez-vous? c'est la moelle de nos os. — Mon pauvre Eustache! tu es si beau, toi! Si vous saviez comme il est gentil! Hier il me disait : Je veux être gendarme, moi. O mon Eustache! si je te perdais! — La Chantefleurie se leva tout à coup, et se mit à courir dans Reims, en criant : — Au camp des égyptiens! au camp des égyptiens! Des sergents pour brûler les sorcières! — Les égyptiens étaient partis. — Il faisait nuit noire. On ne put les poursuivre. Le lendemain, à deux lieues de Reims, dans une bruyère entre Gueux et Tilloy, on trouva les restes d'un grand feu, quelques rubans qui avaient appartenu à l'enfant de Paquette, des gouttes de sang et des crottins de bouc. La nuit qui venait de s'écouler était précisément celle d'un samedi. On ne douta plus que les égyptiens n'eussent fait le sabbat dans cette bruyère, et qu'ils n'eussent dévoré l'enfant en compagnie de Belzé-

buth, comme cela se pratique chez les mahométans.
Quand la Chanteſleurie apprit ces choses horribles, elle
ne pleura pas, elle remua les lèvres comme pour parler,
mais ne put. Le lendemain, ses cheveux étaient gris. Le
surlendemain, elle avait disparu.

— Voilà en effet une effroyable histoire, dit Oudarde,
et qui ſerait pleurer un Bourguignon !

— Je ne m'étonne plus, ajouta Gervaise, que la peur des
égyptiens vous talonne si ſort !

— Et vous avez d'autant mieux ſait, reprit Oudarde, de
vous sauver tout à l'heure avec votre Eustache, que ceux-
ci aussi sont des égyptiens de Pologne.

— Non pas, dit Gervaise. On dit qu'ils viennent d'Espagne et de Catalogne.

— Catalogne ? c'est possible, répondit Oudarde, Pologne,
Catalogne, Valogne, je conſonds toujours ces trois pro-
vinces-là. Ce qui est sûr, c'est que ce sont des égyptiens.

— Et qui ont certainement, ajouta Gervaise, les dents
assez longues pour manger des petits enfants. Et je ne serais pas surprise que la Sméralda en mangeât aussi un peu,
tout en faisant la petite bouche. Sa chèvre blanche a des
tours trop malicieux pour qu'il n'y ait pas quelque liberti-
nage là-dessous.

Mahiette marchait silencieusement. Elle était absorbée
dans cette rêverie qui est en quelque sorte le prolongement d'un récit douloureux, et qui ne s'arrête qu'après
en avoir propagé l'ébranlement, de vibration en vibration,
jusqu'aux dernières ſibres du cœur. Cependant Gervaise lui
adressa la parole . — Et l'on n'a pu savoir ce qu'est devenue la Chanteſleurie ? Mahiette ne répondit pas. Gervaise
répéta sa question en lui secouant le bras et en l'appelant
par son nom. Mahiette parut se réveiller de ses pensées.

Ce qu'est devenue la Chanteſleurie ? dit-elle en répétant
machinalement les paroles dont l'impression était toute

fraîche dans son oreille; puis faisant effort pour ramener
son attention au sens de ces paroles : Ah! reprit-elle vivement, on ne l'a jamais su.

Elle ajouta après une pause :

— Les uns ont dit l'avoir vue sortir de Reims à la brune
par la Porte-Fléchembault; les autres, au point du jour, par
la vieille Porte-Basée. Un pauvre a trouvé sa croix d'or ac-
crochée à la croix de pierre dans la culture où se fait la
foire. C'est ce joyau qui l'avait perdue, en 61. C'était un
don du beau vicomte de Cormontreuil, son premier amant.
Paquette n'avait jamais voulu s'en défaire, si misérable
qu'elle eût été. Elle y tenait comme à la vie. Aussi, quand
nous vîmes l'abandon de cette croix, nous pensâmes toutes
qu'elle était morte. Cependant il y a des gens du Cabaret-
les-Vautes qui dirent l'avoir vue passer sur le chemin de
Paris, marchant pieds nus sur les cailloux. Mais il faudrait
alors qu'elle fût sortie par la porte de Vesle, et tout cela
n'est pas d'accord. Ou, pour mieux dire, je crois bien
qu'elle est sortie en effet par la porte de Vesle, mais sortie de ce monde.

— Je ne vous comprends pas, dit Gervaise.

— La Vesle, répondit Mahiette avec un sourire mélancolique, c'est la rivière.

— Pauvre Chantefleurie! dit Oudarde en frissonnant,
noyée!

— Noyée! reprit Mahiette, et qui eût dit au bon père
Guybertaut quand il passait sous le pont de Tinqueux au
fil de l'eau, en chantant dans sa barque, qu'un jour sa
chère petite Paquette passerait aussi sous ce pont-là, mais
sans chanson et sans bateau?

— Et le petit soulier? demanda Gervaise.

— Disparu avec la mère, répondit Mahiette.

— Pauvre petit soulier! dit Oudarde.

Oudarde, grosse et sensible femme, se serait fort bien

22.

satisfaite à soupirer en compagnie avec Mahiette. Mais Gervaise, plus curieuse, n'était pas au bout de ses questions.

— Et le monstre? dit-elle tout à coup à Mahiette.

— Quel monstre? demanda celle-ci.

— Le petit monstre égyptien laissé par les sorcières chez la Chantefleurie en échange de sa fille. Qu'en avez-vous fait? J'espère bien que vous l'avez noyé aussi.

— Non pas, répondit Mahiette.

— Comment! brûlé alors? Au fait, c'est plus juste. Un enfant sorcier!

— Ni l'un ni l'autre, Gervaise. M. l'archevêque s'est intéressé à l'enfant de l'Egypte, l'a exorcisé, l'a béni, lui a ôté bien soigneusement le diable du corps, et l'a envoyé à Paris pour être exposé sur le lit de bois, à Notre-Dame, comme enfant trouvé.

— Ces évêques! dit Gervaise en grommelant, parce qu'ils sont savants ils ne font rien comme les autres. Je vous demande un peu, Oudarde, mettre le diable aux enfants-trouvés! car c'était bien sûr le diable que ce petit monstre. — Eh bien! Mahiette, qu'est-ce qu'on en a fait à Paris? Je compte bien que pas une personne charitable n'en a voulu.

— Je ne sais pas, répondit la Rémoise; c'est justement dans ce temps-là que mon mari a acheté le tabellionage de Beru, à deux lieues de la ville, et nous ne nous sommes plus occupés de cette histoire; avec cela que devant Beru il y a les deux buttes de Cernay, qui vous font perdre de vue les clochers de la cathédrale de Reims.

Tout en parlant ainsi, les trois dignes bourgeoises étaient arrivées à la place de Grève. Dans leur préoccupation, elles avaient passé, sans s'y arrêter, devant le bréviaire public de la Tour-Roland, et se dirigeaient machinalement vers le pilori, autour duquel la foule grossissait à chaque instant. Il est probable que le spectacle qui y attirait en ce moment tous les regards leur eût fait complétement oublier le Trou-aux-Rats, et la station qu'elles s'étaient proposé d'y faire, si le gros Eustache de six ans, que Mahiette traînait à sa main, ne leur en eût rappelé brusquement l'objet : — Mère, dit-il, comme si quelque instinct l'avertissait que le Trou-aux-Rats était derrière lui, à présent puis-je manger le gâteau?

Si Eustache eût été plus adroit, c'est-à-dire moins gourmand, il aurait encore attendu, et ce n'est qu'au retour, dans l'Université, au logis, chez maître Andry Musnier, rue Madame-la-Valence, lorsqu'il y aurait eu les deux bras de la Seine et les cinq ponts de la Cité entre le Trou-aux-Rats et la galette, qu'il eût hasardé cette question timide : — Mère, à présent puis-je manger le gâteau?

Cette même question, imprudente au moment où Eustache la fit, réveilla l'attention de Mahiette.

— A propos, s'écria-t-elle, nous oublions la recluse! Montrez-moi donc votre Trou-aux-Rats, que je lui porte son gâteau.

— Tout de suite, dit Oudarde, c'est une charité.

Ce n'était pas là le compte d'Eustache.

— Tiens, ma galette, dit-il en heurtant alternativement ses deux épaules de ses deux oreilles, ce qui est en pareil cas le signe suprême du mécontentement.

Les trois femmes revinrent sur leurs pas, et, arrivées près de la maison de la Tour-Roland, Oudarde dit aux deux autres : — Il ne faut pas regarder toutes trois à la fois dans le trou, de peur d'effaroucher la sachette. Faites semblant, vous deux, de lire *Dominus* dans le bréviaire pendant que je mettrai le nez à la lucarne; la sachette me connaît un peu. Je vous avertirai quand vous pourrez venir.

Elle alla seule à la lucarne. Au moment où sa vue y pénétra, une profonde pitié se peignit sur tous ses traits, et sa gaie et franche physionomie changea aussi brusquement d'expression et de couleur que si elle eût passé d'un rayon de soleil à un rayon de lune; son œil devint humide, sa bouche se contracta comme lorsqu'on va pleurer. Un moment après, elle mit un doigt sur ses lèvres et fit signe à Mahiette de venir voir.

Mahiette vint, émue, en silence et sur la pointe des pieds, comme lorsqu'on approche du lit d'un mourant.

C'était en effet un triste spectacle que celui qui s'offrait aux yeux des deux femmes pendant qu'elles regardaient sans bouger ni souffler à la lucarne grillée du Trou-aux-Rats.

La cellule était étroite, plus large que profonde, voûtée en ogive, et vue à l'intérieur ressemblait assez à l'alvéole d'une grande mitre d'évêque. Sur la dalle nue qui en formait le sol, dans un angle, une femme était assise ou plutôt accroupie. Son menton était appuyé sur ses genoux, que ses deux bras croisés serraient fortement contre sa poitrine. Ainsi ramassée sur elle-même, vêtue d'un sac brun qui l'enveloppait tout entière à larges plis, ses longs cheveux gris rabattus par devant, tombant sur son visage, le long de ses jambes jusqu'à ses pieds, elle ne présentait au premier aspect qu'une forme étrange, découpée sur le fond ténébreux de la cellule, une espèce de triangle noirâtre, que le rayon de jour venant de la lucarne tranchait crûment en deux nuances, l'une sombre, l'autre éclairée. C'était un de ces spectres mi-partis d'ombre et de lumière, comme on en voit dans les rêves et dans l'œuvre extraordinaire de Goya, pâles, immobiles, sinistres, accroupis sur une tombe ou adossés à la grille d'un cachot. Ce n'était ni une femme, ni un homme, ni un être vivant, ni une forme définie : c'était une figure, une sorte de vision sur laquelle s'entrecoupaient le réel et le fantastique, comme l'ombre et le jour. A peine sous ses cheveux ré-

pandus jusqu'à terre distinguait-on un profil amaigri et
sévère; à peine sa robe laissait-elle passer l'extrémité d'un
pied nu qui se crispait sur le pavé rigide et gelé. Le peu
de forme humaine qu'on entrevoyait sous cette enveloppe
de deuil faisait frissonner.

Cette figure, qu'on eût crue scellée dans la dalle, paraissait n'avoir ni mouvement, ni pensée, ni haleine. Sous ce
mince sac de toile, en janvier, gisante à nu sur un pavé
de granit, sans feu, dans l'ombre d'un cachot dont le soupirail oblique ne laissait arriver du dehors que la bise et
jamais le soleil, elle ne semblait pas souffrir, pas même
sentir. On eût dit qu'elle s'était faite pierre avec le cachot,
glace avec la saison. Ses mains étaient jointes, ses yeux
étaient fixes. A la première vue on la prenait pour un
spectre, à la seconde pour une statue.

Cependant par intervalles ses lèvres bleues s'entr'ouvraient à un souffle, et tremblaient, mais aussi mortes et
aussi machinales que des feuilles qui s'écartent au vent.

Cependant de ses yeux mornes s'échappait un regard,
un regard ineffable, un regard profond, lugubre, imperturbable, incessamment fixé à un angle de la cellule qu'on
ne pouvait voir du dehors; un regard qui semblait ratta-
cher toutes les sombres pensées de cette âme en détresse à
je ne sais quel objet mystérieux.

Telle était la créature qui recevait de son habitacle le
nom de *recluse* et de son vêtement le nom de *sachette*.

Les trois femmes, car Gervaise s'était réunie à Mahiette
et à Oudarde, regardaient par la lucarne. Leur tête inter-
ceptait le faible jour du cachot, sans que la misérable
qu'elles en privaient ainsi parût faire attention à elles. —
Ne la troublons pas, dit Oudarde à voix basse, elle est dans
son extase : elle prie.

Cependant Mahiette considérait avec une anxiété toujours croissante cette tête hâve, flétrie, échevelée, et ses

yeux se remplissaient de larmes. — Voilà qui serait bien singulier! murmurait-elle.

Elle passa sa tête à travers les barreaux du soupirail, et parvint à faire arriver son regard jusque dans l'angle où le regard de la malheureuse était invariablement attaché.

Quand elle retira sa tête de la lucarne, son visage était inondé de larmes.

— Comment appelez-vous cette femme? demanda-t-elle à Oudarde.

Oudarde répondit : — Nous la nommons sœur Gudule.

— Et moi, reprit Mahiette, je l'appelle Paquette-la-Chanteleurie.

Alors, mettant un doigt sur sa bouche, elle fit signe à Oudarde stupéfaite de passer sa tête par la lucarne et de regarder.

Oudarde regarda, et vit, dans l'angle où l'œil de la recluse était fixé avec cette sombre extase, un petit soulier de satin rose, brodé de mille passequilles d'or et d'argent.

Gervaise regarda après Oudarde, et alors les trois femmes, considérant la malheureuse mère, se mirent à pleurer.

Ni leurs regards cependant ni leurs larmes n'avaient distrait la recluse. Ses mains restaient jointes, ses lèvres muettes, ses yeux fixes, et, pour qui savait son histoire, ce petit soulier regardé ainsi fendait le cœur.

Les trois femmes n'avaient pas encore proféré une parole; elles n'osaient parler, même à voix basse. Ce grand silence, cette grande douleur, ce grand oubli, où tout avait disparu hors une chose, leur faisait l'effet d'un maître-autel de Pâques ou de Noël. Elles se taisaient, elles se recueillaient, elles étaient prêtes à s'agenouiller. Il leur semblait qu'elles venaient d'entrer dans une église le jour de Ténèbres.

Enfin Gervaise, la plus curieuse des trois, et par consé-

quent la moins sensible, essaya de faire parler la recluse :
— Sœur ! sœur Gudule !

Elle répéta cet appel jusqu'à trois fois, en haussant la
voix chaque fois. La recluse ne bougea pas; pas un mot,
pas un regard, pas un soupir, pas un signe de vie.

Oudarde à son tour d'une voix plus douce et plus ca-
ressante : — Sœur ! dit-elle, sœur Sainte-Gudule !

Même silence, même immobilité.

— Une singulière femme ! s'écria Gervaise, et qui ne
serait pas émue d'une bombarde.

— Elle est peut-être sourde, dit Oudarde en soupirant.

— Peut-être aveugle, ajouta Gervaise.

— Peut-être morte, reprit Mahiette.

Il est certain que si l'âme n'avait pas encore quitté ce
corps inerte, endormi, léthargique, du moins s'y était-elle
retirée et cachée à des profondeurs où les perceptions des
organes extérieurs n'arrivaient plus.

— Il faudra donc, dit Oudarde, laisser le gâteau sur la
lucarne; quelque fils le prendra. Comment faire pour la
réveiller?

Eustache, qui jusqu'à ce moment avait été distrait par
une petite voiture traînée par un gros chien, laquelle venait de passer, s'aperçut tout à coup que ses trois conduc-
trices regardaient quelque chose à la lucarne; et, la curiosité le prenant à son tour, il monta sur une borne, se
dressa sur la pointe des pieds, et appliqua son gros visage
vermeil à l'ouverture, en criant : — Mère, voyons donc
que je voie !

A cette voix d'enfant, claire, fraîche, sonore, la recluse
tressaillit. Elle tourna la tête avec le mouvement sec et brusque d'un ressort d'acier, ses deux longues mains déchar-
nées vinrent écarter ses cheveux sur son front, et elle fixa
sur l'enfant des yeux étonnés, amers, désespérés. Ce regard ne fut qu'un éclair. —   mon Dieu! cria-t-elle tout

à coup en cachant sa tête dans ses genoux, et il semblait
que sa voix rauque déchirait sa poitrine en passant, au
moins ne me montrez pas ceux des autres!

— Bonjour, madame, dit l'enfant avec gravité.

Cependant cette secousse avait, pour ainsi dire, réveillé
la recluse. Un long frisson parcourut tout son corps de la
tête aux pieds; ses dents claquèrent, elle releva à demi sa
tête et dit en serrant ses coudes contre ses hanches et en
prenant ses pieds dans ses mains comme pour les réchauffer :—Oh ! le grand froid !

— Pauvre femme, dit Oudarde en grande pitié, voulez-
vous un peu de feu?

Elle secoua le tête en signe de refus.

— Eh bien ! reprit Oudarde en lui présentant un flacon,
voici de l'hypocras qui vous réchauffera ; buvez.

Elle secoua de nouveau la tête, regarda Oudarde fixement et répondit : — De l'eau.

Oudarde insista. —Non, sœur, ce n'est pas là une boisson
de janvier. Il faut boire un peu d'hypocras et manger cette
galette au levain de maïs, que nous avons cuite pour vous.

Elle repoussa le gâteau que Mahiette lui présentait et
dit : — Du pain noir.

— Allons, dit Gervaise prise à son tour de charité, et
défaisant son roquet de laine, voici un surtout un peu
plus chaud que le vôtre. Mettez ceci sur vos épaules.

Elle refusa le surtout comme le flacon et le gâteau, et
répondit : — Un sac.

— Mais il faut bien, reprit la bonne Oudarde, que vous
vous aperceviez un peu que c'était hier fête.

— Je m'en aperçois, dit la recluse. Voilà deux jours
que je n'ai plus d'eau dans ma cruche.

Elle ajouta après un silence : — C'est fête ; on m'oublie.
On fait bien. Pourquoi le monde songerait-il à moi, qui
ne songe pas à lui? A charbon éteint cendre froide.

Et, comme fatiguée d'en avoir tant dit, elle laissa tomber sa tête sur ses genoux. La simple et charitable Oudarde, qui crut comprendre à ces dernières paroles qu'elle se plaignait encore du froid, lui répondit naïvement : — Alors voulez-vous un peu de feu ?

— Du feu ! dit la sachette avec un accent étrange ; et en ferez-vous aussi un peu avec la pauvre petite qui est sous terre depuis quinze ans ?

Tous ses membres tremblèrent, sa parole vibrait, ses yeux brillaient, elle s'était levée sur les genoux ; elle étendit tout à coup sa main blanche et maigre vers l'enfant, qui la regardait avec un regard étonné :

— Emportez cet enfant ! cria-t-elle. L'égyptienne va passer !

Alors elle tomba la face contre terre, et son front frappa la dalle avec le bruit d'une pierre sur une pierre. Les trois femmes la crurent morte. Un moment après pourtant, elle remua, et elles la virent se traîner sur les coudes et sur les genoux jusqu'à l'angle où était le petit soulier. Alors elles n'osèrent regarder ; elles ne la virent plus ; mais elles entendirent mille baisers et mille soupirs, mêlés à des cris déchirants et à des coups sourds comme ceux d'une tête qui heurte une muraille ; puis, après un de ces coups, tellement violent qu'elles en chancelèrent toutes les trois, elles n'entendirent plus rien.

— Se serait-elle tuée ? dit Gervaise en se risquant à passer sa tête au soupirail. — Sœur ! sœur Gudule !

— Sœur Gudule ! répéta Oudarde.

— Ah ! mon Dieu ! elle ne bouge plus ! reprit Gervaise, est-ce qu'elle est morte ? Gudule ! Gudule !

Mahiette, suffoquée jusque-là à ne pouvoir parler, fit un effort. — Attendez, dit-elle ; puis se penchant vers la lucarne : — Paquette ! dit-elle, Paquette-la-Chanteﬂeurie !

Un enfant qui souﬄe ingénument sur la mèche mal

allumée d'un pétard, et se le fait éclater dans les yeux, n'est pas plus épouvanté que ne le fut Mahiette, à l'effet de ce nom brusquement lancé dans la cellule de sœur Gudule.

La recluse tressaillit de tout son corps, se leva debout sur ses pieds nus, et sauta à la lucarne avec des yeux si flamboyants, que Mahiette et Oudarde, et l'autre femme et l'enfant reculèrent jusqu'au parapet du quai.

Cependant la sinistre figure de la recluse apparut collée à la grille du soupirail. — Oh! oh! criait-elle avec un rire effrayant, c'est l'égyptienne qui m'appelle!

En ce moment une scène qui se passait au pilori arrêta son œil hagard. Son front se plissa d'horreur, elle étendit hors de sa loge ses deux bras de squelette, et s'écria avec une voix qui ressemblait à un râle : — C'est donc encore toi, fille d'Egypte! c'est toi qui m'appelles, voleuse d'enfants! Eh bien! maudite sois-tu! maudite! maudite! maudite!

IV

UNE LARME POUR UNE GOUTTE D'EAU.

Ces paroles étaient, pour ainsi dire, le point de jonction de deux scènes qui s'étaient jusque-là développées parallèlement dans le même moment, chacune sur son théâtre particulier : l'une, celle qu'on vient de lire, dans le Trou-aux-Rats; l'autre, qu'on va lire, sur l'échelle du pilori. La première n'avait eu pour témoins que les trois femmes avec lesquelles le lecteur vient de faire connaissance; la seconde avait eu pour spectateurs tout le public que nous avons vu plus haut s'amasser sur la place de Grève, autour du pilori et du gibet.

Cette foule, à laquelle les quatre sergents qui s'étaient
postés dès neuf heures du matin aux quatre coins du pilori
avaient fait espérer une exécution telle quelle, non pas
sans doute une pendaison, mais un fouet, un essorillement,
quelque chose enfin, cette foule s'était si rapidement ac-
crue, que les quatre sergents, investis de trop près, avaient
eu plus d'une fois besoin de la *serrer*, comme on disait
alors, à grands coups de boullaye et de croupe de cheval.

Cette populace, disciplinée à l'attente des exécutions publiques, ne manifestait pas trop d'impatience. Elle se di-
vertissait à regarder le pilori, espèce de monument fort
simple composé d'un cube de maçonnerie de quelque dix
pieds de haut, creux à l'intérieur. Un degré fort roide en
pierre brute, qu'on appelait par excellence l'*échelle*, conduisait à la plate-forme supérieure, sur laquelle on apercevait une roue horizontale en bois de chêne plein. On
liait le patient sur cette roue, à genoux et les bras derrière le dos. Une tige en charpente, que mettait en mouvement un cabestan caché dans l'intérieur du petit édifice,
imprimait une rotation à la roue toujours maintenue dans
le plan horizontal, et présentait de cette façon la face du
condamné successivement à tous les points de la place.
C'est ce qu'on appelait tourner un criminel.

Comme on voit, le pilori de la Grève était loin d'offrir
toutes les récréations du pilori des Halles. Rien d'architectural. Rien de monumental. Pas de toit à croix de fer,
pas de lanterne octogone, pas de frêles colonnettes allant
s'épanouir au bord du toit en chapiteaux d'acanthes et de
fleurs, pas de gouttières chimériques et monstrueuses, pas
de charpente ciselée, pas de fine sculpture profondément
fouillée dans la pierre.

Il fallait se contenter de ces quatre pans de moellon
avec deux contre-cœurs de grès, et d'un méchant gibet de
pierre, maigre et nu, à côté.

Le régal eût été mesquin pour des amateurs d'architecture gothique. Il est vrai que rien n'était moins curieux de
monuments que les braves badauds du moyen âge et qu'ils
se souciaient médiocrement de la beauté d'un pilori.

Le patient arriva enfin lié au cul d'une charrette, et,
quand il eut été hissé sur la plate-forme, quand on put le
voir de tous les points de la place ficelé à cordes et à courroies sur la roue du pilori, une huée prodigieuse, mêlée de
rires et d'acclamations, éclata dans la place. On avait reconnu Quasimodo.

C'était lui en effet. Le retour était étrange. Pilorié sur
cette même place où la veille il avait été salué, acclamé et
conclamé pape et prince des fous, en cortége du duc d'E-
gypte, du roi de Thunes et de l'empereur de Galilée. Ce
qu'il y a de certain, c'est qu'il n'y avait pas un esprit dans
la foule, pas même lui, tour à tour le triomphant et le patient, qui dégageât nettement ce rapprochement dans sa
pensée. Gringoire et sa philosophie manquaient à ce spectacle.

Bientôt Michel Noiret, trompette-juré du roi notre sire,
fit faire silence aux manants, et cria l'arrêt, suivant l'ordonnance et commandement de monsieur le prévôt. Puis ii
se replia derrière la charrette avec ses gens en hoquetons
de livrée.

Quasimodo, impassible, ne sourcillait pas. Toute résistance lui était rendue impossible par ce qu'on appelait
alors, en style de chancellerie criminelle, la *véhémence* et
la *fermeté des attaches*, ce qui veut dire que les laniéres
et les chaînettes lui entraient probablement dans la chair.
C'est au reste une tradition de geôle et de chiourme qui ne
s'est pas perdue, et que les menottes conservent encore
précieusement parmi nous, peuple civilisé, doux, humain
(le bagne et la guillotine entre parenthéses).

Il s'était laissé mener, pousser, porter, jucher, lier et

relier. On ne pouvait rien deviner sur sa physionomie qu'un étonnement de sauvage ou d'idiot. On le savait sourd, on l'eût dit aveugle.

On le mit à genoux sur la planche circulaire : il s'y laissa mettre. On le dépouilla de chemise et de pourpoint jusqu'à la ceinture : il se laissa faire. On l'enchevêtra sous un nouveau système de courroies et d'ardillons : il se laissa boucler et ficeler. Seulement de temps à autre il soufflait bruyamment, comme un veau dont la tête pend et ballotte au rebord de la charrette du boucher.

— Le butor, dit Jehan Frollo du Moulin à son ami Robin Poussepain (car les deux écoliers avaient suivi le patient, comme de raison), il ne comprend pas plus qu'un hanneton enfermé dans une boîte.

Ce fut un fou rire dans la foule quand on vit à nu la bosse de Quasimodo, sa poitrine de chameau, ses épaules calleuses et velues. Pendant toute cette gaieté, un homme à la livrée de la ville, de courte taille et de robuste mine, monta sur la plate-forme et vint se placer près du patient. Son nom circula bien vite dans l'assistance. C'était maître Pierrat Torterue, tourmenteur-juré du Châtelet.

Il commença par déposer sur un angle du pilori un sablier noir dont la capsule supérieure était pleine de sable rouge qu'elle laissait fuir dans le récipient inférieur ; puis il ôta son surtout mi-parti, et l'on vit pendre à sa main droite un fouet mince et effilé de longues lanières blanches, luisantes, noueuses, tressées, armées d'ongles de métal. De la main gauche il repliait négligemment sa chemise autour de son bras droit, jusqu'à l'aisselle.

Cependant Jehan Frollo criait, en élevant sa tête blonde et frisée au-dessus de la foule (il était monté pour cela sur les épaules de Robin Poussepain) : — Venez voir, messieurs, mesdames ! voici qu'on va flageller péremptoirement maître Quasimodo, le sonneur de mon frère monsieur l'archidiacre de Josas, une drôle d'architecture orientale, qui a le dos en dôme et les jambes en colonnes torses!

Et la foule de rire, surtout les enfants et les jeunes filles.

Enfin le tourmenteur frappa du pied. La roue se mit à tourner. Quasimodo chancela sous ses liens. La stupeur qui se peignit brusquement sur son visage difforme fit redoubler à l'entour les éclats de rire.

Tout à coup, au moment où la roue dans sa révolution présenta à maître Pierrat le dos montueux de Quasimodo, maître Pierrat leva le bras; les fines lanières sifflèrent aigrement dans l'air comme une poignée de couleuvres, et retombèrent avec furie sur les épaules du misérable.

Quasimodo sauta sur lui-même, comme réveillé en sursaut. Il commençait à comprendre. Il se tordit dans ses liens; une violente contraction de surprise et de douleur décomposa les muscles de sa face : mais il ne jeta pas un soupir. Seulement il tourna la tête en arrière, à droite, puis à gauche, en la balançant comme fait un taureau piqué au flanc par un taon.

Un second coup suivit le premier, puis un troisième, et un autre, et un autre, et toujours. La roue ne cessait pas de tourner ni les coups de pleuvoir. Bientôt le sang jaillit, on le vit ruisseler par mille filets sur les noires épaules du bossu; et les grêles lanières, dans leur rotation qui déchirait l'air, l'éparpillaient en gouttes dans la foule.

Quasimodo avait repris, en apparence du moins, son impassibilité première. Il avait essayé, d'abord sourdement et sans grande secousse extérieure, de rompre ses liens. On avait vu son œil s'allumer, ses muscles se roidir, ses membres se ramasser, et les courroies et les chaînettes se tendre. L'effort était puissant, prodigieux, désespéré; mais les vieilles gênes de la prévôté résistèrent. Elles craquèrent, et voilà tout. Quasimodo retomba épuisé. La stupeur fit place, sur ses traits, à un sentiment d'amer et profond découragement. Il ferma son œil unique, laissa tomber sa tête sur sa poitrine, et fit le mort.

Dès lors il ne bougea plus. Rien ne put lui arracher un mouvement. Ni son sang, qui ne cessait de couler, ni les coups qui redoublaient de furie, ni la colère du tourmenteur, qui s'excitait lui-même et s'enivrait de l'exécution, ni le bruit des horribles lanières plus acérées et plus sifflantes que des pattes de bigailles.

Enfin, un huissier du Châtelet vêtu de noir, monté sur un cheval noir, en station à côté de l'échelle depuis le commencement de l'exécution, étendit sa baguette d'ébène vers le sablier. Le tourmenteur s'arrêta, la roue s'arrêta. L'œil de Quasimodo se rouvrit lentement.

La flagellation était finie. Deux valets du tourmenteur-juré lavèrent les épaules saignantes du patient, les frottèrent de je ne sais quel onguent qui ferma sur-le-champ toutes les plaies, et lui jetèrent sur le dos une sorte de pagne jaune taillée en chasuble. Cependant Pierrat Torterue faisait dégoutter sur le pavé les lanières rouges et gorgées de sang.

Tout n'était pas fini pour Quasimodo. Il lui restait encore à subir cette heure de pilori que maître Florian Barbedienne avait si judicieusement ajoutée à la sentence de messire Robert d'Estouteville ; le tout à la plus grande gloire du vieux jeu de mots physiologique et psychologique de Jean de Cuméne : *Surdus absurdus*.

On retourna donc le sablier et on laissa le bossu attaché sur la planche pour que justice fût faite jusqu'au bout.

Le peuple, au moyen âge surtout, est dans la société ce qu'est l'enfant dans la famille. Tant qu'il reste dans cet état d'ignorance première, de minorité morale et intellectuelle, on peut dire de lui comme de l'enfant :

Cet âge est sans pitié.

Nous avons déjà fait voir que Quasimodo était générale-

ment haï, pour plus d'une bonne raison, il est vrai. Il y
avait à peine un spectateur dans cette foule qui n'eût ou
ne crût avoir sujet de se plaindre du mauvais bossu de
Notre-Dame. La joie avait été universelle de le voir paraître au pilori ; et la rude exécution qu'il venait de subir
et la piteuse posture où elle l'avait laissé, loin d'attendrir
la populace, avaient rendu sa haine plus méchante en l'ar-
mant d'une pointe de gaieté.

— Aussi, une fois la *vindicte publique* satisfaite, comme
jargonnent encore aujourd'hui les bonnets carrés, ce fut
le tour des mille vengeances particulières. Ici, comme dans
la grand'salle, les femmes surtout éclataient. Toutes lui
gardaient quelque rancune, les unes de sa malice, les autres de sa laideur. Les dernières étaient les plus furieuses.

— Oh ! masque de l'Antechrist ! disait l'une.

— Chevaucheur de manche à balai ! criait l'autre.

— La belle grimace tragique, hurlait une troisième, et
qui le ferait pape des fous, si c'était aujourd'hui hier !

— C'est bon ! reprenait une vieille. Voilà la grimace du
pilori. A quand celle du gibet ?

— Quand seras-tu coiffé de ta grosse cloche à cent pieds
sous terre, maudit sonneur ?

— C'est pourtant ce diable qui sonne l'angelus !

— Oh ! le sourd ! le borgne ! le bossu ! le monstre !

— Figure à faire avorter une grossesse mieux que toutes
médecines et pharmaques !

Et les deux écoliers, Jehan du Moulin, Robin Poussepain, chantaient à tue-tête le vieux refrain populaire :

> Une hart
> Pour le pendard,
> Un fagot
> Pour le magot !

Mille autres injures pleuvaient, et les huées, et les imprécations, et les rires, et les pierres, çà et là.

Quasimodo était sourd, mais il voyait clair, et la fureur publique n'était pas moins énergiquement peinte sur les visages que dans les paroles. D'ailleurs, les coups de pierres expliquaient les éclats de rire.

Il tint bon d'abord. Mais peu à peu cette patience, qui s'était roidie sous le fouet du tourmenteur, fléchit et lâcha pied à toutes ces piqûres d'insectes. Le bœuf des Asturies, qui s'est peu ému des attaques du picador, s'irrite des chiens et des vanderilles.

Il promena d'abord lentement un regard de menace sur la foule. Mais, garrotté comme il l'était, son regard fut impuissant à chasser ces mouches qui mordaient sa plaie. Alors, il s'agita dans ses entraves, et ses soubresauts furieux firent crier sur ses ais la vieille roue du pilori. De tout cela, les dérisions et les huées s'accrurent.

Alors le misérable, ne pouvant briser son collier de bête fauve enchaînée, redevint tranquille; seulement par intervalles un soupir de rage soulevait toutes les cavités de sa poitrine. Il n'y avait sur son visage ni honte ni rougeur. Il était trop loin de l'état de société et trop près de l'état de nature pour savoir ce que c'est que la honte. D'ailleurs, à ce point de difformité, l'infamie est-elle chose sensible? Mais la colère, la haine, le désespoir, abaissaient lentement sur ce visage hideux un nuage de plus en plus sombre, de plus en plus chargé d'une électricité qui éclatait en mille éclairs dans l'œil du cyclope.

Cependant ce nuage s'éclaircit un moment au passage d'une mule qui traversait la foule et qui portait un prêtre. Du plus loin qu'il aperçut cette mule et ce prêtre, le visage du pauvre patient s'adoucit. A la fureur qui le contractait succéda un sourire étrange, plein d'une douceur, d'une mansuétude, d'une tendresse ineffables. A mesure que le prêtre approchait, ce sourire devenait plus net, plus distinct, plus radieux. C'était comme la venue d'un sauveur que le malheureux saluait. Toutefois, au moment où la mule fut assez prés du pilori pour que son cavalier pût reconnaître le patient, le prêtre baissa les yeux, rebroussa brusquement chemin, piqua des deux, comme s'il avait eu hâte de se débarrasser de réclamations humiliantes, et fort peu de souci d'être salué et reconnu d'un pauvre diable en pareille posture.

Ce prêtre était l'archidiacre dom Claude Frollo.

Le nuage retomba plus sombre sur le front de Quasimodo. Le sourire s'y mêla encore quelque temps, mais amer, découragé, profondément triste.

Le temps s'écoulait. Il était là depuis une heure et demie au moins, déchiré, maltraité, moqué sans relâche et presque lapidé.

Tout à coup il s'agita de nouveau dans ses chaines avec un redoublement de désespoir dont trembla toute la charpente qui le portait; et, rompant le silence qu'il avait obstinément gardé jusqu'alors, il cria avec une voix rauque et furieuse, qui ressemblait plutôt à un aboiement qu'à un cri humain, et qui couvrit le bruit des huées : — A boire !

Cette exclamation de détresse, loin d'émouvoir les compassions, fut un surcroît d'amusement au bon populaire parisien qui entourait l'échelle, et qui, il faut le dire, pris en masse et comme multitude, n'était alors guère moins cruel et moins abruti que cette horrible tribu des truands chez laquelle nous avons déjà mené le lecteur, et qui était tout simplement la couche la plus inférieure du peuple. Pas une voix ne s'éleva autour du malheureux patient, si ce n'est pour lui faire raillerie de sa soif. Il est certain qu'en ce moment il était grotesque et repoussant plus encore que pitoyable, avec sa face empourprée et ruisselante, son œil égaré, sa bouche écumante de colère et de souffrance, et sa langue à demi tirée. Il faut dire encore que, se fût-il trouvé dans la cohue quelque bonne âme charitable de bourgeois et de bourgeoise qui eût été tentée d'apporter un verre d'eau à cette misérable créature en peine, il régnait autour des marches infâmes du pilori un tel préjugé de honte et d'ignominie, qu'il eût suffi pour repousser le bon Samaritain.

Au bout de quelques minutes, Quasimodo promena sur la foule un regard désespéré, et répéta d'une voix plus déchirante encore : — A boire!

Et tous de rire.

— Bois ceci! criait Robin Poussepain en lui jetant par la face une éponge traînée dans le ruisseau. Tiens, vilain sourd! je suis ton débiteur.

Une femme lui lançait une pierre à la tête : — Voilà qui t'apprendra à nous réveiller la nuit avec ton carillon de damné!

— Eh bien! fils, hurlait un perclus en faisant effort pour l'atteindre de sa béquille, nous jetteras-tu encore des sorts du haut des tours de Notre-Dame?

— Voici une écuelle pour boire! reprenait un homme en lui décochant dans la poitrine une cruche cassée. C'est toi qui, rien qu'en passant devant elle, as fait accoucher ma femme d'un enfant à deux têtes!

— Et ma chatte d'un chat à six pattes! glapissait une vieille en lui lançant une tuile.

— A boire! répéta pour la troisième fois Quasimodo pantelant.

En ce moment il vit s'écarter la populace. Une jeune fille bizarrement vêtue sortit de la foule. Elle était accompagnée d'une petite chèvre blanche, à cornes dorées, et portait un tambour de basque à la main.

L'œil de Quasimodo étincela. C'était la bohémienne qu'il avait essayé d'enlever la nuit précédente, algarade pour laquelle il sentait confusément qu'on le châtiait en

cet instant même; ce qui du reste n'était pas le moins du
monde, puisqu'il n'était puni que du malheur d'être sourd
et d'avoir été jugé par un sourd. Il ne douta pas qu'elle
ne vînt se venger aussi, et lui donner son coup comme
tous les autres.

Il la vit en effet monter rapidement l'échelle. La colère
et le dépit le suffoquaient. Il eût voulu pouvoir faire crou-
ler le pilori, et si l'éclair de son œil eût pu foudroyer, l'é-
gyptienne eût été mise en poudre avant d'arriver sur la
plate-forme.

Elle s'approcha, sans dire une parole, du patient, qui se
tordait vainement pour lui échapper, et, détachant une
gourde de sa ceinture, elle la porta doucement aux lèvres
arides du misérable.

Alors dans cet œil jusque-là si sec et si brûlé, on vit
rouler une grosse larme qui tomba lentement le long de
ce visage difforme et longtemps contracté par le désespoir. C'était la première peut-être que l'infortuné eût jamais versée.

Cependant il oubliait de boire. L'égyptienne fit sa petite
moue avec impatience, et appuya, en souriant, le goulot à
la bouche dentue de Quasimodo. Il but à longs traits. Sa
soif était ardente.

Quand il eut fini, le misérable allongea ses lèvres noires, sans doute pour baiser la belle main qui venait de
l'assister. Mais la jeune fille, qui n'était pas sans défiance
peut-être, et se souvenait de la violente tentative de la
nuit, retira sa main avec le geste effrayé d'un enfant qui
craint d'être mordu par une bête.

Alors le pauvre sourd fixa sur elle un regard plein de
reproche et d'une tristesse inexprimable.

C'eût été partout un spectacle touchant que cette belle
fille, fraîche, pure, charmante, et si faible en même temps,
ainsi pieusement accourue au secours de tant de misère,

de difformité et de méchanceté. Sur un pilori, ce spectacle était sublime.

Ce peuple lui-même en fut saisi, et se mit à battre des mains en criant : Noël ! Noël !

C'est dans ce moment que la recluse aperçut, de la lucarne de son trou, l'égyptienne sur le pilori, et lui jeta son imprécation sinistre : — Maudite sois-tu, fille d'Egypte ! maudite ! maudite !

V

FIN DE L'HISTOIRE DE LA GALETTE.

La Esmeralda pâlit, et descendit du pilori en chancelant. La voix de la recluse la poursuivit encore : — Descends ! descends ! larronnesse d'Egypte, tu y remonteras !

— La sachette est dans ses lubies, dit le peuple en murmurant ; et il n'en fut rien de plus. Car ces sortes de femmes étaient redoutées ; ce qui les faisaient sacrées. On ne s'attaquait pas volontiers alors à qui priait jour et nuit.

L'heure était venue de ramener Quasimodo. On le détacha, et la foule se dispersa.

Près du Grand-Pont, Mahiette, qui s'en revenait avec ses deux compagnes, s'arrêta brusquement : — A propos, Eustache ! qu'as-tu fait de la galette ?

· — Mère, dit l'enfant, pendant que vous parliez avec cette dame qui était dans le trou, il y avait un gros chien, qui a mordu dans ma galette, alors j'en ai mangé aussi.

— Comment, monsieur, reprit-elle, vous avez tout mangé ?

— Mère, c'est le chien. Je le lui ai dit, il ne m'a pas écouté. Alors j'ai mordu aussi, tiens !

— C'est un enfant terrible, dit la mère souriant et grondant à la fois. — Voyez-vous ! Oudarde? il mange déjà à lui tout seul le cerisier de notre clos de Charlerange. Aussi son grand-père dit que ce sera un capitaine. — Que je vous y reprenne, monsieur Eustache! — Va, gros lion!

TABLE.

Ch. Lahure, imprimeur du Sénat et de la Cour de Cassation,
rue de Vaugirard, 9, près de l'Odéon.